학교에
배움이
있습니까?

학교에 배움이 있습니까?

2016년 5월 16일 초판 1쇄 | 2019년 4월 18일 4쇄 발행

지은이 · 정현지

펴낸이 · 김상현, 최세현
책임편집 · 정상태, 양수인 | 디자인 · 霖design

마케팅 · 김명래, 권금숙, 양봉호, 임지윤, 최의범, 조히라, 유미정
경영지원 · 김현우, 강신우 | 해외기획 · 우정민

펴낸곳 · (주)쌤앤파커스 | 출판신고 · 2006년 9월 25일 제406-2006-000210호
주소 · 경기도 파주시 회동길 174 파주출판도시
전화 · 031-960-4800 | 팩스 · 031-960-4806 | 이메일 · info@smpk.kr

ⓒ 정현지 (저작권자와 맺은 특약에 따라 검인을 생략합니다)

ISBN 978-89-6570-327-3 (03810)

쌤앤파커스(Sam&Parkers)는 독자 여러분의 책에 관한 아이디어와 원고 투고를 설레는 마음으로 기다리고
있습니다. 책으로 엮기를 원하는 아이디어가 있으신 분은 이메일 book@smpk.kr로 간단한 개요와 취지,
연락처 등을 보내주세요. 머뭇거리지 말고 문을 두드리세요. 길이 열립니다.

학교에 배움이 있습니까?

부모와 자녀가 함께 읽고 교사와 학생이 토론하는 책

정현지 지음

쌤앤파커스

이 세상의 미래가 될 우리 아이들,

아이를 사랑하는 이 세상의 부모님들,

그리고 지금 이 순간에도 열정을 다해

그들을 키워내고 있는 학교 선생님들께

이 책을 바칩니다.

차
례

열심히 공부해도 통하지 않는 시대에
다시 교육을 말하기

"하고 싶은 게 뭔지 모르겠어요."

"꿈이 없어요. 열정을 찾고 싶어도 방법을 모르겠어요."

제 하루는 인터넷 메일함을 열어보는 것으로 시작됩니다. 거기에는 꿈과 진로에 대해 고민하는 학생들의 메일이 밤새 쏟아져 들어와 있습니다. 사람들은 이런 고민을 토로하는 아이들은 보통 공부를 잘 못할 거라 생각합니다. 하지만 실제 현실에서 절박하게 고민을 호소하는 아이들은 소위 단군 이래 최고의 '스펙'을 지녔다는 그들, 바로 명문대생들인 경우가 많습니다.

2015년 여름 어느 날, 진주여고 1학년 김다운 양이 학교 교문

앞에서 1인 시위를 시작했습니다. 다운 양의 피켓에는 "여러분의 학교엔 진정 배움이 있습니까?"라는 질문과 함께 그녀가 학교에서 받은 주입식 교육의 모순에 대한 이야기가 적혀 있었습니다. 다운 양의 행보는 연일 화젯거리가 되었고, 사람들은 뜨거운 갑론을박을 펼쳤습니다. 그리고 그 현장을 화면으로 지켜보며 감정의 소용돌이 속에 선 제 모습을 느낄 수 있었습니다.

'뭐가 진실인지 알고 있잖아.'

화면은 마치 저에게 그렇게 말하는 듯했습니다. 그녀가 세상에 질문을 던진 이유를 조금은 알고 있었기 때문입니다. 몇 년 전부터 저는 교육의 심각한 문제들을 현실에서 종종 맞닥뜨리곤 했습니다. 뉴스에서만 듣던 사회 문제들을 몸으로 깨닫게 된 것입니다.

대학에 가면 모든 것이 해결될 줄 알지만, 꼭 그렇지만도 않습니다. 오히려 짊어져야 하는 문제는 늘어납니다. 그건 명문대라도 마찬가지입니다. 좁은 대학 문을 통과한 이후에도, 그토록 열심히 노력해도 취업을 못해 울먹이는 학생들이 많습니다. 납득이 되지 않는 일입니다. 어릴 때부터 착실히 공부하고 열심히 살아온 아이들. 영어는 기본이고, 뛰어난 학점, 화려한 공모전 수상 경력 등 요즘 청년들의 스펙은 가히 화려합니다. '외고 출신, 학점 4.0, 토플 117점, 공모전 다수 수상, 컨설팅 회사 인턴.' 누가 봐도 이들이 기업의 선택을 받지 못할 이유가 없습니다. 그런데 취업 시즌이 다가오면, 학생들은 이상하리만치 수십 군데의 회사에서 떨어집니다. 도대체 이 세상에선 무슨 일이 일어나고 있는 걸까요?

취업을 재수하고 삼수하게 될수록 학생들은 자괴감에 빠질 수밖에 없습니다. 급기야는 고등학교 시절 점수에 맞춰 대학에 원서를 넣던 것처럼, 수십 군데의 기업에 무작위로 자기소개서를 돌립니다. 자신의 전공이나, 적성, 재능은 무시한 채 살아남기 위해서 마구잡이로 원서를 넣을 수밖에 없는 취업 현실을 보며, 눈물을 쏟아내는 친구들을 지켜보며, 위로 말고는 아무것도 해줄 수 없음에 마음이 시리곤 했습니다. 더욱 슬픈 일은 힘겹게 취업을 하고 나서도 곧바로 회의감에 빠져드는 현실입니다.

"이 일을 계속해야 할지 모르겠어. 내 인생이 없는 것 같아."

"나는 앞으로 어떻게 될까?"

위에서는 이렇게 아비규환인데, 아래에서 초·중등학교 자녀를 둔 부모님들은 제게 질문합니다.

"어떻게 하면 공부를 잘해서 특목고, 명문대에 갈 수 있을까요?"

이런 질문을 받을 때마다 저는 딜레마에 빠지곤 합니다. 어찌 보면 저는 많은 부모님들이 원하는 '엘리트 코스를 밟은 사람'일지도 모릅니다. 밖에서 볼 때 저는 어릴 적부터 영재 교육을 받고, 특목고, 명문대 코스를 경험한 사람입니다. 하지만 속은 그렇지 않습니다. 사실은 고등학교 졸업 후 대학으로 곧장 진학하지 못하고, 4년간 홀로 떨어져 사회 현장으로 나와 일을 하며 굴곡진 인생을 보냈습니다.

축복인지 그 덕분에 저는 양극단의 삶을 체험할 수 있었습니다. 엘리트 코스도 경험해보았고, 입시에 몇 년간 실패한 낙오자도 되어보았습니다. 또한 고졸로 사회생활을 해보고, 대졸로도 사회생활을 해보았습니다. 월급을 받으며 일해보기도 하고, 사장이 되어 일해보기도 했습니다. 각기 다른 위치에서 다양한 교육 시스템과 사회를 경험해보면서 모두가 행복해질 수 있는 '진정한 교육'이란 무엇일까 조금씩 질문을 품기 시작했습니다.

한쪽으로만 치우친 삶을 산 것은 아니었기에 어느 한쪽의 편향된 시각에서 벗어나 점차 현재 교육에 대해 고민해보게 되었고, 그러는 가운데 깨달음도 얻을 수 있었습니다. 그리고 제가 겪은 시행착오와 그 과정에서 얻게 된 답들을 많은 분들과 함께 공유하고 싶었습니다. 저처럼 오랜 시간 동안 답을 몰라 혼자서 여기저기 헤매기보다, 이 시대의 아이들과 부모님들은 시행착오 없이 더 나은 삶을 살았으면 하는 마음에 이 책을 쓰기 시작했습니다. 또 오히려 지금이야말로 마음만 먹으면 누구든 환경의 제약 없이 성공을 누리며 행복한 삶을 살 수도 있는 세상이라는 이야기를 꼭 전하고 싶었습니다.

몇 년 전부터 저는 현대인의 생활상을 속속들이 들여다볼 수 있는 곳에서 지내게 되었습니다. 절묘하게도 뒤로는 교육 광풍이 부는 대치동을 끼고 있고, 앞으로는 대기업이 즐비한 삼성동 테혜란로가 펼쳐진 곳이었습니다. 워낙 돌아다니기를 좋아하는 저는 바깥세상을 누비며 자연스럽게 요즘 사람들의 삶을 나이대별로 가까이 관찰하고 느낄 수 있었습니다.

아침 7시 반이 되면 고등학생부터 시작해서 중학생, 초등학생들이 차례로 등교합니다. 아이들은 즐거워하기보다는 뭔가에 끌려가는 표정입니다. 9시쯤 되면 직장인들이 2호선 삼성역에서 일렬로 걸어 나와 속속들이 네모난 빌딩 안으로 들어갑니다. 어느덧 낮 12시, 점심시간이 되면 내내 앉아 있던 사람들이 곳곳에서 쏟아져 나옵니다. 한쪽 구석에서 담배를 태우거나, 점심을 쫓기듯 먹고 카페 앞에 길게 늘어서 있는 모습입니다. 그 광경을 보니 어느 날은 SNS에 한 여대생이 올린 글이 생각났습니다.

"커리어 우먼은 멋을 내려고 아메리카노를 쪽쪽 마시며 걸어가는 줄 알았는데, 아니었다. 카페인이라도 넣어야 피곤해도 미친 듯이 일을 할 수 있을 거 같으니까 마셔대는 것이었다."

그녀의 글에 사람들은 매우 깊이 공감했습니다.

내로라하는 대기업이 잔뜩 몰려 있는데, 그 안의 직장인들은 행복하고 만족스러운 표정이기보다는 하나같이 피곤에 찌들어 보였습니다. 점심시간 무렵의 카페는 쏟아져 나온 직장인들이 회사 험담을 하는 소리로 시끌벅적합니다. 오후엔 강남 엄마들의 모임도 열립니다. 주제는 대부분 자식 이야기입니다. "아무개가 이번에 몇 등을 했대요.", "어느 학원을 다녀야 성적이 오를까요?" 아이들은 점수로 비교 대상이 되고 평가받습니다. 부모들은 아이들의 순수한 가능성 그 자체에 관심을 갖기보다는 온통 겉만 번지르르한 스펙에 더 관심이 많아 보입니다.

"정말 점수가 그 아이의 전부를 설명해줄 수 있을까요?" 모임 속에서 주눅이 들고 자식 걱정에 힘들어하는 부모님들을 보며, 옷자락이라도 붙잡고 무엇이든 얘기해주고 싶었습니다. 저녁 7시, 어느덧 하루 일과를 마치고 직장인들이 퇴근할 무렵이 되면 뒷골목 사이사이로 각종 회식 자리와 스트레스를 풀고자 하는 술판이 열립니다. 다들 취해 비틀거리거나 힘겨운 삶을 원망하는 모습입니다. 밤 10시, 동네 뒤편으로 산책을 나가보면, 교복을 입은 학생들이 학원에서 속속 쏟아져 나옵니다. 교육청이 지정한 학원 수업 최대 시각이 밤 10시이기 때문입니다. 아이들은 교복도 갈아입지 못한 채 피곤한 표정으로 집에 갑니다. 자신들이 무엇을 위해 노력하고 있는 건지 알고는 있는 걸까요?

*

저는 21세기 현대인의 군상이 집결되어 있는 듯 보이는 도시 한복판에 살고 있습니다. 하지만 그 안에 사는 사람들은 대부분 행복해 보이지 않았습니다. "행복하다."라고 말하는 사람을 찾기 어려웠습니다. 현대인은 삶의 주도권을 빼앗긴 채 무언가에 끌려가듯 마지못해 살고 있는 듯했습니다.

몇 년째 이 모습을 반복해서 보다 보니, 저도 모르게 이 책을 쓸 용기가 났는지도 모르겠습니다. 언제부턴가 계속해서 마음속 목소리가 영혼을 뒤흔들 정도로 크게 울렸습니다.

'내일 당장 죽어도 후회 없을 만큼, 세상에 뭔가 따뜻한 보탬이 되는 일을 하고 싶지 않니. 너는 알고 있잖아. 무엇이 옳고 무엇이 그른지. 어떤 것이 행복한 삶을 사는 길인지. 무엇이 진정한 교육인지. 그 답이 필요한 사람들이 있어. 그걸 몰라서 삶을 고통이라 생각하며 힘겹게 하루하루를 보내는 아이들과 부모들, 사회인들이 있다고.' 이렇게 저도 모르는 사이에 소명이라고 부를 만한 무언가가 자라났습니다.

이 책은 제가 교육의 양극단에서 깨달은 진실에 관한 것입니다. 지금 우리 시대는 잘못된 교육으로 병을 앓고 있습니다. 열심히 공부한 아이들은 갈 곳이 없고, 오히려 학교 밖에서 꿈을 향해 도전한 아이들이 각광받기도 합니다. 점점 한계를 드러내고 있는 자본주의는 일자리 부족 사태를 낳고 있으며, 기술이 진보함에 따라 기업은 학교에서 길러내지 못하는 창의적 인재를 원하고 있습니다.

인공 지능과 자동화 로봇의 혁명으로, 세계는 지금 기업 주도 '고용 사회'가 점차 붕괴하는 새로운 시대로 넘어가고 있습니다. 급격한 변화가 몰려오는 이 시점에, 이 책이 낡은 교육을 바꾸고 세상을 더 나은 곳으로 발전시키는 데 기여하기를 바라는 마음입니다.

지난 수년간 이 시대 교육과 미래 사회에 대해 연구하고 직접 경험하며 얻은 해법들을 이 책에 담고자 노력했습니다.

저는 이 책을 통해서 교육의 안팎에서 깨닫게 된 현 교육의 안타까운 현실과, 다가올 미래 교육은 어떻게 변화해야 하는지에 대해 이야기하고자 합니다. 진실을 알게 된다면, 좀 더 많은 독자들이 현재 교육 방식에 대한 관점과 인생철학을 바꿀 수 있을 것이라 믿습니다. 주입식 교육의 문제점을 깨닫고, 아이들을 하기 싫은 공부에 목매게 하는 것이 아니라 '살아 있는 공부'를 함으로써 자신이 꿈꾸는 일을 할 수 있게 하고, 자기 주도적으로 새로운 삶을 개척해나가는 것을 도울 수 있도록 우리 사회가 변화하길 바랍니다.

이 책이 '열심히 공부해도 통하지 않는 시대'를 살아가는 청춘들에게 건네는 또 하나의 해법이자 치료제가 되었으면 합니다. 또한 지금 이 시간에도 과도한 교육열로 몸살을 앓고 있는 아이들에게,

지나친 사교육비로 고생하시는 부모님들께, 그리고 아이들을 어떻게 지도해야 할지 몰라 어려움을 겪으시는 선생님들께 작은 희망이 되어주기를 간절히 기도합니다.

정현지

PART 1

학교에 배움이 있습니까?

학교는 그저 지식을 전달하는 곳이 아니다. 우리는 '배움'을 얻으러 간다. 선생님에게서 삶의 지혜를 배우고 인생의 꿈을 찾고, 친구들과 함께 더불어 성장하며 행복을 만들러 가는 것이다. 하지만 지금의 학교는 오로지 남보다 더 높은 점수를 내기 위한 능력만을 강조한다. 아무리 학교를 성실히 다닌 모범생이라 해도, 졸업하고 나서 인생의 갈피를 잡지 못하고 앞으로 어떻게 살아야 할지 막막해하는 것이 우리의 현실이다.

아무도 답해주지 않는 질문: "왜 공부해야 하나요?"

나는 아이들을 사랑한다. 세상을 향한 반짝이는 눈, 틀에 박히지 않은 자유로운 상상력, 한껏 자신을 표현하는 그들의 몸짓을 보면 너무나 경이롭다. 그 작고 조그마한 생명체는 어쩜 그리 놀라울까? 과연 커서 뭐가 될까? 그 모습을 그려보는 것은 설렘 그 자체다. 마음만 먹으면 무엇이든 될 수 있을 것 같다. 아이들은 하나의 무한한 가능성이다.

하지만 내 눈앞의 아이들을 사랑스럽게 바라보다가도 10여 년 후면 이 아이들에게 '딱지'가 붙는다는 사실에 참담한 마음이 든다. 아무리 예쁜 아이들일지라도 자라면 누구는 '명문대생', 누구는 '전문대생', 누구는 '자퇴생' 같은 식으로 분류된다. 성적으로 아이들의 가치와 정체성이 매겨져버리는 것이다. 이게 맞는 것일까? 우리는 그러한 차별이 너무나 당연시되는 세상에 살고 있지만, 나는 분명 뭔가가 잘못되었다는 생각이 든다. 아이들에게 붙여지는 그 딱지들이 아이 안에 숨겨져 있는 가능성과 가치를 대변하고 있다고는 전혀 생각되지 않기 때문이다.

그런데, 놀라운 일이 일어나고 있다. 정말로 그 딱지들이 의미 없어지는 세상이 오고 있기 때문이다. 학벌과 스펙이 큰 힘을 발휘하지 못하는 시대가 열렸다.

'공부 못해도 얼마든지 잘 먹고 잘살 수 있는 시대가 온다면 어떨까?'

'공부 잘하는 것이 오히려 행복해지기 어려운 길이라면?'

만세! 만약 그런 시대가 온다면 우리는 정말이지 공부를 그만둘지도 모른다. 아침 8시부터 늦은 오후가 되도록 책상에 꼭 붙어 앉아 수업을 듣는 것이 쉬운 일은 아니기 때문이다. 학창 시절 나는 수업 듣는 게 늘 고역이었다. 가만히 의자에 앉아 계속 무언가에 집중해야 하는 것이 힘들었다. 엉덩이는 의자에 붙어 있지만 수업 내내 마음은 이미 쉬는 시간에 가 있었다. 친구들과 뛰어놀기만을 기다렸고, 학교 끝나고 세상 구경을 할 생각에 시계를 쳐다보며 몸을 들썩이곤 했다.

공부가 재미없는 이유

공부가 재미있는 학생이 있을까? 타고난 천성이 공부를 좋아하는 특별한 경우를 제외하고는, 대부분의 아이들은 공부하는 것을 힘들어한다. 적성에도 맞지 않는 과목을 머리에 넣겠다고 몇 시간씩 꼼짝 않고 있는 것이 보통 일은 아니기 때문이다. 우리가 당연하게 여겼던 수업 방식도 사실은 문제가 있다. 하루 종일 머리에 빈 공간과 휴식을 내어줄 틈도 없이 50분 공부하고 10분 쉬었다가, 이 과목 저 과목을 전전하며 다시 50분 수업을 듣는 것을 내내 반복하는 것은 고문이나 다름없다.

"그건 공부 못하는 학생들이 집중을 못해서 그런 거지! 집중력을 키워야 해."

이렇게 얘기하는 부모들이 있을지도 모른다. 그런데 나는 말할 수 있다! 사실 나는 공부를 곧잘 하는 학생이었다. 하지만 수업은 재미가 없었다. 그것은 선생님의 탓도, 내 탓도 아니었다. 방법에 문제가 있는 것 같았다. 무언가 맞지 않는 방식으로 교육받고 있다는 느낌이 들었다. 중간고사를 보고 나면 바로 잊어버릴 내용들을 왜 억지로 외워야 하지? 이게 실생활에서 왜 중요하지? 흥미가 돋지 않았다. 이렇게 재미없고 힘든 공부를 우리는 초등학교부터 고등학교까지 도합 12년이나 한다. 우리는 꾹 참고 공부한다. 왜? '공부를 잘해야 성공한다.'라는 말을 진리라고 믿고 있기 때문이다!

그런데 문제가 생겼다. 그렇지 않은 시대가 와버린 것이다. 공부 못해도 얼마든지 잘 먹고 잘살 수 있는 시대가 와버렸다. 아니, 더 정확하게 말하면 공부 잘해도 먹고살기 힘든 시대가 와버렸다! 믿을 수 없겠지만, 이 사실을 거부하고 싶겠지만, 받아들일 수밖에 없게 되어버렸다. 이미 전 세계적으로 변화가 시작되고 있기 때문이다.

공부를 잘한다는 것은 이제 더 이상 큰 가치를 갖지 못한다. KBS의 '명견만리'라는 프로그램에서는 전 세계적으로 명문대 학생들이 직업을 갖는 데 얼마나 어려움을 겪고 있는지 그 심각성을 고발한 바 있다.

> "저는 학위를 3개 가지고 있습니다. 칼리스토 대학 학사, 예일 대 예술 대학원을 마쳤고 뉴욕 패션기술협회의 준 학사 학위가 있지요. 그런데도 현재 1년째 직장을 구하고 있어요. 정말 어처구니없지만 예일 대학을 나온 저도 취업하기가 어렵습니다. 정말 최악이에요. 친구랑 저녁 먹을 경제적 형편도 안 됩니다. 굴욕적인 일이에요. 정말 힘듭니다."
>
> — 스카일라 브리클리(34세), 미국 예일대 졸업

"사실 석사 학위를 받고도 이렇게 오랫동안 일자리를 찾게 될 거라고는 미처 생각지 못했습니다. 제가 그동안 구직 활동을 게을리한 건 아닙니다. 지난 1년 동안 500~550통 정도의 이력서를 보냈고, 20여 곳에서 면접을 봤는데 모두 떨어졌습니다."

- 컹탕 사퐁(27세), 프랑스 파리10대학 졸업

교육에서 시작해 교육으로 끝날 문제

불과 몇 년 전까지만 해도 '공부 잘하면 잘 먹고 잘산다.'는 공식이 통했다. 선배들은 말한다. "우리 때에는 대학 졸업만 해도 대기업에서 '어서 옵쇼.' 하곤 했어. 그런데 너희들은 왜 취업이 안 되지?" 불행히도 이런 흐름은 앞으로 더욱 심해질 전망이다. 또한 공부를 잘해야 할 수 있었던 회계사, 의사, 변호사, 교사 등 각광받던 전문직도 다가오는 20년 후의 미래 사회에서는 기계화, 자동화로 인해 사라질 가능성이 높은 직업군으로 뽑히고 있다. 왜 이런 일이 생겼을까?

이제 공부를 잘해서 잘 먹고 잘산다는 것은 구시대적 발상이 되고 말았다. 이러한 변화의 중심에 젊은 세대가 있다. 지금 젊은 세대는 그야말로 엄청난 교육열 속에서 청소년기를 보냈다. 영재 교육과 경시대회가 성행하던 시절에 초등학교를 다녔고, 특목고 열풍을 겪으며 명문대에 들어가려 재수 삼수를 불사하며 피 터지게 공부했다. 정말이지 공부에 목숨을 걸고 살았던 세대였다. 그런데 그 세대가 지금 사회에서 처참하게 무너지고 있다. 문제는 현재까지도 그 광적인 교육열이 여전하다는 것이다. 현재의 중·고등학생들도 앞선 세대와 크게 다르지 않은 모습으로 살고 있다.

그런데 사회로 나와 보니, 과도한 교육열의 반대편에서는 공부를 못했던 사람들이 오히려 세상을 무대로 마음껏 자신의 꿈을 펼치고 있는 모습을 확인할 수 있었다. 학창 시절에는 공부에 통 관심이 없었지만 일찍 사회로 진출해 수백억의 자산을 일궈낸 자수성가형 사업가, 공부는 못했지만 자신이 잘하는 재능을 찾고 연마해 남부럽지 않은 유명세를 누리며 행복하게 일하고 있는 창작자 등 수많은 직업군에서 공부에 큰 관심이 없었는데도 성공한 사람들을 찾아볼 수 있었다. 그들은 자신이 하고 있는 일을 사랑했으며, 좋아하는 일을 좇아 미친 듯 열심히 사니 돈은 저절로 따라왔다고 입을 모아 말했다. 그들은 매일매일 하고 싶은 일을 하며 성장해나가는 자신의 인생이, 너무나 행복하고 감사하다고 이야기했다. 공부를 잘했던 상당수의 사람들이 대기업 등에 취직해 하고 싶지 않은 일을 하며 끌려가듯 힘들게 인생을 살아가는 것과는 정반대의 모습이었다.

왜 이런 차이가 발생했을까? 원래 우리가 아는 대로라면 공부 잘하는 아이들이 더 행복하고 더 크게 성공하고 부와 명예도 더 많이 차지해야 하는 것 아니었나? 어떻게 된 일일까? 도대체 학교 안과 밖에서는 무슨 일이 일어나고 있는 것일까? 시대는 어떻게 변화하고 있는 것일까? 나는 이 문제들을 깊이 파헤쳐보기로 했다. 지금의 이 문제도 '교육'에서 비롯된 것이고, 앞으로 우리의 미래 또한 결국에는 '교육'에 달려 있음을 누구보다도 절실히 깨달았기 때문이다.

학교만 모르는
학교 담장 밖의 변화

아이를 당신이 아는 배움의 범위에 한정 짓지 말라.
아이는 당신과는 다른 시대에 태어났다.

— 라빈드라나트 타고르

학창 시절 물리 선생님은 종종 이렇게 외치곤 했다.

"나 때에는 말이야, 전자공학과가 최고였어! 의대는 저 아래 있
었지."

선생님의 말씀은 2000년대에 학교에 다니던 우리에게는 도통
와 닿지 않았다. 이과생들에게 의대는 선망의 대상이었고, 인문계

친구들은 법대에 들어가 변호사가 되는 꿈을 꿨다. 선생님의 이야기를 들으며 나는 이런 궁금증이 생겨났다.

'우리에게도 나중에 저런 일이 생길까? 지금 현재 유망한 직업이 시대가 바뀌면 인기 없는 직업이 될까?'

2020년을 향해 달려가는 지금, 그때 품었던 의문이 풀리고 있다. 지난 수십 년간 의사와 변호사 수는 계속해서 늘어났지만 인구와 경제 성장률은 정체되어왔다. 수요 대비 공급이 늘어나다 보니 놀고 있는 병원과 변호사 사무실이 넘쳐난다. 경쟁력이 없거나 영업·마케팅 능력이 부족한 곳이라면 돈 벌기도 쉽지 않다. 뿐만 아니라 엎친 데 덮친 격으로 인공 지능 로봇까지 나타나 일자리를 빼앗고 있다.

학자들은 20년 이내 현재 직업의 47%가 사라질 것으로 내다본다. 의사나 변호사와 같은 전문직도 예외는 아니다. 현대 경영학의 창시자 톰 피터스는 《미래를 경영하라》에서 "곧 우리에게 닥칠 미래에는 지금 존재하는 사무직종의 80%가 사라진다."라고 예고했다. 벤처 투자가 비노드 코슬라는 "빅데이터가 의사의 80%를 대체할 것이다."라고 말한다. 전 세계의 권위 있는 학자들은 대기업 종사자 및 공무원, 의사, 변호사, 교수, 금융업 등이 인공 지능과 로봇으로 대체될 것이라고 입을 모아 예언하고 있다. 문제는 다가올 미래에 사라질 직업들이 놀랍게도 오늘날 20대가 가장 많이 되고

자 하는 직업들이라는 사실이다.

지금의 주류가 시간이 흐르면 비주류가 되고, 비주류였던 것이 주류가 되기도 한다. 왜 이런 일이 생기는 걸까? 세상이 끊임없이 진화하고 있기 때문이다. 변화의 속도는 점점 빨라지고 있다. 문제는 그 방향도 예측할 수 없이 계속 바뀐다는 사실이다.

성실한 사람들에게 닥친 위기

20세기 산업 사회에서는 성실한 사람이 최고였다. 평생직장을 바라보며 한 회사에서 시키는 대로 열심히 일하면 안정적인 삶이 보장되었다. 사람들은 수단과 방법을 가리지 않고 사회에서 요구하는 기준에 맞춰 좋은 직장에 들어가려 애썼다. 이후로는 가족들을 위해서, 또는 자기 자신을 위해서 정년까지 열심히 일만 한다. 그러고는 노후를 맞이하던 시기였다.

이윽고 정보 사회가 도래하면서 내가 정보를 얼마나 가지고 있느냐에 따라 수입이 결정되는 '전문직의 시대'가 찾아왔다. 컴퓨터가 지금처럼 발달하기 전까지는 각종 지식과 정보 들을 책이나 전문가를 통해서만 얻을 수 있었기 때문이다. 자격증 하나만 잘 갖고 있으면 누구나 인정하는 전문가가 되어 평생 잘 먹고 잘살 수 있는 시기였다. 회계사 시험, 공인중개사 시험, 사법고시 등 각종 자격증 취득에 필요한 책에 있는 글자를 외우고 또 외워서 시험장에서 높은 점수를 받으면 전문가가 되어 사회에서 인정받을 수 있었다. 이 시절에는 공부만 잘하면 얼마든 편하게 살 수 있었다.

그런데 세상이 크게 한 번 변했다. 인터넷이 모든 것을 뒤흔들어버린 것이다. 이제 웬만한 정보는 검색 한두 번이면 찾을 수 있게 되었다. 제아무리 암기를 잘하는 전문가라 할지라도 구글이나 네이버의 정보와 지식을 따라가기는 힘들다. 일부는 자신보다 '인터넷 선생님'이 더 유능하다고 시인하기도 한다. 인터넷이 이끄는 현재의 지식 창조 사회는 이제 사람들에게 컴퓨터가 행할 수 없는 '창의성'까지 요구한다. 차별화된 생각을 하고, 아이디어를 실행할 수 있는 핵심 역량을 지녔는지 증명하라고 한다. 이 얼마나 당황스러운 일인가!

우리가 여태까지 한 공부는 교과서에 나오는 지식을 열심히 암기하고, 가르쳐준 대로만 정답을 말하도록 훈련하는 것이었다. 이를 위해 우리는 많은 노력을 기울여왔다. 그런데 이제 사회는 전혀 다른 것을 주문한다. 만약 당신이 남과 다르지 않다면, 얼마든지 대체당할 것이라 위협한다. 학교에서는 "모두 똑같이 생각하라."고 말하는데, 세상은 "다르게 생각하라."고 한다. 완벽한 모순이다.

실제로 세계 각지에서 남과 다르게 '생각'하고 아이디어를 '실행'할 줄 아는 창조적인 사람들이 빠르게 성공 가도를 달리고 있다. 21세기는 창조적인 아이디어로 세상을 바꾸는 시대다. 새로운 콘텐츠를 생산해내고 상식을 거스르는 반항적인 사람들이, 시키는 일이 아니라 하고 싶은 일을 하며 성공을 거두는 것이다. 반면 시스템 속에서 성실하게 살았던 사람들은 위기에 놓여버렸다. 언제 몸담고 있는 직장에서 내쫓길지 몰라 고통스러워하고, 100세 시대를 맞아 은퇴 후 수십 년간 일거리 없이 어떻게 살아야 하나 고민한다. 유엔미래포럼 박영숙 대표는 《메이커의 시대》에서 "2020년 수많은 대기업과 기존 산업의 붕괴가 시작되며 2030년 공무원들의 업무는 대부분 인공 지능 로봇이 대체하고 수많은 사람들이 일자리를 잃는다."라고 말한다. 이제는 남과 다른, 대체될 수 없는 자신만의 색깔을 가져야 살아남을 수 있다. 우리는 '생각'을 시작해야 한다. 세상은 무섭도록 인류에게 진정한 호모 사피엔스(Homo Sapiens, 생각하는 사람)가 되라고 말하고 있다.

변화의 속도에 걸맞은 교육이 필요하다

이제 변화의 주기는 100년에서 10년으로, 10년에서 1년으로, 나아가 실시간으로 바뀌는 중이다. 매분 매초 모든 것이 진화하고 있다. 우리의 교육이 승리하기 위해서는 세상에서 일어나는 변화의 속도를 한시라도 빨리 따라잡을 수 있어야 한다. 일자리가 사라지는 현실 앞에서 지금 우리가 할 수 있는 방법은 변화하는 세상보다 빠르게 앞서가는 교육뿐이다. 지금 우리에게는 그러한 교육이 절실하게 필요하다.

그런데 우리는 지금 학교에서 무엇을 배우고 있을까? 아직도 인터넷 검색만 하면 나오는 지식들을 억지로 외우고 있지는 않은가. 사회에 나와서도 써먹을 수 있는 지식을 배우고 있기는 한 것일까? 대학에서 배우는 지식일지라도 2~4년이면 그 수명이 다하고 새로운 지식으로 대체되는 세상에서 우리는 무엇을 공부하고 있는가? 지난 산업 사회에서나 통하던 '구시대적 시스템'을 유지하고 있는 학교가 학생들의 미래를 제대로 준비해줄 수 있을까? 획일화된 교육이 개개인이 지닌 남다른 재능을 키워줄 수 있는가?

상황이 심각한데도 아직까지 많은 사람들이 주문 외우듯 아이들에게 "학교 공부 열심히 해라!", "안정적인 직장을 가져라!"라고 외치고 있다. 그것이 옳다고 철석같이 믿고 있기 때문이다. 그들은 왜 그렇게 강력한 믿음을 갖게 된 걸까? 이제부터 천천히 그 답을 찾아보려 한다.

사회에 길들여지는 법을
배우는 아이들

요즘 고등학생들은 약 12시간을 학교에서 보내고, 수면 시간은 평균 6시간 미만이라고 한다. 하루의 대부분을 학교에서 보내는 셈이다. 많은 시간을 꼼짝없이 앉은 채로 말이다. 한 친구는 이 얘길 듣고 "애들이 커서 회사에서 하루에 14시간씩 일할 수 있게 미리 연습하는 것 같다."라고 우스갯소리를 던졌다. 요즘 아이들의 생활은 우리 때의 학창 시절 모습과 똑같은 복사판이다. 나 역시 '4시간 자면 대학에 붙고 5시간 자면 떨어진다.'는 '사당오락'의 미신을 믿으며 하루에 서너 시간씩만 자며 공부했었기에, 요즘 아이들 이야기가 내 이야기처럼 마음에 와 닿았다. 나 또한 잘 먹고 잘

살고 행복하려면 공부를 잘해야 한다기에 그 말을 순종적으로 잘 따르는 학생일 뿐이었다. 문제는 훌쩍 커버린 지금에야 그동안 내가 잘못된 공부를 해왔다는 사실을 깨달았다는 점이다.

우리의 사랑스러운 아이들은 바르게 성장하기 위해 학교에 간다. 올바른 성장이란 학문만이 아니라 정신적, 신체적, 성품적인 발달도 포함하는 것이다. 하지만 지금 학교는 아이들을 어떻게 성장시키고 있을까? 현재 학교에는 시험, 그리고 합격을 위한 기계적인 교육만이 남아 있다. 주입식으로 이른 아침부터 밤늦은 시간까지 오로지 시험공부만 시킨다. 다른 것을 하고 싶어도 할 틈이 없다. 아이들은 하루 12시간이 넘도록 학교에 머무르며 과도한 학습량에 시달리고 있다. 자유 시간이 턱없이 부족한 탓에 심리적인 스트레스는 극심하다. 짧은 수면과 휴식 시간 부족으로 신체적인 건강도 해치고 있다. 성적 위주의 치열한 경쟁 속에서 자란 우리의 아이들이 과연 올바르게 성장할 수 있을까?

요즘 아이들은 한창 뛰어놀 나이인데, 초등학교 때부터 자유 시간 없이 학원에 이리저리 치이며 공부에 시달린다. 대학생들도 마찬가지다. 자유 시간은 오롯이 자기 계발 시간으로 상납하고, 취업을 위해, 스펙을 위해 이 학원 저 학원을 전전한다. 그렇게 열심히 공부를 해도 여전히 인생에 답이 없다는 사실에 힘겨워한다.

사람이 교육을 만들고, 교육이 사람을 만든다. 우리가 지금 고통

받고 있는 이 교육도 결국 사람이 만든 것이다. 주입식 교육이 잘못되었다면, 만든 이에게 책임이 있을 것이다. 나는 그 사람을 찾아 나섰다. 그러자 하나씩 하나씩 감춰져 있던 진실이 드러났다. 역사를 거슬러 올라가보니 "잘 먹고 잘살고 행복하려면 공부를 잘해야 한다."라고 주장하며, 그 말을 순종적으로 잘 따르게 만든 장본인들이 있었다.

국민을 위한 학교는 없다

지금 행해지고 있는 공교육은 어디서부터 시작되었을까? 놀랍게도 현행 공교육은 1806년 프로이센에서부터 시작한다. 당시 유럽에서는 나폴레옹이 자신의 영토를 넓혀가고 있던 때였다. 프로이센은 이를 저지하기 위해 막강한 군사력을 내세워 나폴레옹과 전쟁을 치렀다. 하지만 천하무적이라 불렸던 프로이센의 군대는 나폴레옹의 군대에 처참하게 패배한다. 폐허가 된 영토를 두 눈으로 직접 보게 된 프로이센의 지도자들은 충격에 빠진다. 나라가 위기에 처하자 프로이센의 철학자 피히테는 옛 영광을 되찾아야 한다며 '독일 국민에게 고함'이라는 역사적인 연설을 한다. 이 연설에는 "국가가 이상적인 의무 학교 교육 제도를 새로 만들어서 모든 사람들이 명령에 복종하는 법을 배우도록 해야 한다."라는 내용도 포함되어 있었다.

그의 연설은 강대국이 되길 원했던 프로이센 지도자들의 마음을 움직였다. 그들은 국가를 다시 일으키기 위해 머리를 맞대고 고민하기 시작했고, 그 결과 교육, 경제, 군사, 정치 등을 총망라하는 국가 개혁을 시작하게 된다. 그들은 인구의 98%를 차지하고 있던 농민 계층의 자녀들이 군수 물자를 생산하는 노동자가 되어주길 원했다. 국민이 충성스러운 군인이자 국가를 위해서 일하는 착한 노동자로 바뀌기를 원한 것이다. 이때 도입된 것이 바로 '의무 교육' 제도다.

존 테일러 개토는《바보 만들기》에서 프로이센에서 시작한 '의무 교육'은 학교가 어떤 사람을 길러낼 것인지 명확하게 밝혔다고 이야기한다. 즉, 프로이센의 지도자들이 원한 국민은 이런 모습이었다.

1) 명령에 복종하는 군인

2) 고분고분한 노동자

3) 정부 지침에 순종하는 공무원

4) 기업이 요구하는 대로 일하는 사무원

5) 중요한 문제에 대해 비슷하게 생각하는 시민들

'의무 교육'을 만든 지도자들은 국민을 효과적으로 통제하고 국가를 위한 수단으로밖에 생각하지 않았다. 드디어 역사적인 순간이 찾아왔다. 1819년, 인류는 처음으로 의무 교육이라는 명목아래 강제적인 학교 교육을 받게 된다. 이때부터 대부분의 아이들은 군인과 노동자가 되기 위한 교육을 받기 시작했다. 아이들은 혼자서 주체적으로 생각해서는 안 됐다. 선생님이 가르쳐주는 지식을 일방적으로 받아들여야 했다. 교육 내용 또한 과목과 단원으로 잘게 나누어 추상적이고 단편적으로 만들었다. 그래야 깊고 폭넓은 사고를 할 수 없기 때문이다. 기존 체제와 규칙에 반항할 수 없도록, 명령에 복종하고 순응하며 시키는 일만 잘하는 성인이 되는 교육 과정을 만든 것이다.

모든 것은 프로이센 지도자들의 의도대로 흘러갔다. 아이들은 자기만의 생각 없이 인생에 대한 중요한 질문을 던지지 못하고, 생각당하고 획일화된 채로 학교를 졸업하게 되었다. 그리고 기존 체제에 흡수되었다. 프로이센의 지도자들이 시행한 '의무 교육'의 결과는 대성공이었다. 그런데 19세기의 이 악덕한 교육이 지금의 우리에게 어떻게 전해졌을까?

산업 혁명 이후 영국의 공장에서는 일할 수 있는 수많은 노동자가 필요했다. 그들은 프로이센의 '의무 교육'을 보고 그대로 따라하기 시작했다. 공장에 필요한 일꾼을 만들기 위해서 학교 교육을 이용한 것이다. 그 결과 1860년, 영국 정부는 공교육을 법적으로 의무화하게 된다. 이는 미국의 상류층에게도 매력적인 제도였다. 1903년, 자동차가 대중화되자 정유 산업으로 미국의 최대 부호가 된 록펠러는 '일반교육위원회'를 조직했다. 그리고 미국의 교육 과정을 자신들이 원하는 대로 만들기 시작했다. 록펠러가 미국의 교육에 손을 댄 이유는 단순하다. 그 또한 자신이 세운 공장에서 일할 수 있는 노동자들이 필요했기 때문이다. 이들은 수많은 대중들을 독창적인 사고 없이 시키는 일만 잘하는 노동자로, 상류층을 위해서 일하는 사람들로 만들기 위해 프로이센의 교육 제도를 적극적으로 받아들이고 더욱 발전시켰다. 에드워드 그리핀이 《제킬 섬에서 온 생명체》에서 밝힌 1903년 당시 일반교육위원회 보고서를 보면 이런 구절이 나온다.

우리의 목표는 학교를 통해 사람들을 규칙에 순응하도록, 지배자에게 복종하도록 길들이고 가르치는 것이다. 관리 감독과 지시에 따라 생산적으로 일하는 시민을 양산하는 것이다. 권위를 의심하는 태도, 교실에서 가르치는 것 이상을 알고 싶어 하는 태도는 꺾어버려야 한다. '진정한 교육'은 엘리트 지배 계급의 자녀들에게만 제공한다. 나머지 학생들은 그저 하루하루 즐기는 일 이외에는 아무런 꿈도 꾸지 못하는, 숙련된 일꾼으로 만들어야 한다. 그런 교육이 그들에게는 훨씬 도움이 될 것이다.

1850년 무렵 미국의 매사추세츠 주에서 '의무 교육'이 처음으로 시작되었을 때, 그 지역 사람들의 80%가 흥기를 들고 "내 아이를 학교에 보내지 않겠다."라며 필사적으로 저항했으며, 심지어 군인들이 강제로 아이들을 학교에 집어넣을 때까지 저항했다고 존 테일러 개토는 《바보 만들기》에서 밝히고 있다. 학교 제도가 있기 전에도 아이들은 가정에서 삶에 필요한 것들을 충분히 배울 수 있었기 때문이다. 그리고 100년 뒤, 교육 학회는 보고서에서 다음과 같이 밝혔다. "학교 교육을 받은 아이들이 학교 밖에서 홈스쿨링을 하는 아이들에 비해 사고력이 오히려 5년 이상 뒤처진다."

잘못된 교육은 이제 그만

세계적인 석학들은 앞다퉈 지금의 교육을 비판한다. "도대체 왜 아직도 19세기 프로이센이 만든 교육을 그대로 따라 하고 있는가?" 미래학자 앨빈 토플러는 인터뷰에서 높은 교육열을 가진 한국 교육에 대해 이렇게 말했다.

"한국에서 가장 이해하기 힘든 것은 교육이 정반대로 가고 있다는 것이다. 학생들은 하루 10시간 이상을 학교와 학원에서 자신들이 살아갈 미래에 필요하지 않을 지식을 배우기 위해 그리고 존재하지도 않는 직업을 위해 아까운 시간을 허비하고 있다. 아침 일찍 시작해 밤늦게 끝나는 지금 학교의 교육 제도는 산업화 시대의 인력을 만들어내기 위한 것이었다."(한국뇌과학연구원, 〈21세기 교육혁명, 상자 밖으로 벗어나라〉,《브레인》48호.)

참으로 충격적이지 않은가. 이 사실을 알고 나서 나는 한동안 충격에서 벗어나지 못했다. 돌이켜보면 주입식 교육이 잘못된 것 같다는 생각을 늘 했었다. 늘 쫓기듯이 공부하고 시험만 보고 나면 배운 모든 걸 까먹어버리는 방식도, 성적으로만 학생의 모든 것을 평가하는 게 정당화되는 현실도 말이다. 하지만 한 번도 그 기원에서부터 잘못된 교육을 받고 있다고는 의심하지 못했다. 그저 당연히 학생들을 위한 것이라 철석같이 믿었다. 키워진 것이 아니라 길들여지고 있었는데도 깨어나 알아차리질 못했다.

미친 듯이 공부하고 있는 청년 세대, 그리고 자식들 교육비를 대느라 등골이 휘었던 부모님 세대가 생각나 정신이 어질했다. 아직도 잘못된 교육 현실을 몰라 자식 교육에 열을 올리는 젊은 엄마들과 과도한 교육열에 희생되고 있는 어린아이들이 얼마나 많은가. 갑자기 잠을 이룰 수 없었다. 학교 교육이 처음 설계된 의도 자체가 아이들을 위한 것이 아니었다는 사실은 강한 충격으로 다가왔다.

나는 진정으로 교육을 누구보다 사랑한다. "인간은 교육을 통하지 않고 인간이 될 수 없는 유일한 존재다."라고 말한 칸트의 말을 나는 믿는다. 끊임없이 배우고, 몰랐던 것을 하나씩 깨우쳐가는 과정에는 기쁨이 가득하다. 점차 세상을 살아가는 눈이 트이게 된다. 무언가를 배우거나 깨달아가며 성장할 때, 인간의 잠재된 능력은 깨어나 빛을 발한다.

인간으로 태어나 훌륭한 삶을 살아가기 위해 교육은 반드시 필요한 것이다. 훌륭한 교육은 인간을 한계 없이 무한 성장하게 만든다. 그러나 반대로 잘못된 교육은 사람을 어리석게 만들고 자기 안에 가둔다. 그만큼 어떤 교육을 받느냐가 중요한 것이다. 교육만 통제해도 사람들을 쉽게 지배할 수 있다. 같은 교육 과정을 거친 한 사람으로서 나는 학생들의 성장을 가로막고 재능을 꺾는 학교 교육을 너무나 가슴 아프게 생각한다.

사실 피히테가 "온 국민에게 조직적으로 의무교육을 시키자."라고 말했을 때 그는 그것이 사회를 위해 옳다고 믿었다. 당시 교육은 소수에게만 허락되었기 때문이다. 그는 교육이 적극적으로 개입하여 모든 아이들을 사회에서 필요로 하는 인간으로 만들어야 한다고 했다. 하지만 지난 100여 년간 시스템과 조직만을 중시한 결과, 개인의 자유 의지나 학생들의 꿈은 사라졌다. 아이들의 재능과 자립을 지원해주어야 할 학교는 개인의 꿈보다는 사회에 맞출 것을 요구하고 있다. 아이들은 학교에서 길을 잃고 있다.

주입식 교육의 비극적인 비하인드 스토리를 알게 되고선 주변 사람들에게 이 사실을 이야기해주기 시작했다. 다들 놀라워했고 함께 공감해주었다. 그러나 그뿐이었다. 모든 인과 관계와 실상을 알게 되었으면서도 사람들은 좀처럼 트랙 밖으로 나오려 하지 않았다. 여전히 시험 준비를 했고, 다니기 싫다는 직장을 불평불만하며 오갔다. 현실이 이런데 어쩌겠냐는 것이다. "그건 그거고, 나는 일단 돈을 벌어야 해."라며 순응하는 태도였다.

꿈쩍 않고 돌아가는 일상들을 보며, 나는 저들이 얼마나 성공적으로 우리를 길들였는지 느낄 수 있었다. '왜 우리 모두가 지금 교육이 잘못된 걸 알면서도 계속 갈 수밖에 없는 걸까?' 나는 이 질문에 대해 더욱 깊이 고민하게 되었다.

성공을 위해서라면
영혼이라도 팔겠어요

우리가 지금 진리라고 철석같이 믿고 있는 사회 시스템은 불과 100년도 채 되지 않은 것이다. 마찬가지로 온 국민이 '의무 교육'을 받으며 학교에 다니는 모습도 인류 역사에서 얼마 되지 않은 일이다. 우리는 어릴 때부터 반드시 학교에 가서 공부를 해야 했고, 부모나 주변 사람들 대부분이 직장에서 일하는 모습을 보고 자랐다. 학년과 나이에 맞춰 어딘가에 소속되어 공부를 하고, 학교를 졸업하면 월급 받고 생활하는 직장인이 되는 것을 당연하게 여겨왔다. 그러나 삶의 방식이 인류에게 과연 이것 하나뿐인 걸까?

역사를 돌아보면 분명 과거에는 그렇지 않았다. 사회를 구성하는 대다수의 사람들이 월급을 받으며 생활하고 있는 고용 사회 (employee society)는 누가 만들었고, 언제부터 시작되었으며, 왜 만들어진 것일까? 그에 대한 해답은 바로 헨리 포드에게서 찾을 수 있다. 버핏 연구소 소장이자 기업 분석 권위자인 이민주의 《지금까지 없던 세상》에 따르면, 지금의 사회가 시작된 원인을 헨리 포드가 자동차를 대중화시켰기 때문이라고 이야기한다. 그가 밝히는 성장 배경은 다음과 같다.

고용 사회의 시작

헨리 포드가 자동차 회사를 세우고 자동차를 대량 생산하기 전까지 인류의 대다수는 일반적으로 농사를 짓거나 자영업에 종사했다. 사람들에게는 고정된 '월급'을 받는다는 개념 자체가 없었다. 수입은 불규칙적이고 불확실했다. 1900년대까지만 해도 미국은 인구의 대부분이 하루 종일 밭에서 농사를 짓는 일상을 보냈다.

이 무렵 헨리 포드가 등장했다. 그는 부자들만의 소유물이었던 자동차를 최초로 대중화시킨 혁신적인 기업가였다. 20세기에 빌 게이츠가 집집마다 컴퓨터 한 대씩 놓는 데 기여한 것처럼, 19세기의 헨리 포드는 집집마다 자동차 한 대씩 들여놓는 꿈을 꿨다. 그는 연구 끝에 대중을 위한 저렴한 자동차를 개발해내는 데 성공했고, 포드 자동차 회사를 설립하여 본격적으로 자동차 대중화에 시동을 걸기 시작한다. 그런데 자동차만 만들었을 뿐인데 어떻게 인류를 대규모로 '고용 사회'로 이동시키는 데 기여한 걸까?

사정은 이렇다. 전 국민에게 자동차를 보급하기 위해서 헨리 포드는 단기간에 많은 양의 자동차를 만들어야 했다. 하지만 설립 초기에는 생산 속도가 매우 느려 자동차를 대량 생산하기에는 역부족이었다. 그는 머리를 싸매고 고민하기 시작했다. 어떻게 하면 자동차를 빠르게 많이 생산해낼 수 있을까? 그가 찾아낸 답은 바로 '분업'이었다.

몇몇 사람이 모여서 자동차 전체를 만들어내려면 오랜 시간이 걸린다. 그렇다면 일을 쪼개서 각자 맡은 일만 반복적으로 한다면 속도가 올라가지 않을까? 그는 일을 분업화하기 시작했다. 그리고 컨베이어 벨트 앞에 노동자들을 세웠다. 노동자들은 전체 일이 어떻게 돌아가는지 몰랐다. 모든 작업 과정을 알 필요가 없었다. 그저 컨베이어 벨트 앞에 서서 기계처럼 자기가 맡은 간단한 동작을 반복하면 됐다. 컨베이어 벨트가 돌아가는 동안 쪼개진 부품은 여러 사람의 손을 거쳐서 하나의 제품으로 완성되었다. 결과적으로 포드 자동차 공장은 믿기 힘들 정도로 많은 양의 자동차를 생산할 수 있게 되었다. 1908년에는 1대를 만드는 데 10시간 5분이 걸렸지만, 점점 시간이 단축되어 1929년에는 10초에 1대꼴로 생산했다. 엄청난 속도였다. 대량 생산에 성공하자, 포드 자동차는 가격을 낮춰 대중에게 자동차를 대량으로 보급할 수 있었다.

그러자 공장에서는 많은 노동자가 필요해졌다. 작업자가 많을수록 더욱 빠르게 자동차를 만들 수 있었기 때문이다. 누구나 자동차를 이용할 수 있게 된 다음부터는 자동차에 필요한 연료 산업인 정유 산업이 급속도로 발달했다. 자동차에 필요한 철강 산업 등 막강한 산업들도 뒤를 이어 자연스레 발전했다. 그럴수록 필요한 노동자 수는 늘어갔다. 결국 1920년대가 되자 사회는 농업과 자영업이 주를 이루던 모습에서 직장에 들어가 월급을 받는 형태로 옮겨 갔다. 포드 자동차 회사가 인류 사회를 고용 사회로 만든 것이다.

하지만 고용 사회에는 크나큰 문제점이 있었다. 고용 사회에서 노동자들은 일의 의미를 찾기 어려웠다. 과거의 농부와 자영업자들은 자신이 주도적으로 일의 주인이 되어서 일했던 반면 고용된 노동자들은 자신이 마치 일을 위해 존재하는 하나의 소모품처럼 느끼게 되었다. 노동자가 일의 주인이 아니라 노예가 되어버린 것이다. 그러자 노동자들은 고용 사회에 반발하기 시작했다. 로버트 라이시의 《부유한 노예》를 살펴보면 당시 고용 사회로 옮겨 가던 사람들의 부정적인 반응을 살펴볼 수 있다. "임금이란 것은 노예를 거느리는 데 따르는 비용이나 수고를 없애면서 노예 제도의 모든 장점을 가져보겠다는 교묘한 악의 도구다." "누군가를 위해 영구적으로 일한다는 것은 상당히 불명예스러운 것으로 여겨진다."

노동자들은 자기 일에 대한 '성취'와 '보람' 대신 다른 사람의 일에 자신의 노동과 시간을 투여한 대가로 '월급'을 받았다. 대량 생산 방식이 처음 등장했을 때 사람들은 누군가를 위해 기계처럼 시키는 대로 일을 하는 것을 매우 치욕스러운 일이라고 생각했다. 그런데 신기하게도 시간이 흐르자 사람들의 반발심은 점점 사라지게 되었다. 그새 무슨 일이 일어났던 걸까?

기업의 부속품이 된 사람들

사람들이 취직해 월급을 받는 것에 거부 반응을 보이자, 기업가와 자본가들은 물질적인 부분과 정신적인 부분에 있어 효과적인 두 가지 대책을 마련했다.

첫째, 월급을 안정적으로 제공하고 조금씩 지속적으로 올려주어 보상한다. 둘째, 공교육으로 사람들의 생각과 가치관을 고용 사회에 알맞게 바꾼다.

두 가지 대응책 중 그들이 가장 주력한 것은 바로 '교육'이었다. 10여 년간의 의무 교육을 통해 아이들에게 완벽하게 고용에 대한 가치관을 주입했다. 교육만큼 인간에게 큰 영향력을 미치는 것은 없기 때문이다. 우리는 어릴 때부터 "열심히 성실하게 공부해라," "좋은 학교에 가서 대기업에 취업해라," "시험을 쳐서 전문 직업을 가져라," "안정적인 직장이 최고다."라고 수도 없이 듣는다.

사실 고용 사회 이전에는 고등 교육이 일반적이지 않았기 때문에 학교 졸업장은 별 의미가 없었다. 절반 이상의 청년들은 아예 졸업장이 필요가 없었다. 높은 자리에 오르고 싶은 청년들은 밑바닥부터 시작해 하나씩 기술과 자신의 능력을 발전시키면 충분했다. 하지만 점점 시간이 지나고 고용 사회가 발전하기 시작하자, 기업가들은 자신들의 회사에 딱 맞는 노동자가 필요하다는 것을 느끼게 되었다. 그러기 위해서 '학교'를 이용한 것이다. 그때부터 학교에 엄청난 액수의 돈을 기부하기 시작했다. 나아가 학교 졸업장을 가진 사람들을 기업에 적합한 인재로 간주하고 졸업장이 있는 이들 위주로 회사에 채용하기 시작했다. 그러자 점차 고등 교육은 당연히 이수해야 되고 학교 졸업장은 반드시 필요한 것이 되었다. 20세기 후반이 되자 사람들은 대학을 졸업해야 직업을 가질수 있다는 생각을 자연스럽게 받아들이게 되었다. 학교나 사회에서는 다음과 같은 '판에 박힌 성공 법칙'을 요구한다.

초등학교 졸업 → 중학교 졸업 → 고등학교 졸업 → 대학교 졸업 → 취업 → 결혼 → 육아 → 퇴사 → 이직 → 대학원 진학 → 재취업 → 퇴사 → 권고사직 또는 명예퇴직(정년퇴직)

(또는)

초등학교 졸업 → 중학교 졸업 → 고등학교 졸업 → 공무원 시험 준비 → 합격 → 결혼 → 육아 → 정년퇴직

이 트랙 위를 차근차근 밟아나가다 보면 어느 순간, 내 시간과 경제적 자유를 나를 위해서가 아니라 기업이나 정부를 위해 쓰고 있음을 깨닫게 된다. 내 인생 전체가 어느새 다른 사람들을 위해서 존재했던 것이다. 인생의 목적이 무엇인지는 생각도 못한 채로 말이다. 그럼에도 불구하고 우리는 늘 빨리빨리 가기를 외치고 있다. "대학은 어디로 가니?", "대학 마치면 바로 취업해야지," "취업했으면 이제 결혼해야지?"라는 식이다.

지금의 학교 교육은 안타깝게도 학생 개개인의 숨겨진 재능을 발견하고 꿈을 이루는 방법을 가르치는 데에는 무관심하다. 개인의 꿈을 이루는 데 관심이 있는 것이 아니라, 기업에 필요한 노동자를 키워내는 데 주로 목적이 있는 탓이다. 많은 부분이 직장인을 양성하기 위한 커리큘럼으로 구성되어 있는 것처럼 보인다.

예체능 고교를 제외한 공교육에서는 10여 년을 국어, 수학, 과

학, 영어에 관련된 것을 가르치는 데 집중하지만, 학생들은 실제 생활에서 필요한 지식에 대해서는 거의 배우지 못한다. 예를 들면 학교에서는 자신의 회사를 시작하는 방법이라든지 돈을 벌고 투자하는 방법은 가르치지 않는다. 취직해서 기업의 훌륭한 일꾼이 되는 것은 가르치지만 창업해서 좋은 일자리를 만드는 방법은 가르치지 않는다. 실제 대학의 경영학과 커리큘럼은 사업가를 키우는 교육이 아니라 대기업 취업을 위한 교육에 가깝다.

결과적으로 많은 학생들이 학교에서 자신이 진실로 원하는 꿈이나 진로에 대한 교육을 받지 못하고 경제적으로 궁핍하고 절박한 마음가짐을 지닌 채 졸업하게 된다. 가장 중요한 것을 학교에서 배우지 못하는 셈이다. 학교가 '나만의 일을 할 자유'보다 '직업 안정성'에 초점을 맞추고 가르친 덕분에 대부분의 학생들은 피고용인으로 자라나 일생을 '일자리를 잃을까 봐' 전전긍긍하며 산다.

이 시대의 학교에 필요한 변화

이제 아이들은 꿈을 꾸지 않는다. 꿈을 꾸면 먹고살기 힘들어진다고 생각한 지 오래다. 아이들은 어른들에게 현실적인 길만을 묻는다. 교사, 의사, 공무원…. 과학자, 발명가와 같이 창의적인 일을 꿈꿨던 초등학교 아이들조차도 자라면서 장래희망 순위 1위에 공무원을 올린다. 공부를 잘해야 성공할 수 있다는 식의 교육에 물든 아이들은 '판에 박힌 성공 법칙'만을 정답이라 믿고 살게 된다. 똑똑한 학생일수록 꿈을 꾸지 않는다. 사회가 강요하는 성공 법칙 안에서 1등이 되고 싶어 하기 때문이다. 사회를 바꿀 수도 있는 똑똑한 인재들이 학교 교육을 받으면서부터는 고분고분하고 순종적이게 된다. 자본가들이 정한 룰에 길들여 사는 법을 배우게 되는 것이다. 급기야 나중에는 그들을 위해 평생 일하는 것에 만족하는 직장인이 된다. 살아남을 다른 방법을 모르기에 영혼이라도 팔아 취직하고 싶다고 말할 정도다.

애초에 자본가들이 의도한 바대로, 아무리 똑똑한 아이들도 이러한 학교 교육 체제에서는 사회를 바꾸는 인재로 자라날 수 없다. 오히려 학교 밖의 아이들이 사회를 바꾸고 있다. 아이들은 학교 교육을 통해 자기 삶의 주인으로 자리매김하는 것이 아니라, 목숨 바쳐 일하는 직장인으로 성장한다. 작금의 학교는 아이들을 현대판 노예가 되도록 교육시키고 있다.

아이들은 정작 현실 세계에서 가장 필요한 것은 배우지 못한 채 학교를 졸업한다. 대학에 다닐 때, 나는 그나마 실용적이라는 경영학과의 수업조차 실생활에 적용할 여지가 많지 않다는 것을 알게 되었다. 학교에서 배운 내용은 직업 현장에서 거의 써먹을 수가 없기 때문이다. 뿐만 아니라 학창 시절 배웠던 수학 공식과 열심히 암기했던 지식들 또한 실생활에서 써먹기 어렵다는 것을 알았다. 아무리 학교 다닐 때 공부를 잘했을지언정, 사회에 나와 좋은 성과를 거두는 것과는 큰 관계가 없었다. 학교 공부는 울타리 안 학문일 뿐이고 세상은 이론이 통하지 않고 변수가 쏟아지는 울타리 밖 정글 세계였기 때문이다.

혜민 스님은《멈추면 비로소 보이는 것들》에서 학창 시절 학교에 다니며 '속았다.'는 기분이 들었다고 한다. "아침 7시 30분까지 등교해서 밤 10시 자율학습까지 마치고 지친 몸으로 독서실로 향하면서, 내가 지금 암기하고 있는 이 많은 지식이 내 삶에 어떤 의미와 도움을 줄 수 있는지 전혀 납득할 수가 없었다. 내가 어떻게 사고하고 어떤 재능이 있으며 어떤 꿈을 가지고 있는지는 철저히 무시되었고, 그저 선생님들이 퍼주는 지식을 얼마나 빨리 스펀지처럼 빨아들이는가를 가지고 게임을 하는 것 같았다. (…) 나는 학교 공부 말고도 삶의 총체적인 질문을 고민하곤 했는데, 이런 고민을 한다는 것 자체가 정해진 입시 교육 틀에서 벗어나 불량품으로 낙인찍히는 길이었다."

정말 우리가 살아가며 필요한 지식은 '어떻게 인생을 살아야 하는가?'에 관련된 것들이 아닐까? 가슴 뛰는 직업을 찾는 법, 일에 지배당하는 삶이 아니라 일과 삶의 균형을 찾는 법, 행복하게 사는 법, 가족과 이웃과 함께 더불어 사는 법, 세상을 발전적으로 이끌어가는 법 등 인생을 결정하는 근본적인 문제들에 대해서 말이다.

누구나 살아가며 부딪히는 여러 가지 문제들에 대해 인류 역사가 남긴 지혜를 전수받고 삶을 어떻게 대처하며 성장해가야 하는지 스승으로부터 배우는 곳이 되어야 하지 않을까?

학교는 그저 지식을 전달하는 곳이 아니다. 우리는 '배움'을 얻으러 간다. 선생님에게서 삶의 지혜를 배우고 인생의 꿈을 찾고, 친구들과 함께 더불어 성장하며 행복을 만들러 가는 것이다. 하지만 지금의 학교는 오로지 남보다 더 높은 점수를 내기 위한 능력만을 강조한다. 아무리 학교를 성실히 다닌 모범생이라 해도, 졸업하고 나서 인생의 갈피를 잡지 못하고 앞으로 어떻게 살아야 할지 막막해하는 것이 우리의 현실이다.

지금 우리 아이들에게는 현실 세계와 인생을 살아가는 데 필요한 지혜를 가르쳐야 한다. 우리는 수년간 의무 교육을 받으면서도 정작 살아가는 데 중요한 '지혜'에 대해서는 거의 배우지 못한다. 그저 자신의 인생에 크게 도움 안 되는 '지식'만을 주입받고 있을 뿐이다. 아이들은 생생한 현실에 적용하지 못하는 '지식'을 목숨 걸고 공부한다. 누굴 위해서인지 왜 이것을 지금 공부하는지 명확히 알지 못한 채로, 막연하게 열심히 하면 모든 것이 해결될 것이라 믿는 것이다. 이제 이러한 악순환을 끊어야 한다. 고액의 교육비를 들어 배운 기존의 지식들로는 더 이상 앞으로의 사회에서 자리매김하기 힘들다.

학벌이 중요치 않은 새로운 시대가 오고 있다. 이제야말로 우리의 아이들에게 현실 세계에 필요한 지식과 바람직한 인생을 사는법, 올바른 사회 구성원이 되기 위한 지혜를 알려주어야 한다. 또아이 자신조차 깨닫지 못한 가능성을 매의 눈으로 발견하고, 아이의 잠재력을 최대한 키울 수 있는 방법에 대해 가르쳐주어야 한다. 시키는 일만 하며 끌려가듯 사는 인생이 아니라, 아이들 스스로 하고 싶은 일을 하며 살아갈 수 있도록 힘을 보태야 한다. 적성에 맞는 일을 찾아 즐겁게 일하도록 돕고 재능을 활짝 발휘할 수 있는길로 인도해야 한다.

학교에서 우리의 아이들이 인생에서 가장 필요한 것을 배우기를 간절히 바란다. 그래야 그 아이들이 앞으로 이 세상을 긍정적으로 만들고 모두가 행복할 수 있는 곳으로 발전시킬 무한한 빛으로성장할 수 있기 때문이다.

왜 학교는
꿈에 대해 말해주지 않을까?

학교에서는 왜 꿈에 대해 가르치지 않을까? 인생에서 가장 중요한 '꿈꾸기'를 가르쳐주지 않으면 아이들은 내 인생의 주인이 되는 삶을 포기하고, 끌려가듯 시키는 대로 살 수밖에 없게 된다. 내 꿈이 뭔지, 방향을 모르기 때문이다.

정규 교육이 거의 끝나가는 고3 학생들의 교실에 가보면 절반이 넘는 학생들이 자신의 적성이 뭔지 몰라서 미래 직업을 결정하지 못하고 있다. "잘 모르겠어요. 일단 대학 가서 생각해야죠."라면서 말이다.

아이들은 알까? 대학에서 4년 동안 열심히 공부해 졸업장을 받은 이들도 똑같이 "일단 직장 가서 생각해봐야죠."라고 말한다는 사실을. 그러나 더 큰 문제가 있다. 결국은 직장까지 가서도 꿈을 찾기가 어렵다는 것이다. 매일 처리해내야 하는 업무와 야근이 반복되는 일상 속에 생각할 시간이라곤 없다. 정신없이 살다 어느덧 결혼에 육아에 부담해야 될 책임은 나이가 들수록 늘어난다. 결국 회사에서 잘리고 난 뒤에야, 심하게는 은퇴한 뒤에야 "내 꿈이 뭐였지? 지금까지 내 인생은 뭐였나."라며 한탄한다. 평생 내가 가장 빛날 수 있는 길이나 진짜 꿈이 무엇인지에 대해 모른 채 그저 살기에만 바쁜 것이다. 비극이다. 그런데 대다수의 사람들이 이런 삶을 살고 있다.

　나 역시 학교에 다닐 때 단 한 명의 선생님도 꿈에 대해 가르쳐주지 않았다. 대한민국에서 공교육, 사교육 모두 받아봤지만 이에 대해서 진지하게 알려주는 선생님은 아무도 없었다. 어떻게 해야 좋은 성적을 받을지에 대해서만 가르칠 뿐이었다. 기껏해야 꿈을 찾아 목표에 맞게 공부하라는 추상적인 얘기들이 전부다. 그러니까 대체 어떻게 해야 내 꿈이 뭔지를 찾아내고, 어떻게 해야 그 꿈을 이룰 수 있는 것입니까?

'명문대'에도 답은 없다

나는 세상에 뛰쳐나와 일을 하면서, 대학 교육까지는 정상적으로 마치고 싶은 생각에 일하는 도중 수능 시험을 치렀다. 마음 한편에 대학에 가면 내 꿈을 찾고, 또 그것을 이룰 수 있을까 하는 기대가 있었기 때문이다. 그렇게 나는 뒤늦게 이른바 '명문대생'이 되었다. 혼자 세상에 나와 중년의 어른들과 일을 하다가, 오랜만에 또래들과 학교 다닐 생각을 하니 무척 설렜다. 한편으로는 기대도 됐다. 마치, '하버드 학생들의 삶은 어떨까?' '서울대 의대 아이들의 삶은 어떨까?' 막연히 가보지 않은 세계에 대한 로망이 있듯, 명문대 아이들의 삶은 어떨지 궁금했다. 내가 상상하는 명문대생들의 모습은, 똑똑하고 창조적이며 사회를 이끌어나갈 미래의 리더들이었다.

하지만 학교를 다니기 시작하자 이내 환상은 깨졌다. 명문대생들은 과학고나 외고 아이들과 크게 다르지 않았다. 아이들은 여전히 대학에 와서도 인생의 갈피를 못 잡았고, 경제 불황으로 취업난이 심해져 고등학교 때만큼이나 학점 경쟁이 극심했다. 살아남기 위해 맹목적으로 교과 과정을 좇아가는 중이었다. 나는 종종 명문대생들에게 "꿈이 뭐예요?"라고 물어보았다. 그들은 어딜 향해 가고 있는지 알까? 목표점이 무엇인지 궁금했다. 하지만 답을 잘 모르긴 마찬가지였다. 아직 잘 모르겠다고, 찾고 있는 중이라고 이야기하거나 대기업명을 대며 어느 회사에 들어가고 싶다고 이야기했다. 한마디로 직업에 대해 이야기하는 경우가 대다수였다. 사실 내가 물었던 꿈은 딱히 '직업'을 말하는 건 아니었다. 직업 위의 차원, 인생의 목적이 무엇인지 물어보고 싶었다. 나 또한 여전히 인생의 목적을 찾는 중이었기에 다른 친구들은 궁극적으로 무엇을 위해 열심히 노력하는지 알고 싶었다. 우리의 진짜 꿈은 무엇일까?

대학에 가면 답을 찾을 수 있을 거라 기대했다. 내 꿈을 구체화하고 현실화하는 방법을 찾을 수 있으리라고 말이다. 그러나 막상 그 안에 속해보니 진로는 혼자 알아서 찾는 것이었다. 아이들은 말했다. "명문대 나와도 답이 없다."

하지만 그건 학생들 탓이 아니었다. 막상 제대로 학교를 다녀보니 정말 대학생들은 초인적인 생활을 하고 있었다. 어떤 때 보면 고등학교 때보다 더하다는 생각이 들었다. 그때는 공부만 하면 되지 않나. 대학에 와보니 공부도 해야 하고, 형편이 어려우면 학비를 벌기 위해 아르바이트도 해야 한다. 그뿐인가. 봉사 활동도 해야 하고 영어 점수도 따야 한다. 스펙이 다가 아닌 것은 알지만, 남들도 다 하는 것을 우두커니 안 할 수는 없기 때문에 모두 다 같이 열심히 하게 된다. 대학에 가면 꿈을 이룰 수 있는 방법을 찾을지도 모른다고 생각했는데, 4년 동안 한 것은 이러한 것들을 평가

받는 일뿐이었다.

학생들은 자신에게 주어진 일을 해내느라 여념이 없다. 미래에 뭘 할지 망설이고 여유 부리고 어쩌고 할 시간이 없다. 하루에도 여러 과목에서 많은 과제가 쏟아진다. 정신을 놓고 있으면 과제 제출을 잊고 뒤처지게 된다. 간간이 짬이 나면 혼자만의 시간을 갖고 미래에 대해 진지한 생각을 해봐야 하는데, 그간 묵혔던 스트레스가 산더미인지라 '생각'이라는 걸 하고 싶을 리 없다. 학생들은 스트레스를 풀기 위해 같이 어울리는 행사에 참여하거나 술을 마시러 다닌다. 그렇다면 방학 때는 '생각'할 시간이 있을까? 방학 때는 스펙을 쌓아야 한다며 공모전 준비, 대기업 인턴 과정 등을 하느라 거의 짬도 없이 보낸다. 실제로 기업에서도 인턴 경력이나 스펙이 전무한 학생들을 '생각이 없는 사람'이라고 하거나 '능력이 없다.'라고 판단하니 그것이 무서운 것이다. 고학년이 되니 취업 준비가 더해져 학생들은 혼이 나갈 정도로 열심히 생활했다. 정말이지 생각할 틈도, 숨 쉴 틈도 없는 삶이었다.

언제부턴가 멈춰 서서 주위를 둘러보니 10대, 20대 청년들은 모두 열심히 공부해야 성공한다는 믿음에 맹목적으로 사로잡혀 있었다. 꿈에 대해 생각하고 고민해볼 시간도 없이 경쟁에 내몰려 있는 것이다. 꿈을 찾아보기는커녕 잃어버릴 위험에 처해 있다. 전 세계적으로 명문대생은 같은 문제를 가진 듯하다. 예일대 교수 윌리엄 데레저위츠는 말한다. 예일대 학생들 또한 전 세계에서 내로라하는 수재들이지만 '왜 사는지, 목적이 뭐고 왜 공부하는지'에 대한 중요한 질문에 제대로 답하지 못한다고 말이다. 이 주제는 청년 시절에 반드시 다뤄야 하는 것임에도 말이다.

사회생활을 하다 다시 학교로 돌아와보니 나는 조금 혼란스러웠다. 정상적인 트랙 밖에 있을 때는 정규 코스에 속한 아이들이 모두 빨리 가고 있으니 어서 따라가야 한다고 재촉받기 일쑤였다. "학교는 어떻게 할 거니?", "제때제때 가야지, 너무 늦어지는 것 아니냐." 그런데 막상 정규 코스 안으로 재진입해보니 여기는 또 꿈이고 뭐고, 일단 주어진 레이스를 맹목적으로만 달리고 있다. "수업 듣기 싫다." "취업 어떻게 하죠?", "내 미래는 어떻게 되는 걸까요?" 아이들은 느끼지 못하는 듯했지만, 나는 사회에 있다 돌아온 터라 분명히 알 수 있었다. 무언가 한참 잘못되었음을 말이다.

꿈을 잊은 학교, 목표가 없는 학교

학교를 수년간 다녀도 아이들은 국어, 수학, 영어에 대해서는 조금 알지언정 자기 자신에 대해서는 잘 모른다. 내가 어떤 분야에 재능이 있는지, 적성에 맞는 일은 무엇인지, 이 생애에서 이루고 싶은 것이 무엇인지 도무지 알 길이 없다. 아이들이 자기 지신에게 집중하는 시간을 거의 갖질 못하기 때문이다. 늘 밖에서, 학교에서, 학원에서, 요구하는 것을 해내기 바쁘다. 하루 일상은 수업 듣고 숙제하고 시험 치르고의 반복이다. 나중에는 학교에서 가르치는 과목의 성적 말고는 자기 자신이 어떤 능력을 얼마나 갖고 있는지조차 점점 잊게 된다.

'목표점이 뭐지? 무엇을 위해 달리고 있는 거지?' 이제라도 아이들은 멈춰 서서 숨을 고르고 생각할 시간을 충분히 갖고 자신에게 질문해야 한다. 나 또한 과거에 잘못된 꿈을 맹목적으로 좇다가 잘 맞지 않아 몇 년을 시행착오를 겪으며 고생한 경험이 있다. 그저 어떤 일이 좋아 보여서, 남들이 좋다고 해서, 겉보기에 하고 싶어서 엄청난 노력을 불사해선 안 된다. 잘못하다간 죽어라 노력해서 꿈을 이뤘을 때, 막상 나와 맞지 않는 잘못된 길인 경우가 많기 때문이다. 그리고 그 대가는 크다.

우리가 맹목적으로 노력하고 매달리기 전에, 반드시 한번쯤은 꿈에 대해 생각해봐야 한다. 내 적성과 하고 싶은 일이 잘 맞는지, 실제 직업 생활은 어떤지, 시간과 경제적 여유가 있는 삶인지, 디테일한 부분까지 자세히 파고들어 가봐야 한다. 이러한 과정은 무척이나 중요하다. 단숨에 일상을 좌지우지하게 되는 큰 결정이기 때문이다.

하지만 학교는 야속할 정도로 학생들에게 '꿈을 추구하는 삶'이 인생에서 얼마나 중요한지 말해주지 않는다. 그저 수업 진도를 나가고 과제를 내주고 팀 프로젝트로 혼을 쏙 뺄 뿐이다. 중간고사, 기말고사에, 심할 때는 매주 퀴즈 시험을 보기도 한다. 우리는 열심히 밤을 새워 달린 대가를 학점으로 평가받는다. 취업난이 심해질수록 학비가 오를수록, 학점이 미래를 좌지우지할수록 아이들은 학점의 노예가 된다. 학교는 점수로 학생을 평가하고 분류할 뿐, 학생들의 꿈을 찾는 데도, 이루는 데도, 큰 도움을 주지 못한다.

학교는 아이들이 생계를 위해 열심히 수업 듣고 공부해서 좋은 직업을 가져야 한다는 타성에 젖어 있다. 정작 생계를 위해 일하는 어른들을 보면 매일같이 피곤에 절어 끌려가듯 살며, 일에 대한 열정이나 미래에 대한 어떤 희망도 엿볼 수 없는데 말이다. 그 모습을 보며 학생들은 어른이 될수록 '인생은 고통'이라고 받아들이며 힘겹게 살아간다. 기존 사회에 순응하게 되는 것이다. 많은 학생들이 자신의 꿈을 찾으러 부푼 마음을 안고 입학하지만, 학교는 야속할 정도로 꿈에 대해, 나의 잠재력을 온전히 발휘하며 스스로가 빛날 수 있는 삶에 대해 말해주지 않는다.

왜 학교는
돈에 대해 말해주지 않을까?

    명문대 아이들 모두가 꿈이 없는 것은 아니었다. 마음을 열고 속내를 드러낼수록 그들 모두 소박한 꿈에서부터 큰 포부에 이르기까지 마음 한자리에 반짝이는 꿈들을 품고 있었다. 하지만 학생들이 자기 꿈을 접고 취직을 택하는 이유는 단 하나, '돈' 때문이었다.

    2015년 초, 독일의 한 17세 여학생이 트위터에 다음과 같은 글을 올렸다.

    "나는 곧 18세가 된다. 하지만 세금, 집세, 보험 등에 대해 아는 바가 없다. 그러나 시를 분석하는 데는 능하다. 그것도 4개국 언어(독일어, 영어, 프랑스어, 스페인어)로⋯."

이 글은 삽시간에 퍼지며 독일 사회에 교육 논쟁을 불러일으켰다. 오늘날의 학교 교육이 당장 실생활에서 살아가는 데 필요한 산지식을 가르치지 않는다는 것이다.

극도로 가난한 환경에서 자수성가해 30대 젊은 나이에 백만장자가 된 엠제이 드마코는 자신의 저서 《부의 추월차선》에서 부는 단지 돈만을 말하지 않는다고 이야기한다. "부는 곧 자유와 선택이다. 인생을 당신이 원하는 방식으로, 원하는 모습으로, 원하는 시기에 원하는 곳에서 살 수 있는 자유다. 상사와 알람 시계와 돈 때문에 받는 압박으로부터의 자유다. 그리고 하기 싫은 고된 일로부터의 자유다. 무엇보다 원하는 인생을 살아갈 자유다."

부가 단순히 돈만을 의미하는 것이 아니라 원하는 인생을 선택할 수 있는 '자유'를 포함하고 있음을 말하는 것이다. 세계적인 베스트셀러 《부자 아빠 가난한 아빠》의 저자인 로버트 기요사키는 어릴 적 선생님들에게 자주 이러한 질문을 던졌다고 한다.

"직업을 갖는 것은 돈을 벌기 위한 게 아닌가요? 그렇다면 바로 요점으로 들어가서 돈에 대해 가르치는 게 낫지 않은가요?"

그의 질문에 속 시원히 답해주는 선생님은 한 명도 없었다. 아이들이 꿈을 중요시하지 않고, 안정적인 직업을 택하는 이유는 돈 때문이다. 그렇다면 돈에 대해서 가르치면 되지 않을까? 왜 학교는 돈에 대해서 가르치지 않는 걸까? 아이들이 돈에 대해 배우지 않으면, 하나같이 나중에는 자신의 자유와 돈을 바꿔야 하는 처지에 놓이게 되는데 말이다.

자신의 가치를 시장가에 맞추는 아이들

대부분의 사람들이 월급을 받고 하기 싫은 일을 하며 끌려가듯 사는 삶에 머무르게 되는 이유는 '재정적 자유'를 획득하는 법을 배우지 못했기 때문이다. 꿈을 추구하자니 돈이 마음에 걸린다. 혼자서 돈을 어떻게 벌어야 할지 막막한 것이다. 돈에 대해 제대로 된 교육을 받지 못했기 때문에, 아무리 공부를 열심히 한 학생도 실직에 대한 걱정과 정기적인 수입을 벌지 못하는 것에 대한 두려움에 휩싸이게 된다.

20여 년간 단 한 번도 사회에 나가 경제적인 활동을 해보지 않은 아이는 돈에 대한 두려움을 갖게 된다. 세상에 나가기 전, 내가 밑바닥에 있었을 때 나는 시험 성적으로 내 가치를 평가 절하했다. 성적에 따라 나의 가치가 결정된다고 믿었기 때문이다. 그처럼, 한 번도 세상에 나가보지 않은 아이들은 자신의 가치를 세상이 정해주는 시장가에 맞춰 생각한다. 그래서 대다수가 결국 하고 싶은 일을 포기하고 '안정적인 일'을 택하게 된다. 많은 사람들이 자신이 하고 싶은 일을 하는 삶, 꿈을 이루며 행복하게 사는 삶을 소망하지만, 경제적인 두려움으로 인해 자기 신념을 밀고 나가 꿈을 성취하는 사람은 드물다.

하지만 내가 생각하기에 대부분의 학생들은 저평가된 초우량주였다. 대학을 다니며 정말 총명한 학생들을 여럿 보았다. 이들이 공부하는 것처럼, 취업을 준비하는 것처럼 세상에 뛰어든다면? 굉장한 일이 일어날 것 같았다. 이들 중 몇 명의 머리만 모아도 이 나라에 스티브 잡스나 마윈 같은 사람들이 대거 탄생할 법 싶었다. 하지만 학생들은 그럴 생각을 감히 못했다. '나'의 가치에 맞게 세상을 바꿔가는 것이 아니라, 세상이 평가하는 틀 속으로 들어갔다. 학교 안에서는 그 편이 더 맞는 것처럼 보였기 때문이다. 그들 안에 잠들어 있는 어마어마한 능력을 가진 거인은 작은 체구 속에 갇혀버렸다. 그들의 잠재력은 조그마한 사각형 책상 안에 갇힌 듯 보였다.

이처럼 똑똑한 아이들도, 평범한 학생들도, 어른들도, 하고 싶은 일을 포기하고 안정적인 직업을 선택하게 되는 이유는 앞서 말했듯 결국 돈 때문이 아닌가. 왜 사람들은 부에 대해서 배워야 한다는 생각을 하지 못할까? 살다 보면 돈 때문에 힘들고 제약받는 것이 많다는 것을 느끼면서도 말이다. 우리 생활을 쥐고 있는 것, 우리가 자유롭게 하고 싶은 일을 하지 못하는 근본적인 이유를 찾아가보면 최종적인 배후에는 돈이 있다.

사람들은 돈을 많이 번 사람들을 단순하게 운이 좋거나, 타고난 수완을 가진 사람일 거라 단정 짓는다. 그 방법에 대해서는 진지하게 궁금해하지 않는다. 태어나서 한 번도 '부에 대해 배워야 한다.'는 가르침을 받아본 적이 없는 탓이다.

실제 세계에서 돈은 반드시 배워야 하는 것이다. 부에 대한 철학과 이를 위한 교양을 쌓는 교육은 모든 사람을 부자로 만들어주지는 못할지라도, 최소한 돈의 노예가 되지 않도록 인생의 튼튼한 버팀목이 되어줄 수 있다. 이것이 사람들의 인생을 더욱 주체적이고 풍요롭게 만들 수 있다. 하지만 학교 교육 과정을 보라. 성인이 될 때까지 아이들에게 돈에 대해선 가르치지 않는다. 지금의 교육이 잘못되었다고 강력하게 외치는 사람 중 하나인 로버트 기요사키는 학교에서 금융 교육을 하지 않는 것이 바로 부자들이 미국의 교육 제도를 납치하며 벌인 일이라며 《부자들의 음모》에서 다음과 같이 주장한다.

"미국에 노예 제도가 존재하던 시절, 노예들에게 교육을 하는 것은 금지되어 있었다. 노예에게 글을 가르치는 것을 법으로 금지한 주도 있었다. 교육받은 노예들은 위험하기 때문이다. 오늘날 아이들에게 금융 교육을 하지 않는 것은 부자들의 노예로 만들기 위한 것이다. 바로 임금 노예로 키우는 것이다. 더 많은 보수를 받는 직업을 갖기 위해 학교를 열심히 다니고, 집을 사기 위해 돈을 저축하고, 주식과 뮤추얼 펀드에 골고루 투자하는 것은 일종의 조건반사다. 이익을 얻는 배후에는 부자들이 있다. 사람들은 왜 그렇게 해야 하는지도 모르면서 단지 그렇게 하라고 배웠기 때문에 그러는 것이다."

학교에서 부에 대해 올바른 관념을 심어주지 않으면 많은 아이들은 성인이 될 때까지, 성인이 되어서도 돈을 뒷전으로 생각하고 공부만 한다. 나중에 사회인이 되었을 때는 돈에 대해서 아는 것이 거의 없다. 제대로 된 금융 교육을 받아보지 못했기 때문이다. 결국 돈에 대한 지식이 없어 우리의 자녀는 벌거벗은 채 학교를 나오게 된다. 이러면 가난에 대한 두려움을 갖게 되고, 꿈을 위한 과감한 도전을 포기하고 안정적인 직장에 머무르게 된다. 경제적 제약과 시간적 제약에 시달리면서 말이다. 그러다 보면 자본가들의 의도에 따라 평생 결국 수입이 월급뿐인 삶에만 머무르게 될 것이다.

우리가 '부'에 대해 배워야 하는 이유

반면 전 세계 인구의 0.2%에 불과하지만 세계적으로 막강한 부를 자랑하는 유대인들의 교육을 살펴보자. 유대인들은 누군가 부자로 태어나는 것이 아니라 부자로 만들어지는 것이라 믿는다. 그들은 어린아이들까지 철저히 경제 교육을 시킨다. 뿐만 아니라 가정에서 부모와 자녀 사이에 적극적으로 대화하고 토론함으로써 돈에 대해 직접적으로 가르치며 경제 교육을 한다. 보통 13세가 되면 성인식을 치르는데, 지인들의 십시일반으로 평균 6000만 원 정도의 축의금이 모인다고 한다. 아이들은 이를 종잣돈 삼아 투자를 시작한다. 20대 성인이 될 무렵에는 이미 10여 년의 경험이 쌓이고 쌓여 독립적인 경제 능력을 갖추게 된다. 우리와는 매우 다른 모습이다. 우리의 교육은 수년간을 열심히 공부해 대학을 졸업하고서도 독립할 능력이 안 돼 부모에게 얹혀사는 20대 캥거루족으로 아이들을 자라게 하기 때문이다.

지금 교육의 문제는 학교 공부를 성실히 잘한 아이들도 현실에서는 돈에 의해 지배받는 삶을 살게 한다는 것이다. 아이들은 정규 교육을 마치고 다 큰 성인이 되어서도 경제관념이 없다. 어떻게 경제생활을 해야 할지 모르기 때문에 직장인으로서 먹고살기에만 급급해지는 것이다. 돈 때문에 하기 싫은 일을 하고, 억지로 직장에 출근을 하고 삶에 불만을 가지게 된다. "회사에서 월급을 올려주지 않는다," "주말까지 일을 시킨다," "먹고살기 힘들다."라는 생각에 사로잡혀 평생을 가난한 마음으로 살아가게 된다.

오늘날 학교 교육의 가장 큰 문제점은 아이들에게 부를 창조하는 방법을 가르쳐주지 않는다는 것이다. 그저 돈을 위해 일하도록 교육시킨다. 학교에서는 남이 만든 회사에 입사해서 월급 받는 방법을 가르친다. 그러나 내 회사를 만들거나, 시스템을 만들어서 부를 창조하는 방법은 가르치지 않는다. 스티브 잡스, 마크 저커버그 등 이 시대의 위대한 사업가들은 모두 대학교를 중퇴하고, 자신만의 회사와 시스템을 만들어서 부를 창조했다. 그들 또한 학교에 비싼 학비를 내고 받는 교육이 자신을 위해 일하는 길이 아니라, 다른 사람이 만들어놓은 일자리에서 돈을 벌기 위한 길이 될 것이라는 사실을 깨달았기 때문일까.

학교 교과 과정에 경제생활 및 금융에 대한 교육은 반드시 포함되어야 하는 것이다. 만약 내가 정규 교육에서 4년간 떨어져 있지 않고, 정해진 코스대로만 갔다면 어떻게 되었을까? 나는 평생 돈이 무엇인지에 대해 배우고, 부를 만드는 시스템에 대해 터득할 시간을 갖기 어려웠을 것이다. 지금 구조로는, 아이들이 꿈을 버리고 스펙 쌓기와 취업만이 단 하나의 살 길이라며 매일 주어진 공부와 과제, 시기마다 '미션'을 정신없이 해내는 일상에서 벗어나기 힘들 것이다.

지나고 보니 정규 코스에서 버려졌던 것은 천운이었다. 세상에 맨몸으로 뛰어들어 그 속에서 내가 판을 짜고 시스템을 구축하며 돈에 대해 직접 배워보는 최고의 수업을 받을 수 있었기 때문이다.

인생에서 단 한 번이라도, 돈은 얼마든지 벌 수 있고 스스로의 노력 여하에 따라 얼마든지 경제적 자유를 누릴 수 있다는 사실을 깨닫게 되면 돈의 속박에서 자유로워지게 된다. 그리고 선택의 폭이 더욱 넓어진다. 안정적인 삶이 아니라, 정말 도전적이고 하고 싶은 일을 하며 살 수 있는 인생을 꾸려갈 수 있게 되는 것이다. 그만큼 부에 대한 공부는 중요하다. 부에 대해 배우는 것은 단순히 금융 교육만을 말하지 않는다. 경제적인 금융 교육뿐만 아니라, 정신적으로 자유로운 삶을 살 수 있도록 '부에 대한 철학'을 배우는 것이다. 돈이 많고 적음에 구애받지 않는 자유와 풍요로운 마음가짐에 대해 배우는 것이다. 이것이야말로 "진리가 너희를 자유롭게 하리라."라는 말 속의 그 '진리'가 아닐까.

내가 근무하는 교육 기관, 드림유니버시티 센터에서는 종종 부에 대한 교육을 진행한다. 인상 깊었던 것은 사람들이 부에 대한 인식과 철학을 제대로 배우면 배울수록 '꿈'에 더욱 과감하게 도전하는 모습을 보인다는 것이다. 수업을 들었던 학생 중에는 비교적 나이가 어린 대학생도 있었는데, 배운 대로 사회에 나가 직접 돈을 벌어보자 돈에 대한 두려움이 깨졌다. 마음먹기에 따라 얼마든지 돈을 벌 수 있다는 사실을 깨닫고, 취직에 목매지 않고 하고 싶은 일에 도전할 용기를 갖게 되었다. '천직을 찾기 전까지 모든 직업은 아르바이트다.' 이렇게 열린 생각을 갖고 의식을 확장하자 점차 사회의 기준에 이리저리 휘둘리지 않게 되었다. 더 이상 돈을 위해 일하지 않아도 됐다. 미래를 두려워하지 않고 아르바이트를 하며 충분히 생각할 시간을 확보하고, 이제부터 자신의 천직이 무엇인지 제대로 찾아 그 일을 점차 키워나갈 것이라고 당당히 이야기했다. 인생의 운전대를 드디어 자신이 쥐게 된 것이다.

사실 내가 그 청년에게 말해준 것은 대단한 지식이 아니었다. 꼭 회사 안에 있어야, 정규 교육을 따라가야 경제적 자유를 얻을 수 있을 것이란 편견을 직접 세상에 부딪혀보게 함으로써 깨뜨려줬을 뿐이다. 진짜 세상으로 나아가 몸으로도 뛰어보고 머리도 써보고 이 일 저 일 하다 보면 돈에 대한 깨달음이 온다. 마음먹기에 따라 돈을 얼마나 벌 수 있는지, 어떻게 해야 재정적 자유를 얻을 수 있는지, 환경에 따라 얼마나 성장할 수 있는지 감각을 터득하게 된다. 경제적 속박에서 조금은 풀려나, 내 인생의 주도권을 차츰 내가 쥐게 되는 것이다.

부에 대한 진실을 알고 돈에 대해 배움으로써 우리는 가난에 대한 두려움, 무능력에 대한 두려움에서 벗어날 수 있다. 제대로 된 돈에 대한 교육은 아이들에게 경제관념을 심어주고, 그들이 생계를 위해서 일하는 것이 아니라, 꿈꾸는 일을 찾고 이루는 데 집중할 수 있도록 돕는다. 학교 교육이 해주지 않는다면 지금이라도 어른들이 나서서 부에 대한 교육을 해야 한다. 찾아보면 깨달음을 얻을 수 있는 원천은 도처에 널려 있다. 바깥세상에 직접 뛰어들어 볼 수도 있고, 지금 앉아 있는 자리에서도 얼마든지 인터넷을 통해 부에 대한 나름의 철학을 가지고 성공한 사람들의 인터뷰 동영상을 찾아보거나, 또는 그들이 펴낸 책들 속에서 진실을 발견할 수도 있을 것이다. 부에 대한 무지에서 벗어나라. 자녀들에게 부에 대한 공부를 하게 하라. 아이들은 그럼으로써 거침없이 꿈을 추구할 수 있게 될 것이다. 결국은 하고 싶은 일을 하며 얼마든지 인생을 주체적으로 풍요롭게 살아갈 힘을 얻을 것이다.

불안은
학교 안이나 밖이나 다 있다

기업은 이제 더 이상 당신을 책임지지 않는다.

당신 스스로 당신을 책임져야 한다.

— 톰 피터스, 《인재》 중에서

꿈을 키워주지 않는 교육, 인생을 선택할 자유를 주는 부에 대해
가르치지 않는 교육, 무한 경쟁으로 자존감을 잃게 만드는 지금의
교육은 문제가 있다. 말하지 않아도 우리 모두가 마음 깊은 곳에서
느끼고 있는 사실이다. 그럼에도 불구하고 왜 우리는 쉽사리 학교
밖으로 나오지 못할까?

불안하기 때문이다. 다른 사람들이 가지 않는 길, 검증되지 않은 길은 두려움으로 가득 차 있다. 대부분의 사람들은 두려움 때문에 꿈을 이루지 못한다. 가난에 대한 두려움, 실패에 대한 두려움 말이다. 그래서 우리는 꿈을 버리고 안정적인 직업, 공무원, 대기업, 전문직을 가지려 공부에 매달린다.

하지만 고용이 안정되어 있던 사회는 지금 급속도로 붕괴하고 있다. 더 이상 적당히 시키는 일만 하며 편하게 월급을 받을 수 있는 세상은 없다. 회사는 틈만 나면 구조 조정을 하고, 지금 이 순간에도 실적이 저조한 직장인들을 해고하고 있다. 앞서 잠깐 언급했듯이, 더욱 심각한 사실은 24시간 일을 시키고 월급을 주지 않아도 아무 불평 없는 로봇들이 우리의 일자리를 점점 대체하고 있다는 것이다. 기성세대가 생각하듯 '취업만 하면 안정된 삶이 보장되던 세상'은 끝났다. 정말 안정적인 직업은 있는 것일까?

취직을 해도 불안하긴 마찬가지

공무원에 대해 생각해보자. 사람들은 공무원을 흔히 '철밥통'이라고 표현한다. 국가가 망하지 않는 한 무조건 앞날이 보장되는 안정적인 직업이라고들 한다. 경제 불황 시기에는 전문직보다 공무원이 낫다고도 하질 않나. 하지만 공무원도 더 이상 평생 직장이 아니게 됐다. 정부가 공공 서비스의 질을 높이기 위해 일 못하는 공무원은 퇴출시키는 방안을 검토하고 있기 때문이다. 이제 공무원도 회사처럼 업무 성과 평가를 받게 되었다. 평가에 따라 S-A-B-C, 네 등급으로 나눠 똑같은 직렬이라도 연봉에 차등을 두는 것이다. 파격적인 제도 시행으로 일을 못하는 공무원은 내쫓고 일 잘하는 공무원에게는 인센티브를 주어 전체 공무원 사회에 동기 부여를 하겠다는 방침이다. 안일하게 시키는 일만 하며 적당히 살았던 사람들에 대한 일침이다. 공무원도 이제는 잘린다.

대기업 또한 사정이 만만치 않다. 계속되는 경기 침체로 기업들은 앞다퉈 근무 기강 확립에 나서고, 업무 태도가 불성실한 직원은 징계를 내리거나 권고사직시키고 있다. 근무 시간을 준수하지 않는 사람들, 제대로 일하지 않는 사람들을 잡아내겠다며 감시를 하고 강압적으로 나서는 것이다. 극심한 취업 경쟁을 뚫고 대기업 울타리 안에 들어왔는데, 또 생존 위험이 도사리고 있는 셈이다. 생각보다 직장은 안정적이지 않고, 기대와 달리 열악한 업무 환경에 회의감이 든다. 뿐만 아니라 대기업 안에서도 또다시 무한 생존 경쟁이 펼쳐진다. 대기업 안의 사람이나 바깥의 사람이나 다들 만나기만 하면 고통을 토로하기 바쁘다.

학창 시절부터 시작된 무한 경쟁에서 승리하고 우수한 성적으로 전문직을 갖게 된 이들은 어떨까? 그들도 불안하기는 마찬가지다. 의사, 변호사, 공무원 등 수많은 직종이 모두 직업을 갖고 나서도 치열한 경쟁에 시달리고 있다. 이미 변호사 사무실, 병원 등은 포화 상태다. 문 닫는 병원은 수두룩하고, 서초동 변호사 사무실에는 파리만 날린다고 한다. 최근 파산 회생 신청을 한 사람의 40%는 의사, 변호사, 한의사, 약사 등 고소득 전문직 종사자들이었다.

정답이 나왔다! 불안은 어디에나 도사리고 있다. 공부를 잘한다고, 안정적인 직장을 갖는다고, 인생의 두려움이 해결되진 않는다. 교육 기업 메가스터디 대표 손주은 회장은 이렇게 말했다. "공부 말고 너희들이 구원받을 수 있는 건 아무것도 없어. 목숨 걸고 해봐." 나 또한 수험생 시절 손주은 대표의 열정적인 동기 부여 영상을 보며 감동받던 학생이었다. 그랬던 그가 지금은 대학이 전부가 아니라며 자신의 생각이 모자랐다고 이야기한다.

"목숨 걸고 공부해도 소용없습니다. 취업 공부, 고시 공부에 목매는 건 두렵기 때문입니다. 경쟁에서 밀리면 끝이다, 안전망이라도 찾자는 거죠. 양극화에서 밀리지 않기 위한 발버둥일 뿐입니다. 공부해서 취업한들 대기업 부속품밖에 더 됩니까? 얄팍한 인생밖에 더 됩니까? 이제 공부는 구원이 아니라 기득권층 뒷다리만 잡고 편하게 살자는 수단에 불과합니다. 가진 사람들이 부를 세습하는 장치들이 너무 단단해요. 자식들을 위해 너무나 튼튼한 안전장치를 만들어놓고 있어요. 그래서 공부 잘한다고, 명문대 나온다고 중산 층으로, 그 이상으로 올라가긴 쉽지 않아요. 대학 잘 가는 건 경쟁 요소의 하나일 따름이지, 그렇게 큰 경쟁력은 아니라는 거죠."

경제학자 토마 피케티는 《21세기 자본》에서 다음과 같이 말한 다. "부가 부를 쌓는 새로운 계급 사회인 세습자본주의 시대가 왔 다." SNS에서 한창 화제가 되었던 동영상이 있다. '문과와 이과의 싸움'이라는 영상이었다. 이과 학생은 문과 학생을 계산도 못하는 바보들이라 무시하고, 문과 학생은 이과 학생을 국어도 못하는 공 돌이라 무시한다. 한강 다리 밑에서 문과와 이과가 멱살을 잡고 싸 우자 지나가던 부잣집 아이가 비웃는다. "저렇게 공부해봤자 내 밑에서 일할 미개한 것들." 문과생과 이과생은 절규한다. "우리는 결국 월급쟁이로 살게 될 거야." 내게 그 영상은 정말 충격이었다. 문과와 이과 교육을 나누어 굳이 편을 갈라 싸우는 것도 문제인데, 사실은 그보다 더 큰 문제가 있었던 것이다. 많은 사람들이 우스갯 말로 "건물주가 조물주보다 좋다."라고 하듯 공부를 해봤자 공부 로는 올라갈 수 없는 계층 사다리가 풍자되고 있는 것이다.

그런데도 왜 아직도 공부가 인생의 전부라고 믿는 것일까? 부모 들이 자란 시대에는 '판에 박힌 성공 법칙'이 통했기 때문이다. 부 모들 역시 상당수 의무 교육 세대이기에 공부만이 유일한 희망이 자 공부를 잘하면 모든 것이 해결된다는 과거의 가치관에 젖어 있다. 이에 시대가 엄청난 속도로 바뀌고 있음을 깨닫지 못하고, 낡은 시절에 통하던 성공 법칙만을 따라 아이들을 교육시키고 있는 것이다. 어른들이 어릴 적부터 그렇게 이야기하고 키워온 덕택에 지금의 청년들 또한 공부만 잘하면 모든 것이 해결된다는 '공부만능주의'에 젖어 있다. 오죽하면 학생들은 대학에 가서도 학원에 다니고 사교육에 엄청난 돈을 들인다. 한창 다양한 세상을 돌아다니며 경험을 쌓아야 할 시기에 방 안에 틀어박혀 고시 공부, 취업 공부를 하느라 여념이 없다. 아이들은 세상 사람들이 하는 말을 그대로 믿을 뿐이다. 하지만 이제는 어른들이 나서서 그 법칙이 틀렸다는 사실을 빨리 알려줘야 한다.

앞으로 다가올 사회에서 공부 잘하는 것은 수많은 경쟁 요소 중 하나일 뿐이다. 지금처럼 모두가 남들과 똑같은 공부를 하며 같은 길을 걷다간, 레드 오션에 한꺼번에 몰려 인재들끼리 피 튀기는 경쟁을 치르게 될 것이다. 소수만이 승자가 되는 구조인 탓이다. 힘들게 노력해서 경쟁에서 살아남았다 해도 문제다. 얼마든 새로운 인재로 대체될 수 있기 때문이다. 이제는 '남과 똑같이 되고, 남과 똑같은 길을 가는 것이 훨씬 고생하는 길'이라는 새로운 사실에 눈을 떠야 한다. 지금의 사회가 이 사실을 증명하고 있다. 사회가 권하는 안정된 직장만 들어가면 불안이 해소될 거라 믿은 부모의 판단은 틀렸다. 그러면 앞으로 우리는 어떻게 해야 하는 걸까?

나만의 무기를 개발하라

이제는 시류에 따라 남들이 가는 길만 좇으며 휘둘려 사는 인생을 멈춰야 한다. 그리고 앞으로의 세상에 통할 다른 법칙에 눈을 떠야 한다. 어떤 사람들이 꿈을 이루는가? 어떤 사람들이 행복한 인생을 살며, 좀 더 나은 세상을 만드는 데 이바지하는가? 이 시대에 혼자 힘으로 성공한 사람들을 보라.

그들은 공부가 아닌 자기만의 강력한 무기를 개발한 덕택에 계층을 뛰어넘고 꿈을 이루며 최고의 모습으로 살고 있다. 남들이 다가는 길이 아니라, 자신의 영혼이 울리는 길을 따라 묵묵히 치열하게 걸어간 사람들이 성공을 거두고 있는 것이다.

당시에는 혼자 딴 길로 간다며 주변 사람들의 멸시를 받았을지 모른다. 뭐든지 남과 달라지는 데에는 용기가 필요하다. 하지만 주변의 목소리에 흔들리지 않고, 자기 내면의 목소리에 끊임없이 귀 기울이고, 적성과 인생의 사명을 찾아 진로를 탐색한 사람들은 시키는 일이 아니라 본인이 하고 싶은 일을 하게 된다. 또 그 길이 그 자신 최고로 노력할 수 있고, 열정을 다할 수 있는 일이기에 잠재력이 100%, 200%, 1000% 발휘된다. 자신이 될 수 있는 '최고의 버전'이 된 사람들. 그런 사람들이 성공하는 시대인 것이다.

가정, 학교, 직장이라는 안정된 울타리 안에 있으면 있을수록,

평생 내가 원하는 삶을 살 수 있는 가능성은 희박하다. 과감히 울타리 밖으로 나오라. '나'를 위한 인생을 살아야 한다. 내가 선택하고 스스로 책임지며 성장해나가는 꿈 같은 인생을 개척해야 한다.

자신의 무한한 잠재 능력을 개발해줄 다양한 환경과 정글 같은 진짜 세상에 나를 내던져보자. 설사 그것이 추락하는 길이라 해도, 추락하는 과정 속에서 나는 결국 날개를 달게 될 것이다. 궁극의 위기에 몰려 미처 알지 못한 수많은 능력들을 발휘하게 될 것이다. 그래서 위기는 곧 기회다. 위기가 기회가 되는 순간, 내 인생을 온전히 나 자신의 힘으로 책임질 수 있게 된다.

누구나 인생의 빛나는 순간이 있다. 그 감춰져 있는 순간을 그냥 지나치지 말고 자신의 손으로 찾아내야 한다. 마음의 소리를 따라 세상에 뛰쳐나가 룰을 배우고 판을 짜라. 사람은 하기 싫은 일을 할 때 가장 무기력해진다. 반대로, 사람은 꿈을 향해 전력투구할 때 초인적인 힘을 발휘하며 가장 크게 성장한다. 미친 듯이 내가 하고 싶은 일에 혼신의 노력을 다할 때, 내 스스로 미래를 창조할 수 있는 능력이 생긴다. 어느 순간 빠르게 성공하는 추월 차선에 올라탄 자신을 발견하게 될 것이다.

PART 2

내 생각의
주인은
바로 나

이 땅의 교육 시스템을 바로잡기 위한 첫걸음은 바로 아이들이 생각의 힘을 사용할 수 있도록 스스로 생각하는 힘을 키우는 교육을 하는 것이다. 스스로 생각하는 사람만큼 강한 존재는 없다. '생각'이야말로 내 마음대로 지배할 수 있고 의지할 수 있는 유일한 힘이다. 모든 문제와 갈등의 해결책이 자신에게 달려 있음을 자각한다면, 어떤 문제에 직면하더라도 방황하지 않고 마음의 힘을 믿고 해결해나갈 수 있다.

학생들이 생각하지 않기를
강요하는 사람들

　세상에서 자신의 생각대로 꿈을 이루며, 하고 싶은 일을 하고 살아가는 사람들이 얼마나 될까? 어른들은 어릴 적 꿈을 이뤘을까? 하루는 아이들을 가르치는 선생님들을 대상으로 진로지도 교육세미나가 있었다. 다양한 연령대의 선생님들이 학생의 입장이 되어 역할 놀이를 해보는 코너가 마련됐다. 어른들이 학창 시절의 자기 모습으로 돌아가 상담 선생님께 그 시절 꿈꿨던 직업에 대해서 이야기해보는 것이다. 그런데 활동 중에 웃지 못할 먹먹한 깨달음이 왔다. 많은 사람들이 꿈을 이루지 못한 이유로 '부모님의 반대'를 들었던 것이다. 30대뿐만 아니라, 40대, 50대 되신 나이 지긋한 분들도 똑같은 이야기를 했다. "그때 제가 정말 하고 싶었던 일이 있었는데, 부모님이 반대하셔서 안정적인 직업을 택했습니다."

그러자 너도나도 '자신의 부모님도 그랬다.'라며 손을 들기 시작했다. 어른들은 어느새 어린 시절 '꿈을 빼앗긴 아이'로 돌아가 있었다. 그리고 서로 감춰왔던 꿈 고백에 마음 깊이 공감했다. "아직도 그 일을 하고 싶으세요?" 누군가 질문을 던졌다. 그러자 많은 분들이 "그렇죠," "생각이 납니다."라고 답했다. 나이가 들어 늦은 것 같다고 하면서도, 여전히 마음 깊은 곳에는 자신의 꿈이 남아 있는 모습이었다. 그 눈빛을 보고 있자니 마음이 아팠다. 옛날이나 지금이나, 자신의 꿈에 도전하고 재능을 발굴하며 나답게 살기를 포기하고, 안정적인 길을 택하는 가장 큰 이유가 부모 때문이라는 사실 말이다.

부모가 인생을 대신 살아주지 않는다

많은 부모들이 자녀를 아끼고 사랑하는 마음에, 아이들이 좀 더 편하고 안정된 길로 나아갔으면 하는 바람을 갖는다. 눈에 넣어도 아프지 않을 내 아이가 걸어가려고 하는 길이 너무 위험해 보이면 불안해진다. 그리고 걱정스러운 눈길을 보낸다. 혹시라도 내 아이가 그 길을 걸어가다가 다치지는 않을까? 너무 힘들어하지는 않을까? 그 모습을 차마 볼 수가 없다. 결국 아이가 직접 도전해보고 경험을 통해 스스로 깨닫기도 전에 그 길은 아닌 것 같다며 막아서게 된다. 아이가 다치지 않았으면 하는 마음이 너무 커서 예측하기 힘든 길로 잘 보내지 못하는 것이다. 아이가 스스로 도전해보고 실패를 겪는 과정을 통해 더 많은 것을 배우고 강인하게 성장할 수 있다는 사실을 믿지 못한다. 그런데 문제는 아이가 자신을 잃어간다는 것이다. 자신을 믿어주지 못하는 부모를 보며, 아이는 '나는 할 수 없다'는 생각을 은연중에 갖고 자신을 꺾는다. 그리고 부모가 권하는 길을 따라가기 시작한다. 그 과정 속에 아이만의 색깔이라든지 아이만의 '생각'은 사라진다. 어느새 아이 삶의 주도권은 부모의 손에 쥐여 있다.

주도권을 쥔 대부분의 부모는 자녀들이 도전하기보다 안정된 삶을 살기를 권한다. 자녀들이 힘들거나 고된 직업을 갖고 고생할까 봐, 혹은 능력 이하의 일자리를 얻어 쥐꼬리만 한 월급을 받으며 힘들게 살까 봐 걱정한다. 자식만큼은 본인처럼 인생을 힘들게 살지 않길 바란다. 결국 많은 부모가 자녀들이 꿈을 좇기보다는 전문직을 갖거나 공무원, 대기업 취업 등 안정된 직업을 갖길 바란다. 더 좋은 교육을 해주려 교육비를 아낌없이 투자한다. 교육에 열성적인 부모일수록 자식을 믿어주기보다 자식 걱정에 휩싸여 있으며, 시간을 주거나 스스로 생각할 틈을 주지 않는다.

"우리가 세상에 대해서 더 잘 안다. 너는 미래에 대해서 고민할 필요 없다. 너는 그냥 우리가 말하는 대로 잘 따라오고, 시키는 것만 열심히 하면 된다." 아마도 이런 말들을 많이 들어보았을 것이다. 물론 아이들을 사랑해서, 아이들의 미래를 걱정해서, 올바른 길로 인도하고픈 어른들의 마음일 것이다. 때로 부모들은 자기 자신보다 자식을 더 사랑한다. 하지만 이런 생각들이 정말 우리 아이들을 올바른 길로 인도할까? 미래에는 과연 이런 방식들이 통할까?

교육열이 뜨거울수록 아이들은 위험하다. 안타깝게도 많은 어른들은 아이들이 스스로 생각하는 습관을 들이지 못하도록 막고 있다. 우리의 아이들이 진정으로 원하는 것을 찾지 못하고, 현실과 타협하며 어딘가에 끌려가듯 사는 것은 왜일까? 바로 이런 생각이 주입되고 있기 때문이다.

"얘야, 너는 반드시 학교를 마쳐야 한다."

"얘야, 학교를 졸업하지 못하면 성공적인 삶을 살 수 없어."

"얘야, 취업하지 못하면 힘들게 살 거야."

"얘야, 반드시 이 길로만 가야 한다."

"꿈을 꾸는 것은 비현실적인 일이야. 사회적으로 정해진 길만이, 그리고 안정된 월급을 주는 곳만이 정답이다."

이는 고용 사회에서나 통하던 말들이다. 하지만 아직도 많은 어른들이 아이를 판단하는 기준은 '그 아이가 어른들 말을 잘 듣고 좋은 성적을 받아 좋은 학교에 가느냐'이지, '그 아이가 자신의 생각을 갖고 꿈을 이뤘느냐'가 아니다. 스스로 생각하게 하는 것이 아니라, 생각을 강요당하는 구조에서 아이들이 진짜 자기 생각을 발견하고 지키기란 쉽지 않은 일이다. 아이들은 어느덧 부모의 생각을 자기 생각처럼 받아들이고, 이윽고 성장을 멈춘다. 그리고 끝내는 자기 생각을 잊어버린다. 뭘 물어봐도 "몰라요, 부모님한테 물어보고요."라고 답한다.

그 결과, 수많은 아이들이 자주적으로 생각하는 능력을 잃어버린다. 자기 생각이 없고 자기가 누군지 모르게 되고 꿈도 잃게 된다. 자기 주도적이 아닌 타인 주도적인 삶을 살게 되는 것이다. 오늘날의 우리 아이들은 기존 고용 사회에서와 마찬가지로 초·중·고등학교, 대학교를 컨베이어 벨트 따라가듯 졸업하고 쫓기듯이 취직을 한다. 취직을 하면 얼마 안 있다가 결혼 걱정을 하며 배우자 찾기에 바쁘고, 힘겹게 준비해서 결혼을 하면 얼마 안 있다가 아이를 갖고 생계 걱정에 휩싸여 발이 묶인다. 그렇게 무한한 가능성을 지녔던 우리 아이들의 재능이 아깝지 않은가?

자기 삶의 주도권 되찾기

　이제는 아이들에게 주도권을 주어야 한다. 우리부터 먼저 아이들을 깨워야 한다. 마취에 걸린 듯 생각 없이 하루하루를 살아가는 아이들에게 생각할 틈을 주는 교육을 해야 한다. 자신의 재능과 적성에 대해서 끊임없이 생각해보고 자기 주도 아래 삶을 꾸릴 수 있도록 독려해야 한다. 아이들 개개인의 '생각'에 주목해야 한다. 자주적으로 생각하게 하라. 주도권을 쥔 아이만이 사회에 나가서도 휘둘리지 않고 주도적인 인생을 살게 된다.

　지금부터라도 아이들에게 틀에 박힌 성공 법칙을 권하며 생각을 주입시키는 행위를 멈춰야 한다. 지금 부모가 아이의 인생에서 물러나지 않는다면 부모 다음에는 회사가 아이 삶의 주도권을 쥘 것이다. 남이 내 인생과 행복을 결정하는 것만큼 불행한 삶은 없다. 아이들은 평생을 남의 생각에 따라 남을 위해 살게 된다. 부모를 위해, 회사를 위해, 그리고 자식을 위해서 말이다.

　아이들이 진정한 자신을 발견하고 원하는 삶을 살도록 하기 위해 우리는 아이들이 스스로 생각하게 만들어야 한다. 인생에서 이루고 싶은 꿈이 무엇인지, 삶에 대해 어떻게 생각하고 있는지 질문을 던지고, 아이의 생각을 물어보라. 정말 마음속 깊이 하고 싶은 일이 무엇인지 말이다. 숨겨졌던 꿈들이 줄줄 흘러나올 것이다. 그 안에 눈부신 가능성과 풍요로움, 행복의 열쇠가 있다.

아무리 허황된 꿈이라도 아이가 자유롭게 자신의 꿈에 대해 생각해보고, 서로 이야기할 수 있는 환경을 조성하는 것이 중요하다. 하고 싶은 것을 말할 수 있는 자체만으로 대단히 중요하고 의미 깊은 일이 될 것이다. 아이의 꿈에 대해, 가장 나다울 수 있는 진로가 무엇일지, 다양한 성공 방법에 대해 함께 이야기를 나누어보자. 아이의 재능은 아이가 꿈꾸는 것에서 발견할 수 있다. 그러다 보면 우리 아이들이 얼마나 놀라운 잠재력을 지녔는지, 얼마나 창조적이며 매력적인 생각을 품고 있는지 금세 깨닫게 될 것이다.

주체적으로 생각하고
자기만의 세계와 만나기

만약 지금부터 우리가 교과목을 가르치는 시간을 줄이고, 현실적인 지식을 가르치는 데 더 많은 시간을 할애한다면 교육의 문제는 해결될까? 아마도 아닐 듯하다. 간과한 것이 하나 있기 때문이다. 바로 '교육 방식'이다. 때로 '교육 방식'은 '교육 과목'보다 더 많은 것을 가르친다.

스타트업 기업의 신데렐라. 5년 만에 1000억대 CEO가 되어 〈포춘〉에서 세계에서 가장 영향력 있는 40세 이하 경영인에 선정된 온라인 쇼핑몰 '내스티 갤(Nasty Gal)'의 창립자 소피아 아모루소는 학창 시절 학교에서 그야말로 문제아였다. 그녀는 자신의 책《#걸보스》에서 학교 교육에 대해 이렇게 말한다.

나는 마치 감옥 안에 갇힌 죄수가 된 기분이었다. 나는 파블로 프의 개보다도 더 자율성이 없었다. 학교 교육이 프리 사이즈 옷처럼 획일화되어 있는 것이 굉장히 안타깝다. 애초에 전통 적인 학교 시스템은 자유 의지를 억누름으로써 돌아가는 원리다. 나는 이것이 젊은이들이 학교에서 배운 행동을 평생 반복하도록 훈련시키기 위한 높은 분들의 음모가 아닐까 싶다. 이제 사회로 나오면 당신의 장소가 학교에서 사무실로 바뀔 뿐이다. 만약 당신이 학교에 적응하지 못하면, 학교에서는 무조건 당신에게 뭔가 문제가 있다면서 손가락질을 해댄다. 그러나 이것 하나만 알아두길 바란다. 실패한 건 당신이 아니라 학교 시스템이다. 학교에서 두각을 나타내지 못했다는 건 당신이 멍청하거나 쓸모없는 존재란 뜻도 아니고, 앞으로 뭘 하더라도 실패하게 될 거라는 뜻도 아니다. 당신의 재능은 다른 곳에 있다는 의미일 뿐이다.

그간 학교를 다니며 느꼈던 심정을 정확하게 표현해준 그녀의 말에 나는 크게 공감했다. 한번은 대학 수업 시간에 이런 일이 있었다. 21세기 미래 사회가 급격히 변화하고 있으니, 창조적이고 혁신적인 인재가 필요하다는 내용이 진행 중이었다. 그런데 갑자기 교수님이 이런 질문을 던졌다. "과연 지금 대학이 이런 인재를 배출할 수 있을까요? 여러분은 사실 부모가 시키는 대로 열심히 순종적으로 공부해온 아이들이 아닌가요? 지금의 방식으로는 계속해서 틀에 박힌 인재를 양성해낼 수밖에 없습니다. 그 사실이 암담합니다." 정곡을 찌르는 교수님의 말씀에 교실은 조용해졌다. 하지만 현재 교육 시스템에서는 어쩔 수 없는 일이 아닐까? 과연 우리의 학교 교육은 어떤 방식으로 학생들을 가르치고 있을까?

학교가 아니라 감옥

학생들은 매일 정해진 시간에 앉아 학교에서 가르치는 내용을 일방적으로 받아들인다. 그리고 적당한 기간마다 학습이 잘 이뤄졌는지 평가해 성적을 매긴다. 여기서 가만히 생각해보자. 단순히 암기하거나 시험을 보기 위해 빠르게 익힌 지식은 금방 잊힌다. 아무리 열심히 공부해도 시험을 보고 나면 하얗게 기억이 나지 않는다. 그런데도 왜 이러한 방식을 고집하는 걸까?

남는 것이 있다고 믿기 때문이다. '교육 방식'을 통해 습득하는 생각과 태도다. 교과서 내용은 잊혀도, 이 과정을 통해 습득하게 된 가치관과 태도는 무의식중에 남는다. 아이들은 기존 사회 규율을 따르는지 아닌지에 따라 상벌을 받는다. 잘 따른 학생은 칭찬받고 모범생으로 평가받는다. 반면, 따르지 않는 학생은 부끄러움을 느끼고 죄책감에 시달리거나, 문제 있는 학생으로 평가된다. 이런 분위기 속에서 아이들은 점점 기존의 사회질서가 맞다고 받아들인다. 그리고 규칙을 고분고분하게 순종적으로 잘 따르는 사람으로 자라난다.

프로이센 교육과 미국의 공교육 등이 순전히 학교에서 아이들이 배우는 '교육 과목'에만 영향을 준 것은 아니다. 어떻게 아이들을 교육시키는가 하는 '교육 방식'에까지 적극적으로 개입한 것이다. '체제에 맞는 사람'을 생산하기 위해서는 사람들의 생각과 행동을 교정해야 하기 때문이다.

한 번쯤 학교가 감옥 같다고 느낀 적이 있다면, 그런 감정은 지극히 자연스러운 것일지도 모른다. 한 학술 논문에서는 사회에서 배우게 될 규율을 완전히 익히고, 학생들을 지배자들이 원하는 사람으로 성장시키기 위해서 '파놉티콘'이라는 감옥 모형이 학교에 적용되었다고 주장한다. 파놉티콘은 소수의 감시자들이 다수의 사람들을 통제할 수 있는 방식으로, 감시자들이 있는 곳을 어둡게 만들어 피감시자가 늘 감시당하는 것처럼 느끼게 만든다. 사람들은 감시자가 있는지 없는지 알 수 없으므로 24시간 규율에 신경 쓴다. 그리고 규율을 잘 따른 사람은 상을 받고, 잘 따르지 않으면 벌을 받는다. 처음에는 잘 따르지 않던 사람들도 상황이나 환경이 이렇다 보니, 결국 점차 규율이 체화된다. 나중에는 익숙해져 서로가 서로를 감시하며 규칙을 자발적으로 준수한다.

학생들 또한 마찬가지의 과정을 겪는다. 처음에는 학교의 방식이 문제라 여기지만, 점차 생각과 행동이 체제에 맞게 변화한다. 차츰 학교가 정하는 규율에 따르고, 기존 사회 질서에 따라 서로가 서로를 평가한다. 그리고 이를 따르지 않는 사람에 가하는 차별과 경쟁을 당연한 것으로 여기게 된다. '정답이 아니면 틀린 것'이라 배우기 때문에 가치관 또한 그렇게 형성된다. '나와 다른 것'을 인정하지 않고 '옳고, 틀리다'로 비교하며, 편을 가르고 평가하기 시작하는 것이다.

마거릿 헤퍼넌은《경쟁의 배신》에서 이렇게 말했다.

"아이들은 어려서부터 어른들에게 이런 얘기를 들으며 자란다. '만약 아이들이 교육 제도에 적응하지 못한다면 무슨 일이 일어날까요? 제대로 된 학교에 들어가지 못한다면 그 아이는 어딘가에서 노가다나 뛰고 있을 겁니다. 아이들에게는 인생의 시간표가 이미 주어져 있어요.' '제대로 된 학교에 들어가면, 제대로 된 직업을 얻을 것이고, 그럼 돈도 제대로 벌 수 있을 것이고, 행복해질 것이고, 승진을 해서 1등 자리까지 쭉 올라가게 될 거야!' 여기서 승리란 명문 학교에 들어가서, 시험을 잘 보고, 점수를 잘 받고, 잘난 친구를 사귀는 것을 의미한다."

학생들은 학교 교육을 받으며 '학벌이 전부'이며 '주어진 길에서 1등이 되어야 살아남는다.'라는 기존 사회 질서를 받아들인다. 반대로 자기만의 생각이나 가치관은 잃게 된다. 현재 교육 방식은 학교에서 학생들이 자신만의 생각을 잃고 사회의 평가를 받아들이며 수동적으로 따라갈 수밖에 없는 구조다. 평생을 체제에 순응하는 법을 체득하며 살았는데, 어느 날 갑자기 자기 주도적이고 능동적인 삶을 살아갈 수 있을까? 학생들은 학교에서 '생각하는 것'이 아니라 '생각당하고' 있다. 지금의 교육 방식으로 자기 주도적이고 능동적인 아이들을 키워낸다는 것 자체가 모순이다. 그렇다면 이제부터 학교는 아이들에게 어떤 도움을 주어야 할까?

먼저 학교 스스로가 주입받은 고정 관념을 깨버려야 한다. 지금까지 우리 사회는 고용 사회의 교육 방식을 성공적으로 주입받았다는 것을 증명하는 졸업장, 다시 말하면 학벌이 성공의 필수 조건이라고 생각했다. 하지만 오늘날 우리 사회는 누가 이끌고 있는가? 늘상 들어오던 '판에 박힌 사회의 성공 법칙'에서 벗어나, 현재 사회에서 실제로 성공한 인물들을 찬찬히 탐구해보면 그제야 진실이 보이기 시작한다. 이 시대 최정상에 위치한 인물들을 자세히 관찰해보라. 그들은 우리와 어떻게 다른가?

'생각하는 법'을 가르쳐주는 교육

　사회에서 성공한 사람들의 면면을 살펴보자. 아인슈타인, 빌 게이츠, 정주영 회장 등은 학교조차 제대로 다니지 못하고 중도 포기했지만 모두 자신의 생각대로 살았다. 자기가 가고 싶은 길을 가고, 마음껏 실패했으며, 세상과 부딪히며 자신의 생각을 발전시켜나갔다. 결과적으로 그들은 모두 크게 성공했다.

　이제 성공에 학벌은 그다지 필요하지 않다. 오직 자주적으로 '생각하는 사람'만이 강자다. 주입식 교육을 받고 고용 사회가 원하는 성실한 일꾼으로 성장한 우리와 위의 방식으로 성공한 사람들은 생각하는 것부터가 다르다. 앞으로의 학교 교육은 이처럼 학생들 스스로 자신의 '생각'을 찾을 수 있게 돕는 방식이 되어야 한다.

　세상은 '생각하는 사람들'에 의해 달라진다. 누가 뭐라건 자신의 생각을 지키고 외부 환경에 휩쓸리지 않고 자신의 확고한 목표에 집중해서 그 꿈을 끈질기게 파고든 사람들이 세상을 바꾼다. '생각당하고' 있음을 인지하고, 그로부터 벗어나려 할 때 성공의 문에 조금 더 가까워질 수 있다. 진실은 성공한 사람들의 손 안에 들어 있는 법이다.

　하지만 안타깝게도 지금 학교는 생각하는 것이 아니라 생각당하는 방법을 가르치고 있다. 앞으로 우리의 교육은 어떻게 변화해야 할까? 학교는 아이들이 어떤 누구에게도 '생각당하지' 않고, 다른 사람을 위한 인생이 아닌, 오롯이 자기 인생의 주인이 되는 방법을 가르쳐야 한다. 스스로 생각하고 자기 주도적으로 행동할 수 있도록 이끌어주는 것이다. 아이들 또한 '자신의 생각을 명확히 아는 것'이 가장 중요하다는 사실을 인지해야 한다. 학교는 바로 이것을 도와야 한다. 그러기 위해서는 현재의 '교육 방식'을 변화시킬 필요가 있다.

첫째, 학교와 교과서는 학생이 스스로 생각하는 법을 발달시키는 기본적인 수단이 되어야 한다. 중요한 것은 자신이 생각하고 믿는 것은 무엇이든 성취할 수 있다고 가르치는 것이다. 스스로 생각하는 힘을 키울 수 있게 도와야 한다.

둘째, 선생님이 앞에서 수업을 하고 학생들은 받아 적는 식의 일방적인 수업이 아니라, 아이들도 선생님과 함께 수업을 직접 이끌어갈 수 있는 권리를 부여받아야 한다. 모든 공부가 타인 주도가 아닌 자기 주도에서 비롯될 수 있도록 환경을 조성해준다.

셋째, 학생 모두가 참여하며 자신의 의견을 교환하고, 서로 배우며 성장할 수 있어야 한다. 생각하는 시간을 갖고, 자신의 생각을 두려워하지 않고 표현할 줄도 알아야 한다. '옳고 그름'이 아니라 '다름'을 존중하는 태도를 기른다. 나와 다른 타인의 생각도 열린 마음으로 받아들이고 자신의 판단에 맞지 않는 것은 융통성 있게 처리할 수 있음을 알려준다.

이 땅의 교육 시스템을 바로잡기 위한 첫걸음은 바로 아이들이 생각의 힘을 사용할 수 있도록 스스로 생각하는 힘을 키우는 교육을 하는 것이다.

인간의 가장 위대한 힘은 바로 스스로 생각하는 힘이다. 스스로 생각하는 사람만큼 강한 존재는 없다. '생각'이야말로 내 마음대로 지배할 수 있고 의지할 수 있는 유일한 힘이다. 모든 문제와 갈등의 해결책이 자신에게 달려 있음을 자각한다면, 어떤 문제에 직면하더라도 방황하지 않고 마음의 힘을 믿고 해결해나갈 수 있다. 한 사람의 인생을 바꾸는 힘은 바로 생각이다. 인간에게 영원한 가치로 남는 교육은 '자신의 생각과 마음을 효과적으로 사용할 수 있는 지식'이다.

이제 아이들은 가정에서 그리고 학교에서 자주적으로 생각하는 법을 배워야 한다. 생각하는 것이 개개인의 세계를 창조한다. 생각이 바뀌면 말이 바뀌고, 말이 바뀌면 행동이 바뀌고, 행동이 바뀌

면 운명이 바뀐다고 했다. 힘의 근원은 언제나 생각이다. 인간만이
가진 특권인 '생각하는 힘'을 사용하느냐 하지 않느냐에 따라 꿈
꾸는 인생을 살 수도 있고 꿈이 없는 인생을 살수도 있다. 생각에
미래가 있다.

'모범생' 아이들의 마음속에서 자라고 있는 병

모든 아이가 천재일 필요도 없고 부모가 아이를 위해 독해지거나 무서워질 필요도 없다. 자신감 넘치는 낙관적인 인생관과 포기를 모르는 도전 정신, 그리고 용감하고 정직하며 선량한 성품을 기르도록 이끌어준다면 아이는 지혜롭고 주체적이며 독립적인 사람으로 자라날 것이다. 바로 이것이 교육이다.

— 김자겸, 《부모 학교》 중에서

자녀가 성공하기를 열망하는 부모만큼이나 위험한 부모는 없다. 자녀의 일과 교육에 지나치게 관여하는 엄마들을 미국에서는 '헬리콥터 맘'이라고 한다. 마치 헬리콥터처럼 자녀 주변을 빙빙 맴돌며 과잉보호하기 때문이다. 최근에는 이런 극성스러운 모습을 뛰어넘는 '잔디깎이 맘'도 등장했다. 이 엄마들은 자녀의 성공을 위해 학교와 취업 현장에까지 나서서 아이의 장래에 걸림돌이 되는 것은 잔디를 깎듯이 알아서 처리해준다고 한다.

10년 동안 스탠퍼드대 학장을 지낸 줄리 리트콧 하임스 교수는 "'헬리콥터 부모' 수준에서 진화한 이 '잔디깎이 부모'들은 아이들에게 시도 때도 없이 성공에 대한 압박을 준다."라고 토로했다. 급기야 최근 아이비리그를 비롯한 미국의 명문대에서는 안타깝게도 여러 학생들이 잇달아 자살했다. 그 원인으로 '잔디깎이 부모'의 과도한 욕심이 꼽혔다. 부모의 지나친 기대와 간섭이 학생들로 하여금 차라리 죽는 게 낫다고 생각하게 만들었다는 것이다.

'엄친아'들의 슬픈 진실

욕심이 많은 부모일수록, 자녀를 '엄친아'와 '엄친딸'로 만들기 위해 노력한다. 한 친구가 내게 말하길, 자기 아버지가 등산 모임에 다녀온 후 "아빠 친구 아들은 이번에 삼성에 들어가서 승진했다는데, 넌 어떻게 생각하냐?"라고 은근히 압박해 속이 뒤집혔다고 한다. 내가 보기엔 그 친구 역시 외국계 기업에서 훌륭한 직함을 가졌는데도 말이다. 자기 아버지는 삼성 말곤 모른다고 했다. 이런 속상한 사연을 갖고 있는 친구들은 고학력일수록 넘쳐난다. 박현욱은 자신의 소설《동정 없는 세상》에서 다음과 같이 썼다.

"대부분의 아이들을 괴롭히는 것은 같은 놈이었다. 바로 '그 집 아이'라는 놈이다. 그 집 아이는 대한민국 학생들의 공적이다. 그 집 아이는 공부를 잘하는데, 그 집 아이는 서울대도 갔다는데, 그 집 아이는 상 받았다는데, 그 집 아이는 도무지 부모 속을 썩이지 않는다는데, 기타 등등, 이런 식이다."

부모들이 1등으로 꼽는 자식. 엄친아, 엄친딸은 우리에게 '모든 것이 나보다 우월한 존재,' '아무리 노력해도 이길 수 없을 것 같은 존재'처럼 느껴지곤 한다. 한 번도 실제로 본 적이 없고, 보이지 않는 무형의 존재일 뿐인데 그가 미치는 영향력은 어마어마하다. 자꾸 좌절감을 느끼게 만드는 것이다. 일각에서는 "엄친아는 없는데 엄친아 때문에 스트레스 받는 사람은 많다."라고 이야기한다. 언급하는 것만으로도, 열등감을 심고 부정적인 자아상을 갖게 하는 데 일조하기 때문이다. 나 또한 자라나며 누군가와 비교 대상에 오를 때마다 상처를 받았다. 나는 나 자체로 나만의 리그를 갈 뿐이었다. 각자의 길과 뜻하는 바가 다르다 생각했다. 속도와 방향은 서로 다를 수 있는 것 아닐까? 우리는 서로 비교할 수 없다. 인생은 달리기 경주가 아니라 각각 한 편의 영화니까. 우리는 모두 그 자체로 특별하고 소중한 존재다.

하지만 이런 내 마음과 달리, 부모님께 자랑스러운 자식이 되고 싶은 마음 또한 내 안에 존재했다. 나는 어릴 때부터 부모님께 많은 것을 받았다. 기대에 어긋나면 불효자식이 되는 것 같아 마음이 힘들었다. 어느새 나도 모르게, 부모님이 말씀하시는 엄친아, 엄친딸보다 늦어진 만큼 더 크게 성공해야 한다는 강박 관념이 마음속에 자리 잡았다. 나만의 리그가 아니라 다른 이와의 경쟁 구도가 되어버렸다. 엄마, 아빠가 만든 1등의 규칙에서 벗어나야 한다는 것을, 너무나 늦게 깨달았다. 1등이 만든 규칙은 족쇄였다. 명문대 출신의 예일대 교수인 윌리엄 데레저위츠는 많은 수의 모범생 아이들이 이러한 증세에 시달린다 말한다.

"수년 동안 나는 과대망상과 우울증의 롤러코스터를 타며 아버지의 인정을 받아야 한다는 강박에서 벗어나기 위해 고군분투했다. 지난 날 나는 행복할 수 있는 기회를, 자유로울 수 있는 기회를 잃었다. 그리고 다른 이의 성공에 두려워하지 않고 그들이 세상에 미치는 좋은 영향을 인정할 때 느끼는 기쁨 또한 잃었다. 시기와 질투야말로 우등생의 정신 건강에 해로운 가장 큰 저주이다."

아이가 부모에게 원하는 건 믿음과 사랑

공부를 잘해서 모든 사람들이 다 부러워하는 명문대생이 되면 행복할까? 상상 속에서는 정말 행복할 것 같다. 하지만 그들은 별로 행복하지 않다. 행복한 건 합격 후 길어야 한 달 정도다. 또다시 그 안에서 더욱 잘나가는 친구가 생기기 때문이다. 그때부터 또 지독한 경쟁과 열등감에 시달린다. 비교당하며 자라온 탓에 마음이 불안정하고 자신의 부족한 점만 자꾸 보이는 습관이 생겼기 때문이다.

부모는 너그러운 태도로 "있는 그대로도 괜찮다."라고 말하면 아이가 발전하지 못하고 나약해질 거라고 생각해 자녀에게 점점 모질어진다. 하지만 이런 아이들은 커서 부모가 곁에 없을 때에도 자기 자신에게 너그러워지지 못한다. 머릿속에 계속해서 자신을 평가하고 비교하는 목소리가 맴돌기 때문이다. 부모에게 인정받고 자랑스러운 자식이 되고 싶고, 부모의 기대를 충족시키려, 칭찬받으려 애쓰다가 병이 나버리는 아이들이 많다. 결과적으로 세상에 나가서 받는 상처보다 부모에게 받은 상처가 훨씬 크다. 이런 아이들은 세상에 나가서도 기를 펴지 못한다. 반대로 세상을 휘젓고 다니며, 늘 자신감에 넘치는 아이들은 어떤 아이들일까?

나는 주눅이 들어 있는 아이들 말고, 빛이 나는 아이들이 어떤 부모 아래서 자랐는지 세심히 살펴보았다. 그것은 공부를 잘하고 못하고, 가진 것이 많고 부족하고의 차이가 절대 아니었다. 바로 존재 자체만으로 사랑받는 아이였다. 이것저것 열심히 가르친 아이가 아니라, 있는 모습 그대로 열렬히 사랑해준 부모의 아이들이었다. 어떤 길을 가든 "너라면 할 수 있어!"라며 부모의 전폭적인 지지를 받은 아이들이 세상에 나갔을 때도 강인하다.

아직도 기억에 남는 스타 특강이 있다. 개그우먼 박경림 씨 이야기다. 어느 날 그녀의 부모가 그녀를 불러 이렇게 얘기했다고 한다. "경림아, 엄마, 아빠가 너에게 금전적으로는 도움을 못 줄 것 같아. 하지만 정신적으로는 너를 항상 응원할게."

무엇을 하든 항상 너의 길을 응원하겠다는 부모님의 말씀을 듣고 박경림 씨는 '내 삶은 스스로 헤쳐나가야겠구나.'라고 생각했다고 한다. 어린 그녀에게 부모님의 말씀이 경제적으로는 무겁게 들렸을지 몰라도, 어떤 길이든 어떤 선택이든 너를 무조건적으로 믿는다는 말에 큰 힘을 얻었다고 했다. 부모의 정신적인 지지가 그녀에게는 자신을 믿고, 자신만의 길을 개척하고 그것을 이루기 위한 초인적인 노력을 하게 만든 것이다.

부모가 아이에게 해줘야 할 것은, 그리고 아이가 정말 원하고 필요로 하는 것은 '믿음'과 '사랑'뿐이다. 있는 모습 그대로 사랑받은 아이가 강하다. 세상에 나가서 수많은 실패를 겪어도 끝까지 자존감을 잃지 않고 스스로를 믿으며, 약점을 보완하며 꿈을 향해 나가려고 노력한다. 그들의 무한 추진력의 원천에는 무슨 일이 있어도 너를 사랑하겠다고 말해주는 부모가 있다.

《결국 당신은 이길 것이다》의 저자 나폴레온 힐은 말했다. "모든 인간들의 첫 번째 의무는 바로 자신에 대한 의무이다! 누구나 충만하고 행복한 삶을 살아가는 방법을 찾아야 할 의무가 있다." 세계 어느 문화권을 가든 사람들이 가장 원하는 것은 행복이라는 진실에는 변함이 없다. 사람들은 행복해야 마땅하다. 그럼에도 현대인은 행복을 찾는 것을 어려워한다. 어렵사리 '행복'이라는 탑을 쌓아올려도 다른 사람들을 보고 비교하며 너무나 쉽사리 무너지곤 하기 때문이다.

아직도 많은 사람들이 학교에서 공부를 잘하면, 좋은 직업을 가지면, 행복하고 즐거운 인생을 살 것이라 기대한다. 부모는 행복이 성적순이 아니라는 것을 잘 알면서도 공부를 열심히 시킨다. 못하는 것보다 잘하는 것이 더 나을 거라고 기대하기 때문이다. 아이들이 하는 인생에 대한 고민이나 나에 대한 고민, 인간관계 등 모든 다양한 종류의 고민의 끝은 '공부 잘하라'로 귀결된다. 공부를 전지전능한 해결책으로 보는 것이다. 하지만 아이들은 계속해서 경쟁 속에서 괴로워한다.

다른 사람과 비교하는 삶은 한도 끝도 없고, 평생 불행해지는 길이다. 1등이라는 단편적인 기준으로 사람들을 줄 세우고, 서로를 비교하게 만드는 등수와 등급 사고에서 탈피해야 한다. 그러기 위해서는 어른들부터 나서야 한다. 부모부터 아이를 도와주겠다고 아이를 최고로 만들겠다고 지나치게 간섭해서는 안 된다. "노력하지 않고 얻은 모든 재능은 축복이 아니라 저주가 될 수 있다."라고 힐은 강조한다. 아이들은 얼마든지 필요하면 스스로 배울 수 있다. 아이가 스스로 성장할 수 있도록 내면의 힘을 키워주어야 한다. 그 어떤 것의 노예도 아닌 자기 삶의 주인이 되는 것, 부모를 위해서, 학교 성적을 위해서, 사회에서 인정받기 위해서 무언가를 하는 것이 아닌, 온전히 자기 자신을 위해서 진짜 나다운 삶을 향해 부단히 성장해나갈 수 있도록 힘을 키워주는 것이다. 사랑받은 아이는 좌절 속에서도 불굴의 의지로 일어서고, 성공을 향해 자신의 삶을 개척해나갈 잠재력을 지닌다.

진실로 중요한 것은, 아이들이 스스로 행복해질 수 있도록, 자신의 주인으로 사는 삶을 가르쳐줄 수 있느냐 없느냐다. 이를 가르쳐주지 않으면, 아이들은 쉽게 다른 것들의 노예가 되어 삶의 주도권을 빼앗기고 불행에 빠지게 된다. 학벌, 돈, 출세, 인정받고 싶은 욕구 등은 모두 사람을 쉽게 흔들고 불행하게 만들기 때문이다. 영원한 행복은 무얼 가졌다고 얻어지는 것이 아니라 마음 깊이 차곡차곡 쌓아올린 자존감과 성취감 안에서 행복을 추구할 때 얻게 되는 것이다. 행복은 '소유'가 아닌 '존재'에서 비롯된다. 더 소유하기보다 존재를 살찌워야 한다.

아이들에게 스스로 행복할 수 있는 힘을 길러주자. 매일의 인생에 감사하고, 자기 속에 잠들어 있는 재능을 찾고 자신만의 길을 갈고닦을 수 있도록 말이다. 이 과정에서 아이는 자아실현을 통해 느낄 수 있는 인생 최대의 행복을 누릴 수 있다. 그렇게 정서적 탱크가 자기 사랑과 자기 인정으로 꽉 채워진 사람이 다른 사람을 사랑하고 인정할 줄도 안다. 스스로 행복하고 다른 이들에게도 빛을 주는 아이들로 가득할 때, 세상은 좀 더 따뜻한 곳이 될 것이다.

모든 학생은
저마다 다른 모습을 가진 천재다

인간은 평생 동안 뇌의 무한한 가능성 중 1%밖에 활용하지 못하고 죽는다고 한다. 우리 안에 아인슈타인, 에디슨, 스티브 잡스, 비틀스와 같은 수많은 천재가 잠들어 있는 것이다. 누구나 내면에는 잠든 거인이 있다. 만약 우리가 잠재된 능력을 모두 일깨워 계발해 낸다면 어떻게 될까? 정말이지 엄청난 일들이 벌어지지 않을까?

건축가이자 미래학자인 버크민스터 풀러는 말했다. "모든 아이는 천재로 태어난다. 하지만 1만 명 가운데 9999명의 아이들은 부주의한 어른들에 의해 순식간에 천재성을 박탈당한다."

"나는 잘하는 게 없어요"

나는 그동안 각계각층에서 자기가 '잘하는 게 하나도 없다'고 생각하는 수많은 사람들을 만났다. 내가 아무리 "이런 쪽에 잠재력이 있네요. 재능이 있어요. 잘하는 게 참 많아요."라고 해도 못 믿겠다는 표정으로 연신 고개를 내저었다. 대부분 자신의 능력을 너무나도 '과소평가'했다. 답답한 마음에 왜 자기 자신을 깎아내리느냐 물으면, 자기는 공부를 잘 못한다는 것이다. 학창 시절에 성적이 안 좋았다면서 말이다. 자신의 천재성을 학교 성적으로만 판단하는 것이다. 시험은 아이들이 자기 자신을 바보라 생각하기 쉽게 만든다. 이런 풍토는 전 세계적으로 그렇다. 미국에서 자란 로버트 기요사키는 《왜 A학생은 C학생 밑에서 일하게 되는가 그리고 왜 B학생은 공무원이 되는가》에서 학교 교육이 아이들의 재능을 짓밟는 문제를 이렇게 지적한다.

"학교는 성적을 못 받을 때 아이를 똑똑하지 않다고 생각하고 실패(낙제)라는 표현을 쓴다. 하지만 실제로 그것은 아이가 학교에서 하라는 대로 하지 않고 있음을 의미할 뿐이다. 모든 아이들은 제 나름의 재능을 지닌다. 하지만 불행히도 학교 교육 시스템은 아이들의 재능을 못 알아볼 수도 있고, 때로는 짓밟을 수도 있다."

많은 운동선수들을 보라. 그들의 천재성은 교실에서는 드러나지 않는다. 하지만 일단 운동장에 나가면 그들의 천재성은 유감없이 발휘된다. 에디슨의 선생님은 에디슨에게 '학습 장애아'라는 딱지를 붙였다. 에디슨의 어머니는 화를 내며 아이를 학교에 보내지 않았다. 그는 공부는 잘하지 못했지만 발명에서는 천재성을 발휘했다. 아이들 속에 잠들어 있는 천재성을 발견해내는 것은 중요하다.

내 안에 '천재'가 산다

학교에서 우등생이었던 학생들이 사회에 나와 반드시 성공하지 못하는 이유가 무엇일까? 또 학교 공부는 지지리도 못했던 아이가 세상에서 놀랄 만한 성공을 하는 이유는 무엇일까? 학교에서 인정해주는 지능과 사회에서 통하는 지능이 다르기 때문이다. 모든 아이들이 한 가지 지능만 타고나는 것은 아니다. 아이들은 다양한 분야에서 타고난 지능을 가지고 있다. 세상에는 학교에서 인정하는 지능 외에도 다양한 지능이 존재한다.

대학을 잘 가는 아이가 똑똑한 아이라는 선입견 때문에 우리는 지능이 학습 능력(IQ)만을 뜻한다고 생각했다. 하지만 이는 틀렸다. 지능은 다양하다. 천재성은 다양한 분야에서 나타난다. 하버드 출신의 심리학자 하워드 가드너는 인간에게는 IQ 검사로는 표현할 수 없는 다양한 지능이 존재한다고 주장하며 8가지 다중지능 이론(신체운동지능, 언어지능, 대인관계지능, 자기성찰지능, 공간지능, 자연친화지능, 음악지능, 논리수학지능)을 발표했다. 최근에는 실존지능도 함께 추가했다. 하워드 가드너는 학습 지능이 높은 사람은 모든 영역에서 우수하다는 획일주의적인 지능관을 비판하며, 다양한 지능은 동일한 가치를 지니고 있다고 강조한다. 어떤 아이는 대인관계지능이 뛰어나다. 어떤 아이는 논리수학지능은 부족하지만 음악지능이 훌륭하다. 아이마다 가지고 있는 고유한 지능이 있다. 중요한 것은 아이 안의 다양한 지능이 잘 발휘될 수 있도록, 능력을 키울 수 있는 기회를 제공해주는 것이다. 성적과 지능은 관계가 없다. 하지만 우리는 성적에 따라 스스로를 판단하고, 자신을 평가 절하하는 함정에 걸려 우리의 재능을 거의 사용하지 못하고 있다. 그 결과 수많은 사람들이 자신의 재능이 무엇인지도 모르고, 전혀 보여주지도 못하고 있다.

그런데도 왜 우리 사회는 학습 지능만을 최고로 여기고 공부에만 몰두하는 것일까? 테드(TED)에서 '학교가 창의력을 죽인다'라는 강연으로 놀라운 조회수를 기록하며 전 세계적으로 주목받은 켄 로빈슨 교수는 이것이 바로 지금의 교육 체계 때문이라 말한다. 그에 따르면 신기하게도 전 세계 대부분의 학교에서는 서로 가르치는 과목들이 비슷하다. 어디서나 맨 위에는 논리성을 강조하는 수학과 언어가 위치하고 그 아래 인문학, 가장 마지막에 예술이 존재하기 마련이다. 왜 그럴까? 학교에서는 직장을 구하는 데 필요한 과목들을 우위에 두기 때문이다. 그 외의 과목은 등한시되기 쉽다. 켄 로빈슨 교수는 지금의 학교 교육이 학문 지능만을 우선시하면서 아이들의 창의력을 죽이고 있다고 강조한다. 어린 시절, '주요' 과목보다 춤이나 미술, 음악, 체육과 같이 학문 외 다른 지능을 발달시키는 과목에 관심을 두었던 사람이라면 어른들에게 한두 번쯤은 핀잔을 듣게 된다.

"체육? 운동선수가 되는 길은 힘들고 어렵단다."

"미술? 미술보다는 공부를 하는 게 좋지 않겠니? 다른 직업을 생각해보렴."

19세기 자본가들이 의도한 대로 우리는 우리도 모르는 새 아이들이 틀에 벗어난 답을 하고, 다양한 지능과 창의력을 마음껏 발휘할 수 있는 과목들에 대한 관심을 차단시켰다. 그래야 고분고분하고 꿈꾸지 않고 현실에 순응하는 사람들로 양성할 수 있기 때문이다.

여러 분야를 두루두루 익혀보아야 자신이 어떤 사람인지 파악하게 되고, 꼭꼭 숨어 있는 자신의 천재성을 찾아나갈 수 있음에도 우리의 아이들은 그 기회조차 얻지 못하고 있다. 문제는 다가올 시대에는 많은 기업들이 기존의 틀에서 벗어난 창의적 인재를 요구하게 된다는 사실이다. 21세기에는 다양한 분야에서 천재성을 가진 인재들이 필요하다. 표준화되고 획일화된 능력보다는 다양성과 개성에 가치를 두는 사회로 옮겨갔기 때문이다. 그런 만큼 지금 우리는 아이들을 창의적이고 차별화된 인재로 키워내야 한다.

이제는 천재의 기준을 바꿔야 한다. 누구나 내면에 천재가 잠들어 있다. 세상을 바꿀 수 있는 거대한 능력이 숨겨져 있는 것이다. 우리는 아이들 속에 잠들어 있는 그 천재성을 일깨워주어야 한다. 아이들은 있는 그대로 창조적이다. 언제든 창조적인 예술성을 뿜낼 수 있다. 그들은 틀을 벗어난 사고를 하고 자유롭게 창의력을 펼친다. 허락만 한다면 수업 시간에 얼마든지 춤을 추고 노래를 부르고 몸을 움직이며 사고를 넘나들 수 있다. 하지만 학교 교육을 받으면서 점차 틀에 갇힌다. 50분간 의자에 꼼짝 없이 앉아 선생님의 얘기를 일방적으로 듣는다. 그리고 머리를 식히고자 잠깐 10분 쉬었다가, 다시 50분 동안 이를 반복한다. 아이들의 능력은 점차 봉인된다. 천재성을 '학습 능력'으로만 제한하는 지금의 교육 때문에 수많은 빛나는 재능들이 세상에 발을 들이지도 못하고 내면에 사장되고 있다.

모든 아이의 내면에는 천재가 잠들어 있다. 잠들어 있는 뇌의 99%를 깨워야 한다. 봉인되어 있는 재능, 스쳐 지나가는 사소한 신호를 알아차려 그것을 찾아내야 한다. 아이가 관심을 갖고 재미있어하는 것, 도전하고 싶어 하는 분야 등을 곁에서 잘 관찰해보면 그 아이만이 지닌 특별한 재능이나 천재성에 대한 단서를 얻을 수 있다. 여기서 명심해야 할 것은 이 또한 아이 스스로 찾을 수 있도록 부모는 '돕는 역할'만 해야 한다는 것이다. 진정한 재능은 수많은 시행착오 끝에 발견되기 때문에 아이가 그 과정을 스스로 견디고 자생력을 키울 수 있도록 손을 놔줘야 한다.

첫 단추는 여기서부터다. 천재는 '공부를 잘하는 사람'만을 가리킨다는 고정 관념에서 탈피하라. 아이의 숨은 가능성을 보라. 공부를 잘하는 것은 아이들이 가진 수많은 재능 중 아주 작은 한 가지에 불과하다는 사실을 명심하라! 인간의 천재성은 다양하고 수많은 분야에서 나타난다. 아이 안에 숨겨진 재능을 발견하고 작은 가능성이라도 더없이 크고 가치 있게 여기며 격려해줄 때, 당신의 아이는 진정한 천재로 성장할 수 있다.

오늘의 교육이
세상의 변화를 따라갈 수 있을까?

미국에서 3번이나 올해의 교사로 뽑힌 존 테일러 개토는 1991년 〈월스트리트저널〉에 다음과 같은 글을 쓰고 교사직을 그만두었다. "나는 더 이상 아이들을 가르칠 수 없다. 아이들에게 상처를 주지 않고도 생계를 이어갈 수 있는 직업이 있다면 당장 그 일을 하겠다."

그의 말에 나는 내가 만난 수많은 선생님들을 떠올렸다. 그들 또한 지금의 학교 교육이 잘못되었고 바뀌어야 한다는 사실을 이미 깨닫고 있었다. 학교에는 학생들을 진심으로 위하고, 사랑하는 마음을 가지고 열정적으로 아이들을 지도하는 선생님들이 있다. 그들은 교육에 대한 사명감을 가지고 학생들을 지도하고 있다. 그러나 안타깝게도 학교 교육 시스템 자체가 잘못되어 그들의 노력이 허사가 되고 있다고 호소한다.

지금의 학교 교육은 아이의 꿈을 위한 교육이 아니라 '학교 제도를 위한 교육'을 하고 있다고 해도 과언이 아니다. 선생님과 아이들은 제도 안에 갇혀간다. 아이들은 스스로 의문을 가지고 다양한 답을 찾아 나서기 전에 '정해진 답'을 제시받는다. 창의적인 답이라도 가차 없이 틀린 것으로 간주되며, 낮은 점수를 주도록 되어있다. 제시한 답을 무조건 정답으로 알고 따라야 한다고 교육받는 것이다. 시험을 보고 교과서에서 배운 대로 맞는 것과 틀린 것을 가르고, 학습을 잘 따라가지 못하거나 공부를 못하면 실패자라 생각하게 만든다. 사실 과거에 고등학생이었던 나도 그랬다. 4등급을 받으면 내가 마치 4등급짜리 인간이 된 것 같았다. 기분이 좋지 않았고 자신감도 떨어졌다. 중간고사, 기말고사, 모의고사…. 숨 돌릴 틈도 없이 시험으로 평가받는 일상을 겪어온 아이들은 자신의 가치를 평가받은 숫자로 생각하는 데에 길들여져 있다. 점수를 자꾸 나와 동일시하는 거다. 시험이 인생의 전부라고 했으니까, 시험이 내 인생이고 내 인생이 시험이 되어버렸다.

좌절감과 무력감이 이를 통해 저절로 학습된다. 아이들은 자연스레 꿈을 잃고 자신이 천재가 아니라 생각하고 목표 없이 방황하기 시작한다. 안타깝게도 시험공부가 아닌 다른 분야에 뛰어난 재능과 타고난 창의력을 보이던 아이들도 '나는 할 수 없다'고 포기한다. 학교에서는 나의 재능이 별로 인정받지 못했고, 중요하게 여겨지지 않았기 때문이다. 결국 많은 아이들이 자신만의 재능 발굴을 포기하고 열등감에 젖어든다. 그리고 억지로 맞지 않는 길을 걸어간다.

하지만 더 이상 이래서는 안 된다. 시험을 못 봤다고 아이 자신이 스스로를 멍청하다고 여기도록 만들어선 안 된다. 이것이야말로 학생들을 원하는 대로 길들이려 했던 자들이 파놓은 완벽한 함정이다.

실패를 허용해야 하는 이유

진정한 교육이란 무엇일까? 한 아이의 잠재력을 이끌어내고, 그 아이가 닿을 수 있는 최고의 버전이 될 수 있도록 올바른 방향으로 인도해주는 것이 아닐까. 실패와 시행착오에서 배울 수 있는 교훈을 충분히 깨우칠 수 있도록 도와주고, 잠재된 재능을 키워주며, 인생을 살면서 도전하고 성장하기를 독려하는 교육 말이다.

스위스에서는 초등학교 때부터 아이들의 적성과 소질을 판별해 알맞은 진로를 찾을 수 있도록 안내한다. 맹찬형 작가가 《따뜻한 경쟁》에서 밝힌 스위스 교육의 궁극적 목표는 학생 간의 경쟁을 최소화하고 공존 사회를 만드는 데 있다. 교육 과정도 학생이 중심이다. 스위스의 공교육은 문제를 해결하기까지의 과정을 최우선으로 한다. 학생이 결론에 이르는 모든 과정을 스스로 찾아내고 실행할 수 있는 능력을 키우도록 돕는 것이다. 진학 지도를 할 때도 평소 학교생활과 개인 자료들을 꼼꼼하게 반영한다. "성적이 이러하니 배치표 점수에 따라 이 대학에 가라."라는 식이 아니라, 여러 교사들이 모여서 학생 한 명의 진로를 신중하게 논의한다. 학문에 소질이 없지만 다른 방면으로 자질을 보이는 학생이라면 대학 진학이 아닌 전문 기술인이 될 수 있는 방향을 제시한다. 공부가 적성에 맞고 공부를 더 하고 싶은 학생들만 대학에 진학하는 것이다. 사회에서는 대학을 나온 사람과 대학을 나오지 않은 사람 간의 임금 격차나 차별도 없다. 직업 교육을 받은 학생이 나중에라도 공부를 하고 싶다면 제도적으로 얼마든지 자신의 진로를 쉽고 유연하게 변경할 수 있다. 실패해도 패자 부활이 얼마든지 가능하다.

교육은 결과가 아니라 '과정' 속에서 일어난다. 교육은 과정 속에서 아이의 다양한 재능을 이끌어내고 북돋는 역할을 해야 한다. 하지만 지금의 교육 과정은 '결과'만을 중시한다. 몇 번의 시험으로 아이들을 평가하고 끝내버린다. 아이들이 시행착오를 겪는 것을 허용하지 않는다. 주어진 길 안에서 옴짝달싹할 틈이 없다. 이렇게 결과만 보는 교육은 아이들을 망친다. 학교에서 공부를 잘했던 수많은 학생들이 실제 삶에서 새로운 길을 개척하지 못하는 이유가 뭘까? 뼛속 깊이 실수란 자신이 멍청하다는 증거라고 생각하기 때문이다. 그들은 단 한 번의 실패도 시행착오도 하고 싶지 않아 한다. 특히나 학교에서 실수란 저질러서는 안 되는 것이다.

하지만 성공을 위해 시행착오는 필수적이다. 실패를 하더라도 거기서 배우는 것이 중요하다. 실수를 할 때마다, 경기에 질 때마다, 아이들은 더욱 똑똑해지고 더욱 강한 사람으로 성장하게 된다. 따라서 교육은 '실패도 자산이다'라는 진리를 아이들에게 가르쳐야 한다. 시행착오를 겪는 과정을 허용하고 그 안에서 배움을 이끌어낼 수 있도록 도와주어야 하는 것이다.

19세기 교실, 20세기 교사, 21세기 학생

미래학자 다니엘 핑크는 안전한 길이란 없다며, 새로운 것에 거침없이 도전하면서 생기는 실수를 통해 값진 배움을 얻으라고 말한다. "스무 살에 이걸 하고 다음에는 저걸 하고, 하는 식의 계획은 내가 볼 때 완전히 난센스다. 완벽한 쓰레기다. 그대로 될 리가 없다. 세상은 복잡하고 너무 빨리 변해서 절대 예상대로 되지 않는다. 대신 뭔가 새로운 것을 배우고 뭔가 새로운 것을 시도해보라. 그래서 멋진 실수를 해보라. 실수는 자산이다. 대신 어리석은 실수를 반복하지 말고, 멋진 실수를 통해 배워라."

20세기식 학습 지능을 가르치는 요즘의 학교는 창의력을 가진 인재를 파악하지 못할 뿐만 아니라 그들을 낙오자로 만든다. 문제는 이러한 학교 교육이 결국 자신의 발목을 찍고 있는 결과를 가져오고 있다는 것이다.

한 선생님이 어느 학생에게 현재 교육의 문제에 대해서 물었다고 한다. 그러자 학생은 다음과 같이 답변했단다.

"18세기 교육 행정 아래 19세기 교실에서 20세기 선생님들에게 21세기 학생들이 배우는 것."

변화가 급속도로 일어나는 세상에서는 새롭고 참신한 것도 2년이 채 안 되어 시대에 뒤떨어진 것이 되어버린다. 그런데 우리의 교육은 아직도 지능을 학습 능력으로 한정시키고, 지난 세기를 위한 인재만 양산하는 데 머물러 있다. 아이들은 시대에 뒤떨어진 교육을 배우고 있다. 세상은 빠른 속도로 진화한다. 학교 교육만 온순히 따라간 아이들은 그 변화의 속도를 따라잡을 수도 리드할 수도 없다. 이미 다양한 천재성과 창의성이 거세되었기 때문이다.

20대에 백만장자가 된 폴 마이어는 교육, 컴퓨터, 소프트웨어, 금융, 부동산, 제조, 항공 등의 분야에서 40여 개가 넘는 회사를 운

영했다. 그는 군 제대 후 입학한 지 90일 만에 학교를 그만두었다. 대규모 강의실에 100여 명씩 몰아놓고 진행하는 교육 방식에 반발한 것이다. 개인의 특성이나 적성은 온데간데없고 모두를 똑같은 두뇌로 복사시키는 꼴이었다. 똑같은 색깔을 가진 인재로 박제하고 작은 지능으로 둔갑시켰다. 그 방식은 그가 받고 싶은 경영자 교육과는 많이 달랐다. 폴은 자신이 알고 싶은 것을 혼자서 공부하는 편이 낫겠다며 학교를 뛰쳐나왔다.

　시대가 많이 흘렀지만 아직도 학교는 모든 아이들을 똑같은 두뇌로 복사하고 있다. 20세기식 직장에 가장 필요한 과목을 우위로 두고 있는 것이다. 그러나 사회의 필요가 바뀌자 아이러니하게도 기업은 학교 교육이 초·중·고·대학 10여 년에 걸쳐 열심히 키워낸 인재들을 원하지 않게 되었다. 21세기 기업은 분석적 능력을 가진 논리형 인재가 아닌 창의력을 가진 융합형 인재가 필요하기 때문이다. 전부 똑같은 스펙을 가진 입사 지원서에 그들은 질려 한다.

　학교가 현실의 기대에 부응하지 못하는 이유는 지금의 교육 제도가 세상의 변화 속도를 따라가지 못하고 있기 때문이다. 지식 사회에서는 넘쳐나는 정보를 융합하여 새로운 것을 창조할 수 있는 능력이 필요하고, 아이디어를 실현할 핵심 역량과 차별화된 콘텐츠 생산력이 필수적으로 요구된다.

　20세기 주입식 공부를 성실하게 해온 아이들은 급변하는 시대에 기업에서 절실히 필요로 하는 인재가 아니다. 결국 그들이 갈 곳은 학문을 연마하는 대학 교수직 정도뿐이다. 기술의 발전 속도는 너무도 빨라 예측이 불가능할 정도다. 우리는 격변하는 환경 위에 놓여 있다. 이제는 더 이상 대학까지의 교육만으로 평생을 버티기가 어려워졌다.

창의력을 억누르기보다 키워줄 수 있는 교육 제도를 만들어야 한다는 켄 로빈슨 교수는 소리 높여 말했다. 이제 "창의력을 읽기, 쓰기와 같은 수준으로 다루어야 한다." 아인슈타인 또한 말했다. "상상력이 지식보다 더 중요하다. 지식은 지금 우리가 아는 것들로 제한되지만 상상력은 온 세상을 포함하며 앞으로 우리가 알고 이해하게 될 모든 것을 아우르기 때문이다." 세상의 발전 속도는 더없이 빠르다. 정해진 답을 요구하는 것이 아닌, 질문을 던져 개개의 답을 이끌어내는 교육에 집중해야 하는 이유다. 지금부터라도 아이들 안에 있는 다양한 천재성과 창의성을 이끌어주는 교육을 시작할 때다.

객관식 선택지를 버리면
하고 싶은 일이 보인다

"뭐해서 먹고살지? 정말 고민이에요."

취업 시즌을 앞둘 때면 대학에 다니는 아이들이 하나둘씩 찾아온다. 신기하게도 사람만 다를 뿐이지 고민은 놀라우리만큼 똑같다. 사회에 나가 뭘 하고 살아야 할지 모르겠다, 대학까지는 문제없이 안정적으로 왔는데 앞으로는 어떻게 살아가야 할지 막막하다는 것이다. 그런데 이 레퍼토리는 시간이 흘러도 마찬가지였다. 과거에 찾아온 아이들도, 지금 온 아이들도 심각한 표정으로 내게 똑같은 이야기를 한다. 자기가 뭘 하고 싶은지도 모르겠고, 일단 취직을 한 다음 회사에 가서 생각해보자 했는데, 경제가 어려워 취업도 안 된다. 그간 열심히 영어 점수도 따고, 학점 경쟁에서 고군 분투하여 A+ 스펙을 쌓았는데, 대기업에 여기저기 원서를 내봤더 니 세상에는 자기보다 뛰어난 사람들이 넘쳐나 번번이 떨어진다 는 것이다.

생소한 일이었다. 밖에서는 '엄친아', '엄친딸'로 불리는 완벽한 스펙을 가진 아이들인데, 마음속에서는 똑같이 자기 진로에 대해 불안해하며 어려움을 겪고 있는 것이다. "엄친아, 엄친딸은 늘 인 생이 잘 풀려 행복할 거야."라는 통념은 완벽주의 신화가 만든 허 상임이 분명하다. 아이들을 하나하나 뜯어보면 막상 공부는 잘해 도, 자기 자신에 대해 잘 모르는 경우가 많았다. 내가 어떤 사람이 고(자아 정체성), 뭘 좋아하고(적성), 뭘 잘하고(재능), 앞으로 뭘 하고 싶은지(소명) 몰랐다. 나에 대해 잘 모르기 때문에, 일단 사회에서 인정받고 남들이 좋다고 말하는 것에 휩쓸리게 되는 것이다. 공부 를 잘하는 아이들은 갈수록 선택권이 줄어드는 것처럼 보였다. 희 한한 일이었다.

공부는 잘할수록 손해?

우리는 어릴 때부터 "공부를 잘하면 선택권이 많아진다."라고

들어왔다. 미래에 내가 좋아하는 일을 드디어 찾았을 때, 그것을 선택할 수 있는 위치와 기회를 갖기 위해서 지금 공부를 해야 한다고 말이다. 하지만 이는 틀렸다. 엘리트 코스로 살아온 학생들과 똑똑하단 말을 들어왔던 아이들의 인생을 지켜보았을 때, 모범생들의 선택권은 오히려 적은 경우가 많았다. 아이들이 택하는 직업은 마치 객관식 답안지처럼 보기가 많지 않았다. 선택권이 적어지는 이유는 다음과 같다.

첫째, 공부를 열심히 한 만큼 대가를 되돌려 받을 수 있는 직업을 원한다. 고수입을 얻을 수 있는 직종이 아니면 하고 싶어 하지 않는다. 그간의 고생이 억울하기 때문이다. 열심히 공부 안 한 애들이 자기보다 더 잘 벌면 안 된다고 말한다. 자존심 때문에 직업을 선택하게 된다는 것이다. 따라서 대부분 공부를 잘한 아이들은 고수입이 안정적으로 보장된다고 생각하는 전문 직종, 의사, 변호사, 변리사 등을 택하게 된다.

둘째, 사회에서 인정받는 직업을 원한다. 단순히 수입만으로는 만족하지 않는다. 어릴 때부터 늘 칭찬받고 존경 어린 시선에 둘러싸여왔기에, 아무리 돈을 많이 벌어도 인정받지 못하면 힘들어한다. 하고 싶은 일이 있어도 부모님이 반대하면 굽히는 친구들이 많다. '인정'받을 수 있는 직업이 중요하다. 따라서 대학원에 진학해 교수가 되거나, 고급 공무원 등 명예직에 끌리는 모습을 보인다.

셋째, 어릴 적부터 줄곧 학교와 부모의 틀에 맞춰 살아왔다. 그러다 보니 정작 자기가 원하는 것이 뭔지 몰라 사회가 좋다고 제시하는 기준에 마음이 끌린다. 그간 학교가 요구하는 것, 부모가 기대하는 것에 맞춰 정신없이 살아왔다. 대학에서는 과정을 따라가기도 벅찰 만큼 수많은 과제를 내준다. 한눈팔 틈이 없다. 상념에 잠길 시간도 없다. 자기 성찰에 빠지다 보면 지금 이 시간에 해내야 될 공부를 못하게 되고, 미래를 좌지우지할 학점은 엉망이 된다. 그럴 수는 없다. 이렇게 쫓기듯 살다 보면 대학 4학년을 졸업할 때쯤, 사회가 제시하는 안정되어 보이는 길을 밟게 된다. 많은 경우 대기업에 취업을 한다. 혼자서는 막연하기 때문이다.

주변에 명문대를 나왔는데 목수가 되겠다는 사람이 있을까? 거의 없을 것이다. 본인의 숨겨진 재능이 목수이더라도 현재 교육에서는 발견될 리가 없고 다른 옷을 입은 채 살아간다. 명문대생이 졸업하고 목수가 된다고 하면 주변 사람들은 뜯어말릴 것이다. "지금껏 공부한 게 아깝지 않니? 안정적이지도 않고." 계속해서 객관식 선택지만 고르라고 권유받는다. 아무리 당사자가 하고 싶지 않은 일을 매일 하며 지옥같이 살고 싶지 않다고, 이제는 내가 하고 싶은 일을 하며 천국같이 살고 싶다고 해도 주변에서 말리는 모양새다.

얼마든지 자유롭게 하고 싶은 일을 하면서도 세상을 풍요롭고 행복하게 살아갈 수 있다는 사실을 깨닫지 못한다면, 사람들은 사회가 세뇌한 대로 '원래 현실이 이래,' '취직 말곤 답이 없어.'라며 단념하듯 살게 될 것이다. 다른 선택권이 있다는 사실은 모른 채 말이다. 그러나 우리 세대도, 우리 아이들 세대도, 무한한 가능성과 기쁨이 넘치는 주관식 인생을 얼마든지 살 수 있다. 우리가 보지 못했던 곳에 바로 그 답안지가 있다.

나만이 할 수 있는 일 찾기

요즘 하도 취업난이 심각해지자, 명문대생 중에서 경찰관 시험에 응시해 합격하는 학생들이 많다고 한다. 문제는 그 아이들이 경찰관 업무에 적응을 못한다는 사실이다. 험한 일은 하기 싫고 사무실에서 앉아서 하는 일만 하려고 한다. 만족감도 얻지 못하고 불평불만만 늘어놓으며 억지로 일한다는 것이다. 경찰이라는 직업에 자부심을 지닌 어느 여자 경찰관은 정말 간절히 원해서 이 일을 하고 싶어 하는 아이들도 많은데 속상하다는 말을 전했다.

안정된 직장이 존재한다는 미신을 믿으며 잠재된 재능과 빛나는 꿈을 포기하고, 너 나 할 것 없이 한정된 객관식 선택지에 뛰어드는 것은 매우 어리석은 일이다. 흔히 생각하는 안정된 직장은 없

내 생각의
주인은
바로 나

다. 우리는 어디서나 능력에 따른 생존 경쟁에 놓여 있기 때문이다. 또한 잘못된 직장 선택은 나뿐만이 아니라 모두가 불행해지는 길이다. 회사는 정말 그 일을 하고 싶어 하는 사람이 입사하길 원한다. 인사 채용에 엄청난 비용을 들이는 이유도, 면접장에서 계속해서 그 일을 하고 싶은지 묻는 이유도 회사에 들어와 성장할 수 있는 인재, 회사를 키워줄 수 있는 인재, 서로 간의 궁합이 맞아야 상생할 수 있기 때문이다. 하지만 돈을 따라 직업을 선택하게 되면 진짜 그 일을 하고 싶은 사람들은 기회를 박탈당하게 된다. 반대로 단순히 자신의 능력만 믿고 그 일을 하게 된 사람은 하고 싶지 않은 일을 하고 산다며 울상 짓는다. 인재들이 각자 자신에게 적합한 위치에서 일하지 못한다면, 최악의 경우 사회는 공멸로 접어들 것이다.

이제 앞으로의 시대는 그 어떤 직업도 안정되고 보장되지 않는다. 쉬운 길이 없다. 노력이 필요하다. 안정된 길도 없다. 불안은 어느 직업에나 다 있다. 의사는 환자가 없어 걱정하고, 대기업 직장인은 잘릴까 걱정하고, 공무원은 박한 봉급과 성과 평가를 걱정한다. 자영업자는 불규칙한 수입을 걱정한다. 결과적으로 모두 자기하기에 달렸다는 것이 정답이다. 변하지 않는 진리는 '어떤 직업이든 오직 하고 싶은 일을 하는 사람만이 진정으로 자신을 위해 행복해질 수 있다.'라는 것이다.

영화배우 짐 캐리는 마하리쉬 대학 축사에서 다음과 같이 말했다.

"저희 아버지는 훌륭한 코미디언이 될 수도 있었습니다. 하지만 정작 본인은 가능하다고 믿지 않으셨습니다. 그래서 코미디언 대신 회계사라는 안전한 직장을 선택했습니다. 제가 12살이 되던 해에 아버지는 그 안전한 직장을 잃었습니다. 그리고 우리 가족은 살아남기 위해 할 수 있는 일은 무엇이든 해야 하는 상황에 놓였습니다. 저는 아버지로부터 가장 중요한 교훈을 얻었습니다. '하고 싶지 않은 일을 하면서도 실패할 수 있다. 그러니 이왕이면 사랑하는 일에 도전하는 것이 낫다."

객관식 선택지를 버리면 하고 싶은 일이 보인다. 내가 이 세상에서 하고 싶은 일은 무엇인가? 어떠한 삶을 살기를 바라는가? 객관식 직업을 두고 나를 맞추기보다, 무한한 선택지 속을 헤엄치며 직업을 탐색해가는 것이다. 세상에는 수천수만 가지의 직업이 있다. 학생들은 꿈이 없는 것이 아니라, 어떤 직업이 세상에 있는지 모르는 것뿐이다. 좁은 세상에서 공부만 하고 TV나 주변에서 늘 보고 듣던 직업만, 아니, 그것이 직업의 전부라고 생각하는 것이다. 그뿐 아니다. 앞으로 100세 시대에는 한 사람의 직업이 여러 번 바뀐다고 한다. 따라서 여기서 중요한 것은 오직 '나'다.

'나'에서부터 출발하자. 먼저 방향부터 잡아가는 것이다. 인생은 속도와 방향이다. 내가 세상에서 나만의 색깔을 가지고 할 수 있는 일은 무엇인가? 나는 어떤 소명을 갖고 있는가? 소명이란 '개인적, 사회적으로 의미 있는 일을 발견하고 그것에 헌신하여, 자아를 실현하고 사회에 기여하는 것'을 말한다. 소명은 인생의 방향과 닿아 있다. 우리는 계속해서 질문을 던지고 직접 답을 찾아나가야 한다. 수천 권의 책, 성공한 사람들, 그리고 실패한 사람들과의 만남에서 내가 발견한 성공 법칙은 다음과 같다.

"가난한 부모를 만나건, 학력이 있건 없건, 외부 조건은 성공과 관계가 없다. 오직 스스로 꿈을 찾고, 그것에 얼마나 강한 집착을 가지고 꾸준한 노력을 투여할 수 있느냐에 따라 미래가 달라진다."

방향을 잡았다면 그 다음에는 속도를 조절할 차례다. 당장의 생계나 특별한 사정 때문에 '어쩔 수 없이' 현실을 택할 수밖에 없는 상황에 있을 수 있다. 그런 경우라면 앞서 말했듯 '천직을 갖기 전까지 모든 직업은 아르바이트다'라고 생각하라. 꿈에 대한 끈을 놓지 말고 지속적으로 노력하는 것이다. 현실 때문에 '속도'가 늦춰질 수는 있어도 '방향'을 놓아서는 안 된다. 당신이 이 삶에서 경험하고 이루고자 하는 소명은 무엇보다 소중하다.

나를 걱정스런 눈길로 바라보는 아이를 다시 본다. 이 아이가 학교와 부모와 사회에 맞춰 따라가던 습관을 버리고 진정 자신이 원하는 일을 하기 위해 과감히 길을 개척할 수 있을 것인가? 갇힌 생각을 깨기란 쉽지 않을 것이다. 그럼에도 불구하고 나는 그 안에 담긴 아주 작은 가능성을 믿고, 진리를 담은 말로 용기를 불어넣는다.

"바로 '너'를 먹고살지! 모든 것은 네 안에 있어. 한계에 갇혀 딱딱하게 굳어 있지 말고, 뇌를 말랑말랑하게 하자. 네 안에 부를 가져다주는 아이디어와 인생을 살아가는 지혜 등 모든 원천이 들어 있어. 너는 모든 것을 가지고 있어. 열린 마음과 생각을 갖고, 하면 된다는 가능성을 열어두고, 널 도와줄 여러 지식과 지혜를 배워가며 사는 거야. 너를 먹고사는 거야! 고민하지 마. 네가 하고 싶은 일을 할 때 모든 것이 쉬워지는 법이야."

인생의 모든 권한을
자기 자신에게 부여하라

만약 사람들이 쓸데없는 물건들을 사며 과소비를 하고 빚을 늘리는 행위를 중단하고, 최소한의 의식주만을 충족하며 살아간다면 어떻게 될까? 물질에 욕심을 부리기보다 꿈꾸는 일에 욕심을 부리며, 직장에 시간과 경제적 자유를 빼앗기는 것을 멈추고, 자급자족하면서 살겠다고 한다면 말이다. 고용 사회는 붕괴될 것이다. 지배 계층은 자신이 소유한 브랜드와 상점에서 사람들이 돈을 쓰지 않아 수입이 줄어들 것이고, 회사에 자신을 위해 일할 고급 인력이 없어 곤경에 처할 것이다. 그렇기에 과거 부자들이 미리 손을 써둔 것이다. 학교 교육과 대중 매체, TV, 라디오, 인터넷 등을 통해 끊임없이 사람들에게 자신의 상점에서 돈을 쓰면 행복해지고, 자신의 회사에 들어와서 일하면 행복해질 것이라고 세뇌하면서 말이다. 《부자들의 음모》에서 로버트 기요사키는 록펠러가 주축이 되었던 미국 일반교육위원회 특별 보고서 〈미래의 미국 학교〉에 기록된 다음과 같은 내용을 소개한다. "우리가 꿈꾸는 세상에서 우리는 무한한 자원을 차지하고 사람들은 우리가 주무르는 대로 온순하게 움직여야 한다. 늘 감사하는 마음으로 우리 요구에 반응하는 촌사람들을 생산해냄으로써 우리는 이익을 만들어낼 수 있다. 우리 임무는 아주 단순하면서도 아름다운 것이다. 자신이 지금 있는 곳을 완벽한 이상 세계처럼 느끼도록 사람들을 훈련시키기만 하면 된다." 《수상한 학교》의 저자 존 테일러 개토 또한 학교 교육이 "아이들의 성장을 가로막고 관리하기 쉬운 대중으로 만들기 위해 기획되었으며, 과잉 생산을 막고 자본주의 체제에 순응하는 소비자들을 길러내기 위한 것."이라 말한다.

우리는 늘 TV와 신문 및 방송 광고 등을 통해 끊임없이 '생각당하고' 있다. 좋은 집, 좋은 차, 좋은 옷 등을 가져야 행복해진다, 물질적으로 쾌락을 느끼기 위해서는 주머니를 탈탈 털어 소비하고 그 다음에는 돈을 꿔서 소비하라, 잘나가는 직업을 갖는 것이 최고라고 말이다. 사람들은 더 많은 돈, 연봉이 높은 직장을 갖기 위해 혈안이 된다. 직장을 가진 사람들은 결혼을 하고, 집을 마련하기 위해 대출을 받는다. 이렇게 해서 늘어난 빚 때문에 직장에서 벗어나지 못하는 상황이 된다. 돈에 구속받고 족쇄가 묶여 하고 싶지 않은 일도 참고 해야만 하며, 자신을 위해서가 아니라 생활비, 자녀 양육비와 대출금을 갚기 위해 일하게 된다. 돈을 위해 다람쥐같이 쳇바퀴 도는 일상을 살다 보면 어느새 은퇴할 나이가 된다. 이지훈의 《혼창통》에는 미국을 대표하는 극사실주의 화가 척 클로스가 사람들의 삶을 묘사한 내용이 소개되어 있다.

많은 사람들이 금요일을 기다립니다. 기다리는 정도가 아니라 학수고대합니다. 그리고 지겨운 닷새의 삶을 보상이라도 받으려는 듯 주말 동안 안간힘을 씁니다. '나는 재미있게 놀아야 해. 끔찍했던 지난 5일을 어떻게든 보상받아야 해. 그러기 위해선 장난감이 필요해. BMW 컨버터블이 필요해. 요트가 필요해.' 나는 사람들이 어떻게 그렇게 사는지 상상할 수가 없어요. 내가 보기엔 정말 미친 것 같거든요. 아무리 높은 연봉이라도 일상생활의 일부로서 즐거움이 없는 삶을 나는 살 수 없습니다. 자본주의 체제란 놀라울 정도로 못돼먹은 겁니다. 80% 이상의 사람들이 생계를 위해 하는 일에서 아무런 즐거움을 얻지 못한다고 합니다. 대부분의 사람들의 인생이 그렇습니다. 정말 미쳤어요.

'인생의 진실'

수많은 사람들이 목적 없이 끌려가듯 열심히 살아야 하는 운명에 지쳐 있다. 인생이 고통이라고 세상이 잘못되었다고 말하면서도, 그럼에도 자신도 모르게 다른 사람들이 만들어놓은 게임을 계속한다. 왜 그런 걸까?

우리의 생각과 사고를 정형화하는 낡은 교육 방식이 만든 틀에 갇혀 있기 때문이다. 우리는 세상은 바꿀 수 없는 것이며, 현실에 맞춰 살아가야 한다고 생각한다. 우리는 어릴 때부터 현실에 순응하는 법을 배운다. 지금 이 순간에도 무한한 가능성을 품은 아이들의 생각은 그 틀 속에 갇혀 있다. 요즘 아이들은 아주 어릴 때부터 공부를 시작하지만, 목적도 모른 채 학원을 전전한다. 성인이 될 때까지 학교와 학원, 집 사이의 좁은 세계에서 살아간다. 넓은 세상을 돌아다니기보다는 스마트폰을 통해 편집된 세상을 만난다. 스트레스를 풀기 위해 하는 게임도, 창의적인 활동이 주가 되는 것이 아닌, 한자리에 갇혀서 단순 노동을 반복하는 형태인 경우가 많다. 게임의 룰 또한 놀이를 하며 언제든지 바꿀 수 있는 것이 아니라, 개발자가 짜놓은 판에서 한계를 수용하고 그 안에서 처절하게 싸우는 연습만 한다. 글로벌 스마트 시대에 아이들은 모든 곳에서 점점 틀에 갇혀간다. 현재의 교육 시스템 속에서 아이들은 모든 것을 현실적으로 따지고 비교하고 줄 세우는 사고방식을 익힌다. 쉽사리 열등감과 두려움에 사로잡히고 스스로 자신의 한계를 규정하게 되는 것이다. 계속해서 이런 한계에 갇혀 있다면 아무리 공부를 잘한들 소용이 없을 것이다.

스티브 잡스는 '인생의 비밀'이라는 인터뷰 영상에서 다음과 같이 말했다.

"우리는 자라면서 이런 말을 듣습니다. '세상은 원래 이런 것이다. 그냥 이 세상의 테두리 안에서 당신의 인생을 살라. 그 벽에 부딪히려 너무 애쓰지 마라. 좋은 가정을 꾸리고, 즐기고, 돈이나 좀 모아라.' 그러나 그건 매우 제한된 삶입니다. 당신이 한 가지 단순한 사실만 발견한다면 삶은 훨씬 장대해질 수 있습니다. 그것은 당신이 인생이라 부르는 그것, 당신을 둘러싼 모든 것이 당신보다 똑똑하지 않은 사람들에 의해 만들어졌다는 사실입니다. 당신은 인생을 바꿀 수 있고, 영향을 미칠 수 있으며, 다른 사람도 이용할 수 있는 당신만의 무언가를 만들 수 있습니다. 그 진실을 깨닫는 순간, 당신의 삶은 영원히 바뀔 것입니다."

그의 말처럼, 세상은 우리보다 뛰어나지 않은 사람들에 의해 만들어졌다. 지혜롭지 못했던 사람들이 설계한 세상의 규칙을 거부하고, 원하는 현실을 새로이 만들어낼 힘이 우리에게는 얼마든지 있다.

죽음의 순간이 다가오기까지 우리는 제한된 시간을 가졌다. 우리는 마치 영원히 살 것처럼 하루하루를 보내지만, 사실은 종점이 있는 여행을 하고 있다. '삶'의 소중한 시간들을 누군가에게 바치며 무의미하고 만족감 없이 살 것이 아니라, 내 인생의 주인이 되어, 선물받은 재능을 세상에 선한 영향력을 미치는 데, 그리고 나의 꿈을 위해 쓴다면 어떨까? 다른 세상이 시작되지 않을까?

이제는 우리가 우리 자신을 위해 깨어날 때다. 여기 위대한 진실이 있다. '인생을 어떻게 살아갈지 결정하는 사람은 바로 나 자신'이라는 것이다. 선택권은 우리 자신에게 있다. 어떻게 살아갈 것인지, 어떤 현실을 만들 것인지, 생각과 행동을 직접적으로 움직일 수 있는 것은 나 자신뿐이다. 내가 내 삶을 선택하는 주인이다. 그 사실을 알았기에 과거 악덕 지배자들은 간접적으로라도 대중을 통제하려고 교육을 이용해 사람들의 마음속에 감옥을 심어 넣었던 것이다. '난 한계가 있어. 시험을 못 봤어. 별로인 대학을 나왔어. 좋은 직장을 못 가졌어. 능력이 없어.'

교육을 통해, 사회적 관념을 통해, 사람들이 스스로 주인 될 힘이 없다고 생각하게끔 만든 것이다.

우리는 사회가 주입시킨 한계에 협조하는 것을 멈춤으로써 그것에 저항할 수 있다. "공부 잘해야 성공한다," "대기업에 가야 행복하다," "대학 못가면 실패자다."라고 아무리 사회에서 떠들어도 다수가 "아니야. 그렇지 않아," "그건 틀렸어," "그것에 따르지 않을 거야."라고 한다면 그 힘은 사라진다. 노예화된 대중이 더 이상 노예 되기를 거부한다면 감옥은 틀림없이 붕괴되고 말 것이다.

우리가 갇혀 있던 상자에서 나오는 즉시, 이 힘은 우리를 지배하지 못한다. 내가 회사에서 나오면 더 이상 상사가 나를 지배할 수 없고, 학교에서 나오면 더 이상 누군가 나에게 성적을 매길 수 없는 것과 마찬가지다. 인생을 지배하고 좌우하는 힘은 우리 정신에 있다. 육체적으로 지배할 수는 있어도 정신까지 지배할 수는 없다. 이것이 그들이 교육에 그토록 매달리며 대중이 모르길 바랐던 가장 위대한 비밀이다.

내 손으로 만드는 변화

지혜로웠던 고대 그리스인들은 사람에게 '생각하는 법'을 가르쳐야 한다고 말했다. 그런데 현대를 살고 있는 우리는 생각하지 말고 시키는 대로만 하라고 얘기한다. 이제는 생각당하는 것이 아니라 생각할 때다. 성공한 사람들은 대체로 사회가 규정한 한계와 정신의 감옥에서 뛰쳐나와 자신의 생각에 따라 세상의 룰을 만들고, 원하는 대로 현실을 재창조한 사람들이다.

우리도 새로운 변화를 우리 손으로 만들어낼 수 있다. 실제로 많은 이들이 그렇게 한다. 머릿속에 박힌 내면의 한계를 부숨으로써 외부 현실을 새롭게 바꿀 수 있다. 아무리 다른 사람이 나의 가치에 점수를 매기고, 비교하고 평가해도 내가 받아들이지 않는다면 등급이나 성적은 아무런 의미가 없다. 우등과 열등으로 나누는 것에 동의하지 마라. 누가 누구의 가치를 우등하다 열등하다 함부로 판단할 수 있는가. 주입식 교육이 만들어낸 열등감과 한계를 인식시키는 교육을 통해 우리 안에 깊숙이 자리 잡은 고정 관념을 거부해야 한다.

어쩌면 쉽지 않은 심리전이 될지도 모른다. 하지만 계속해서 사회의 고정 관념과 한계를 거부하라. 스스로의 가능성에 마음을 열어라. 그것에 전력투구하라. 자신의 무한한 가능성을 향해 마음을 한껏 열 때, 잠자던 내 안의 잠재력이 깨어날 것이고, 보이지 않던 길이 서서히 열리기 시작할 것이다. 생각하기에 그리고 마음먹기에 따라, 얼마든 지금과 다른 삶을 살 수 있으며, 원하는 현실을 선택하고 만들어갈 권한이 있다는 것을 알아차릴 때 변화가 시작된다. 그때 별안간 이런 생각이 들 것이다.

'예전에는 왜 못 봤지? 이제 볼 수 있어! 현실은 내가 선택할 수 있어. 사회가 내게 내린 평가는 잘못됐어! 나는 뭐든 될 수 있는 존재야. 내 인생은 내가 만들어가는 거야!'

내 생각의
주인은
바로 나

모든 사람들은 자기답게 살아갈 권리가 있다. 우리는 세상 속에 다양한 현실을 만들고, 있는 모습 그대로 행복하게 살 자유가 있다. 그랬을 때만이 무한한 창의력을 발휘할 수 있고, 진정한 재능과 개성을 펼칠 수 있다. 잠든 가능성을 100% 발현할 수 있다. 그리고 누구에게나 그것이 가능한 세상도 만들 수 있다.

물론 처음에는 쉽지 않을 것이다. 비교와 경쟁에 익숙할수록, 획일화를 강조한 기존 사회 체제에 많이 물들어 있을수록 "학벌은 더 이상 큰 힘이 없다."라든지, "인공 지능과 로봇의 혁명으로 많은 일자리가 사라진다."라든지, 기존의 상식을 파괴하는 새로운 소식들이 귀에 잘 들어오지 않을 것이다. 하지만 이제는 눈을 떠야 한다. 고용 사회는 실제로 붕괴되고 있고, 스스로 자신의 인생을 책임져야 하는 시대가 무서운 속도로 다가오고 있다. 한시라도 빨리 그에 대비해야 한다. 새로운 세상이 오고 있다.

PART 3

모범생과
모험생
사이에서

사람은 꿈꾸는 크기만큼 성공한다. 시대는 이제 모범생이 아닌 모험생의 편이다. 시간적, 경제적 자유 없이 다가올 미래에 대처하지 못하는 '소모품'에 머물 것인가, 시간과 경제적 자유를 누리기 위해 다가올 미래를 자신의 편으로 만들며 성장해 나가는 '창조품'으로 진화할 것인가! 모범생이 아닌 모험생이 꿈을 이루고 성공하는 시대가 왔다. 과감히 꿈으로 돌진하라. 무한한 가능성이 그곳에 있다.

그 많던 똑똑한 아이들은 어디로 갔을까?

학교에서 전부 A를 받으셨나요? 그렇다면 축하합니다.

하지만 현실에선 절대 다시 전부 A를 받을 수는 없을 거예요.

— 로버트 드니로, 뉴욕대 졸업 축사에서

수학, 과학 영재들이 모여 있다는 과학고. 학교는 국제 올림피아드에서 금메달을 딴 아이들로 넘쳐난다. 수학 올림피아드 금메달, 물리 올림피아드 금메달, 화학·생물 올림피아드 금메달 등 세계 최고의 브레인들이 가득하다. 하고 있는 일도 자리를 잡고, 나이도 어느덧 20대 후반이 되자 나는 문득 수학이나 과학 분야의 영재였던 아이들의 소식이 궁금해졌다. 특목고를 졸업하고 바로 명문대 코스로 직행한, 사회가 기대하고 선망하는 엘리트 코스를 탄탄대로로 달리던 아이들이 어떻게 성장했을지, 어떻게 세상을 살아가고 있을지 궁금했다. 그런데 소식을 전해 듣는 순간, 어깨가 축 쳐졌다. 대부분이 평범하게 살아가고 있었다.

노벨 화학상을 타고 싶다던 친구는 로스쿨에 들어가 변호사가 되어 있었다. 물리 올림피아드에서 금상을 탄 후배는 의대에 합격해 의사가 되었다. 그쪽에는 관심이 없던 아이였다. "의사가 꿈이었어?"라고 물으니 자기는 의사가 아니라 연구원이 될 생각이라고 했다. 과학 올림피아드에서 금상을 타고 미국 유학길을 떠났던 동기도 어느새 한국으로 돌아와 의대에 입학해 있었다. 많은 과학 영재들이 법학 전문 대학원 입학, 또는 각종 전문직으로 진로를 변경하거나 교수가 되겠다고 유학을 떠나 있었다. 아니면 인정받는 대기업에 취업해 있었다.

작은 용기가 불러온 위대한 결과

어릴 때 나는 과학고 아이들이 세상을 바꿀 인재가 될 줄 알았다. 노벨상쯤은 시험공부 하는 정도로만 노력해도 쉽게 딸 것 같은, 머리가 반짝이는 영재들이었다. 영화 '아이언맨'에 나오는 토니 스타크처럼 공학에 뛰어나고, 엘론 머스크처럼 전기자동차를 개발하고, 지구촌을 1일 생활권으로 만들겠다며 초고속 진공 열차를 만드는, 인류의 미래를 앞당기는 기술들을 창조해내는 꿈에 미친 멋진 과학자 말이다.

"내가 이런 사람이 되고 싶었는데." 어느 날 친구가 한 여성 과학자의 기사를 보내주며 얘기했다. '여성 스티브 잡스'라 불리는 엘리자베스 홈스에 관한 기사였다. 엘리자베스 홈스는 세계 최연소로 자수성가한 여성 억만장자 CEO이자 젊은 과학자다. 스탠퍼드대 화학과에 다니던 그녀는 2학년 때 대학을 그만뒀다. 화학과 생물 공부에 흥미를 잃은 것이 아니라, 오히려 그 반대였다. 하루 빨리 화학, 생물 지식을 현실에서 사용하고 싶어서 중퇴를 결심한 것이다. 그녀는 싱가포르 유전자 연구소에서 인턴으로 일하던 중 병원에서 혈액 검사 때문에 사람들이 어려움을 겪는 모습을 보게 되었는데, 이것이 계기가 되었다. 환자들은 피를 다량으로 뽑아 힘들어하고, 병원에서는 진단하는 데 시간이 오래 걸려 병이 진척되고 있음에도 결과가 항상 늦었다. 그 모습을 보며 홈스는 자신이 가지고 있는 생물, 화학적 지식을 잘 적용하면 사람들이 빠르게 검사 결과를 알 수 있을 것이라고 생각했다. 미국으로 돌아온 그녀는 학교 등록금을 자신의 사업을 위한 초기 자본으로 활용했다.

홈스가 만들어낸 결과는 놀라웠다. 그녀가 개발한 혈액 검사법은 많은 사람들을 고통 속에서 해방시켰다. 그녀가 개발한 아주 작은 침 덕분에 사람들은 혈액 검사를 해도 통증을 느끼지 않게 되었고 한 방울의 피만 있으면 70개 항목이 넘는 검사를 할 수 있었다. 또한 복잡한 절차를 거치지 않아도 되었다. 무엇보다도 검사 비용이 기존보다 10%나 저렴했다. 이 검사 키트로 향후 10년간 2000억 달러가 절약될 것이라 한다. 20살 그녀의 행보는 미세한 시작이었지만 11년이 지난 지금은 창대한 성공을 이뤘다. 그녀는 하고 싶은 일을 발견한 순간을, 아이디어가 번개처럼 뇌를 스치던 순간을 놓치지 않았다. 그녀는 이렇게 말했다. "내가 뭘 하며 살고 싶은지 깨닫는 순간, 모든 게 쉬워진다."

똑똑한 아이들에게 실패를 허하라

자수성가한 젊은 억만장자 중 많은 수가 IT기업 창업자이거나, 과학 분야 기술자다. 우리 아이들도 충분히 스티브 잡스, 엘론 머스크, 마크 저커버그, 엘리자베스 홈스처럼 인류의 기술과 역사에 한 획을 긋는 뛰어난 인물이 될 수 있다. 되고도 남을 정도의 능력을 충분히 갖고 있다. 그런데도 아이들의 능력은 대부분 조용히 잠들어 있다. 대다수는 부모가 원하는 직업, 사회에서 인정하는 직업을 갖는다. 당대 최고의 로봇 기술자가 될 수 있는 아이가 사법 고시를 치른다거나, 엄청난 수학 실력으로 금융 분야의 천재가 될 수 있는 아이가 대기업에 얌전히 입사해 있는 모습을 종종 보게 된다. 외고에서도 국제적인 리더의 길로 가는 아이보다 명문대에 입학해서 남들만큼 스펙 쌓아 대기업의 길로 직행하는 많은 아이들을 많이 보았다. 그 많던 똑똑한 아이들이 모두 기존 사회 체제 속으로 흡수되어 들어가고 있다.

얼마나 많은 영재가 길을 발견하지 못하고 자신의 재능을 잠재우며 살아갈까? 자신이 뭘 하고 싶은지, 자기 재능을 펼칠 수 있는 길이 무엇인지 발견하지 못한 채 그저 평범한 인생을 사는 것이다. 부모들은 미래의 스티브 잡스에게 의사, 법조인, 교수, 공무원, 대기업 직장인이 되라고 한다. 많은 똑똑한 아이들이 부모가 반대한다는 이유로 꿈을 접는 것을 보았다. 학교에서는 세계 최고의 영재들을 모아놓고도 왜 그들이 잠재력을 펼칠 수 있게 물심양면 돕지 않는 걸까?

학교는 아이들을 단기 성과주의에 물들여 점수에 연연하게 하고 학문에 집중할 틈도 없이 재빨리 졸업시키는 것만을 목표로 해선 안 된다. 실패를 용인하고, 아이들이 얼마든지 시행착오를 겪으며 각 분야에서 재능을 꽃피워나갈 수 있도록 도와야 한다. 잘 키운 영재 한 명이 인류 1만 명을 먹여 살릴 수 있다고 했다. 그런데 지금의 교육은 잘 키운 영재들을 평범하게 사장시킨다. 뒷받침할 시스템이 없으니 아이들의 인생 역시 불행하다. 먹고사는 것에 대한 걱정 때문에, 재능이 있는 순수 학문을 버리고 결국 다른 직종으로 빠질 수밖에 없기 때문이다.

많은 인재들이 자신이 누구인지 깨닫지도 못한 채 자신에게 없는 능력을 발휘해 무언가가 되고자 노력한다. 나는 세모 모양의 인재인데 동그라미 모양에 억지로 꾸깃꾸깃 몸을 집어넣어야 한다. 정작 자신의 재능이 온전히 발휘되는 직업은 따로 있는데 사회, 학교, 또래 사회, 부모에게 이끌려 다른 길을 좇는다.

기성세대는 무섭게 변화하는 세상을 감지하지 못한 채 낡은 삶의 방식으로 아이들에게 인생을 대물림하고 있는 건 아닌지 고민해봐야 한다. 새로운 시대의 흐름을 읽고, 아이의 재능을 읽어내는 혜안 없이 무작정 지난 시대의 가치관으로 자녀의 미래를 정하는 부모의 무지야말로 영재를 망친다.

대기업에 취업한 친구가 말했다. "중학교 때 가장 되기 싫었던 게 직장인이었는데…." 그도 과거 수학으로 경시대회를 휩쓸던 영재였다.

고학력 취업난의
딜레마를 해결하는 법

"뽑고 싶어도 쓸 만한 애가 없어."

"어차피 다 똑같아. 아무것도 몰라. 다 처음부터 새롭게 가르쳐
야 돼, 신입들은."

막상 사회에 나오면 공부 잘하는 것은 별로 쓸모없음을 의외로
빨리 깨닫게 된다. 학교에서 배운 것 중 실무 현장에서 쓸 수 있는
것은 거의 없다. 오죽하면 대기업 인사 팀들은 어차피 4년제를 졸
업한 학생이나 고졸 학생이나 똑같다고 말한다. 둘 다 실무에 대해
아는 게 없어 처음부터 붙잡고 가르쳐야 하기 때문이다.

이제 사람들은 대학 교육의 필요성과 가치에 대해 회의감을 느

끼기 시작했다. 청년들 사이에선 이런 말이 흔하다. "이럴 줄 알았으면 대학 가지 말고 그냥 공무원이나 될 걸. 그게 더 빨랐겠다." 극소수를 제외한 대다수의 학생들은 굳이 비싼 학비와 시간을 들여 대학 공부에 투자할 필요가 없어 보일 정도다. 어릴 때부터 쏟아부은 교육비, 학자금 대출 등 교육에 대한 투자 수익률을 보았을 때, 거둬들이는 것이 거의 없기 때문이다.

많은 학생들은 졸업하기도 전에 빚더미에 올라앉는다. 문제는 졸업 후에도 취업이 안 된다는 사실이다. 애써 딴 학위는 점점 가치 하락 중이다. 미국의 텔레비전쇼 진행자인 코난 오브라이언은 2011년 다트머스 대학 졸업식 연설에서 이렇게 말했다.

"4년간 자녀를 보지 못한 부모님들도 있을 겁니다. 지금부터는 매일 볼 예정입니다. 취업 시장이 매우 심각합니다. 졸업증을 액자에 넣고 장식하는 데 드는 비용이 앞으로 자녀가 6개월 동안 벌어들이는 돈보다 더 클 것입니다. 요즘 직원을 채용하는 곳이 많지 않습니다. 직장 구하기가 너무 힘든 이유 중 하나는 베이비부머 세대가 은퇴하길 거부하기 때문이죠. 그들이 5년 뒤에 은퇴할 거라고 말해도, 다시 돌아오지 않을 거란 보장은 없습니다. 취업 시장이 만만치 않으니 참을성을 가지세요."

전 세계적으로 '학벌 인플레이션'은 심각한 수준이다. 세계 각국에서 명문대생 고학력 실업자가 증가하고 있다. 한국에서만 남아도는 석박사가 90만 명이다. 해마다 박사 학위 취득자가 1만 3000여 명씩 쏟아져 예전처럼 박사 학위만 있으면 일자리를 골라 가던 시대는 지났다. 학위 소지자의 배출은 빠른 속도로 늘어나는데 수요가 턱없이 부족해 고급 인력의 취업난이 심각해진 탓이다. 〈대학내일〉에는 "개나 소나 되는 데도 수천이 필요하다."라며 자조하는 글이 실렸다. 평균적인 이력서를 만들기 위해 대학 졸업, 영어 학원, 어학 연수, 자격증 등 따져보면 최소 4000~5000만 원이 들어간다. 그러면 기업에서는 이야기한다. "이건 개나 소나 있는 스펙이야. 스토리가 있어야지." 그러면 아이들은 없는 스토리를 만들어내기 위해 또다시 시간과 비용을 들인다.

더 큰 문제는 따로 있다. 고액을 들여 배운 학교 공부는 현실 세계에서 무용지물인 경우가 많다는 것이다. 요즘 대학을 나온 것은 과거 초등학교를 나온 것과 유사한 정도다. 너나 나나 공부에만 집중한 결과, 공부를 잘하는 건 흔한 재능이 되어버렸다. 공부를 잘한다고 취업이 잘되는 시대는 갔다.

속이 답답한 것은 기업도 마찬가지다. 자신들이 하는 일과 적성이 맞고, 장기적으로 같이할 인재를 뽑고 싶은데 도통 가려낼 수가 없는 것이다. 기업과 사원의 궁합이 맞아 서로를 키우며 동반 성장하는 그림을 그리기 힘들다. 아무리 면접 과정을 까다롭게 하고, 고가의 인사 비용을 들여 신입 사원을 뽑아도 금방 적성에 안 맞는다며 이직하는 일이 발생한다. 뿐만 아니라 애써 뽑은 신입들은 이미 지쳐 있다. 어릴 적부터 입시 전쟁을 치르고 좁은 취업문을 통과하다 보니, 이미 에너지가 바닥난 신입 사원이 많다.

기업은 조직에 활력을 불어넣고, 혁신적이고 창의적인 아이디어를 생산해내기 위해 신입 사원을 뽑지만 그 효과를 보지 못하고 있다. 기업 입장에서는 폭주하는 지원자로 인·적성 시험 관리 비용도 계속 늘어나고 채용 과정조차 외주에 맡겨 어떻게든 우수한 지원자를 뽑으려 한다. 그런데 결과적으로 선발된 신입 사원의 창의성은 늘 기대 이하다. 기업의 경쟁력은 점차 뒤처진다. 결과적으로 기업과 직장인 모두 불만에 차게 된다. 승자는 없고 패자만 있다. 현실이 이러자 대기업 임원 중 한 사람은 기업과 대학, 정부가 머리를 맞대고 당장 대책을 세우지 않는다면, 우리의 미래가 암울할 것이라며 걱정스러운 목소리를 내고 있다.

자본주의가 가진 구조적 문제가 너무나 빨리 극적으로 한국 사회에 나타나고 있다. 하지만 교육은 여전히 변하지 않고 있다. 현재 학교 교육은 산업화 시대에 아주 조금 개선된 이래 이렇다 할 발전 없이 지금까지 그대로 멈춰 있다. 학교에서는 아이들에게 그토록 숙련과 스피드를 가르쳤는데, 기업에서는 '창의적 문제해결 능력'과 '도전 정신'을 요구한다. 억울하지 않은가? 아무리 훌륭한 학교 교육을 비싼 등록금을 내고 배워도, 졸업장이 무용지물이 되어버리는 이유다. 학교는 학생들의 기대에 전혀 부응하지 못하고 있다. 기술의 발전 속도는 2년마다 2배 이상으로 발전하지만, 새롭고 참신한 것이라도 2년이 지나면 시대에 뒤떨어진다. 지금 학교에서 진행하고 있는 교육은 매우 빠른 속도로 변화하고 있는 정보화 시대에는 맞지 않다.

지식정보 사회에서 중요한 것은 앞으로 새로운 것을 얼마나 창의적으로 만들어낼 수 있고, 끊임없이 쏟아지는 새로운 지식을 잘 습득해 얼마나 잘 활용할 수 있느냐다. 지식정보 사회를 대표하는 기업은 구글과 애플처럼 끊임없는 도전 정신과 창의력을 발휘하는 기업이다. 하지만 기존 학교를 충실히 다닌 아이들에게 그러한 것을 기대하기란 어렵다. 학교가 이제껏 거세시켜온 게 기존 체제에 대한 도전 정신과 창의력이기 때문이다. 지금 우리 사회에는 단군 이래 최고의 스펙을 가졌다는 똑똑하고 성실한 청년 세대들이 쏟아져 나오고 있다. 그런데 기업들은 인재가 없다며 한탄한다. 현재의 학교 교육엔 기대할 것이 많지 않다.

취업 전선에 뛰어든 '기계들'

인간 간의 스펙 경쟁보다 더한 진짜 전쟁이 따로 있다. 바로 기계와의 전쟁이다. 컴퓨터는 나날이 최첨단을 달리고 있고, 그와 함께 노동 절약형 기술도 급속도로 발전하고 있다. 유튜브에서 미래 기술에 관하여 몇 가지 영상만 검색해봐도, 미래 사회가 얼마나 놀랍게 변화할지 엿볼 수 있을 것이다.

기계는 점차 똑똑해지고 있으며, 우리 생활 깊숙이 침투해오고 있다. 기업은 끊임없이 비용 절감을 위해 노력한다. 회사는 늘 직원들을 어떻게 해야 일을 많이 시킬 수 있을지, 어떻게 동기 부여를 해야 좋은 결과를 낼 수 있을지 골머리를 앓는다. 그런데 이 문제를 해결하는 데 있어 기계만큼 좋은 게 없다. 노동 절약형 기술은 나날이 발전해 기계는 점점 더 빠르게 사람을 대체하고 있다. 이를 극단적으로 표현한 것이 'Humans need not apply(사람은 필요 없습니다)'라는 유튜브 영상이다. 내용을 잠시 소개하고자 한다.

기계가 첫 번째로 침투하고 있는 분야는 '육체노동'이다. 기계 근육들은 인간 근육에 비해 지치지 않고, 사람보다 훨씬 저렴하며, 정확하고 빠르다. 사람들은 보통 기계라 하면, 흔히 공장에서 단순 작업을 반복하는 기계의 모습을 떠올릴 것이다. 하지만 자세히 들여다보면, 지하철에서 표를 끊어주던 매표소 직원도 사라졌고, 구내식당에서 주문을 받던 캐셔도 사라져 그 자리를 모두 다른 기계들이 대신하고 있음을 알 수 있다. 많은 사람들이 이미 일자리를 잃었다. 일례로 앞으로 세상에 무인 자동차가 나온다면 가장 큰 타격을 입을 것은 운송업에 종사하는 자들일 것이다. 운송업체 비용의 1/3이 인건비다. 만약 업체가 사고를 더 많이 낼 수 있는 인간 대신 기계를 택한다면, 현재 운송업에 종사하고 있는 수많은 사람들은 일자리를 잃게 될 것이다. 기계는 완벽할 필요가 없다. 자주 실수하는 인간보다 약간 낫기만 하면 된다. 진보한 기계들이 점차 가까워올수록 '육체노동자'들은 설 자리가 없어진다.

기계들이 단순 노동을 대체하면, 인간들은 전문직 위주로 일을 하면 되지 않을까? 하지만 '화이트칼라'도 안전지대는 아니다. '전문화'된 기계들이 등장하고 있다. IBM에서는 왓슨이라는 인공 지능 로봇을 데리고 있는데, 한 퀴즈쇼에 출연해 인간들을 전부 이겨버렸을 정도로 똑똑하다. 실제 왓슨의 업무는 '세계 최고의 의사 되기'라고 한다. 의사가 자신의 머리밖에 쓰지 못할 때, 기계는 광범위한 인터넷 네트워크를 사용해 한 번에 100개, 1000개 이상의 머리를 쓸 수 있다. 각 언어권에 속한 전 세계 사람들의 말을 이해하고 분석하여 개인에게 맞춤화된 처방을 내릴 수 있다. 사람은 한정된 기억력을 갖고 있고, 오진도 종종 발생한다. 하지만 기계는 모든 약의 효과를 이해하고 있고, 매일같이 쏟아지는 데이터와의·약학의 최신 소식을 모두 자기 것으로 만든다.

의사는 자신의 경험으로밖에 성장하지 못하는 반면, 닥터 봇은 다른 모든 닥터 봇의 경험을 통해 배울 수 있다. 의사가 환자의 현재 상태밖에 보지 못하는 반면, 닥터 봇은 환자의 과거 기록까지 모두 추적하고 광범위한 데이터를 활용, 조합하여 진단을 내린다. 이쯤 되면 닥터 봇의 능력이 인간 의사보다 점차 우수해지고 있다고 봐도 과언이 아니다. 비단 의학 분야만이 아니다. 법조인들이 하는 서류 업무와 판례 검색 업무, 증권가의 주식 거래 및 자산 관리 업무 등도 점차 자동화되고 있다. 기계들은 전문 직종을 충분히 제압하고 위협할 정도의 속도로 발전 중이다.

전문직까지 위험하다면, 인간이 '창의적인 직업'으로 옮겨 가면 되지 않을까? 물론 그럴 수도 있겠지만 이미 창의적인 업무를 하는 기계들이 존재한다. 한 인터넷 사이트에는 하루 종일 수많은 작곡을 하며 신곡을 쏟아내는 기계가 있다. 말하지 않으면 모를 정도로 인간이 작곡한 것과 거의 차이를 느낄 수 없다. 뿐만 아니다. 그림을 그리는 기계도 있다. 수많은 누적 데이터로 학습을 하여 다양한 경우의 수로 조합해 그림을 그린다. 기계들이 아직까지는 완벽하게 창의적 활동을 모방하지 못한다고 하더라도, 전 세계 각지에서 매일같이 창의적인 '인공 지능'을 발명하려 노력하고 있는 것이 사실이다. 따라서 인간의 창의성보다 뛰어난 기계가 언제 모습을 드러낼지 모른다.

노동 절약형 기술은 나날이 발전하고 있고 컴퓨터 역시 나날이 발전하고 있다. 예전이라면 고급 인력을 100명이나 써야 했을 일이 고급 인력 5명과 컴퓨터 1대면 가능해진 세상이다. 대표적인 기업이 인스타그램이다. 인스타그램의 직원 수는 불과 10여 명 정도에 불과하지만, 10억 달러(1조)의 가치를 올릴 만큼 엄청난 규모의 사업이 가능하다. 기계를 이용하면 할수록, 중·고등학교와 대학에서 배워온 지식들이 쓸모없어진다. 기계들이 훨씬 똑똑하기 때문이다. 기계들의 발전 속도는 인간이 따라갈 수 없을 정도로 매우 빠르게 진행되고 있다.

30년 뒤 기계와 인간이 싸우면 누가 이길까? 과연 일자리 전쟁에서 인간이 승리할 수 있을까? 지금의 주입식 교육으로는 어림도 없다. 서울대학교에서 수업 중에 한 교수가 이렇게 말했다.

"여러분 수준으로는 인공 지능을 못 당합니다. 사실 나조차도, 이 교수라는 직업도 인공 지능으로 대체될 수 있어요. 내가 하는 것이 사실 다 검색하면 나오는 이야기입니다. 미래에는 인공 지능이 여러분을 대신 가르칠 수도 있어요. 인공 지능은 여러분보다 훨씬 빠릅니다. 일도 훨씬 잘하죠. 인공 지능과 경쟁해서 이기려면 인간이 차별화되어야 합니다. 우리는 그동안 별 생각 없이 살아왔어요. 그래서 인공 지능에 대체되고 있는 겁니다. 생각을 하고 살아야 합니다." 기계들은 우리보다 훨씬 똑똑하다. 현재의 교육 시스템을 조금씩 개선한다고 해서 해결될 문제가 아니다. 완전히 다른 변화가 필요하다.

제레미 리프킨은 《3차 산업혁명》에서 세계의 변화와 앞으로 다가올 미래에 대해 다음과 같이 전망한다. "산업 시대가 규율과 근면한 노동, 권위의 하향식 흐름, 금융 자본의 중요성, 시장의 작용, 소유권 관계를 중시했다면 협업 시대는 자신의 재능을 서로 공유하고 개방형 공유체에 참여하는 것, 사회적 자본, 창의적인 놀이와 글로벌 네트워크 접속 등을 보다 중시한다. 산업 시대가 노예제를 끝냈듯이 협업 시대는 대량 임금 노동에 종지부를 찍을 것이다. 기계화된 노동에서 벗어나 심오한 놀이에 참여해야 하고, 단순 반복적인 직업보다 의미 있고 재미있는 일을 해야 하는 시대가 온다. 인간이 거대 시스템의 부품으로 취급받는 대량 임금 노동보다는 창의적인 활동을 하는 것이 중요 직업이 되는 시대가 온다."

월터 아이작슨이 쓴 전기를 보면 스티브 잡스는 현재의 교육 시스템이 속수무책으로 낡았으며 여전히 낡은 시스템을 고수하는 기성세대처럼 아이들을 절름발이로 양산하고 있다고 말했다. 지금과 같은 창조 시대에 여전히 교사가 칠판 앞에서 교과서를 사용하는 방식으로 수업이 이뤄지는 것은 말도 안 된다는 것이다. 교사 중심이 아닌 학생 중심으로, 학생의 발달 수준에 맞게 맞춤 학습 방식이 이뤄져야 하며, 디지털을 이용해 쌍방향으로 소통하고 실시간 피드백이 제공되어야 한다.

우리에게 필요한 건 교육 혁명이다. 그것은 우리가 당연하게 여겨왔고 '상식'이라고 생각해온 것들에 대한 도전이다. 우리 머릿속에 뿌리 깊게 박힌 상식은 가장 큰 걸림돌이 될 수 있다. 모두가 문제점을 알고 있는데도 "원래 그런 거야. 다른 방법이 없어."라는 식의 태도 말이다.

여러 번 이야기하지만 방법은 무한하다. 인간이 한계를 설정할 뿐이다. 더 이상 방관하지 말고, 더 늦기 전에 대대적인 개혁을 해야 한다. 창조성의 시대가 오고 있다. 에이브러햄 링컨은 다음과 같이 말했다.

"평온했던 과거의 교육은 격변하는 오늘날엔 부족함이 있습니다. 이 시대에는 난제가 첩첩이 쌓여 있고 우린 변화를 받아들이고 이 시대와 함께 나아가야 합니다. 새로운 상황에 처했기 때문에 우리는 새롭게 생각하고 새롭게 행동해야만 합니다. 우리 스스로를 낡은 믿음에서 해방시키고, 우리의 미래를 구합시다."

왜 학생들을
'직장인'으로 자라게 하는가?

　기성세대의 경우엔 '학교에 다녀야 좋은 직업을 가질 수 있다.' 란 말이 사실이었다. 경제가 하루가 다르게 성장하던 시기였다. 일 자리는 많았고 경쟁은 적었다. 이제 전 세계는 경제 저성장 국면에 들어섰다. 이제는 학교 다닐 때 공부를 잘했던 의사도 변호사도 공 무원도 명문대생도, 레드오션에서 힘들게 사는 시대가 온 것이다. 철석같이 믿었던 '공부의 배신'이다.

　기사에는 매일같이 사람들의 앓는 소리가 들려온다. 현대경제연 구원의 최근 발표에서는, 국민 중 80%가 '열심히 노력하더라도 계 층이 상승할 가능성이 적다.'고 보는 것으로 나타났다. 열심히 노력해도 삶이 변하지 않는다고 생각하는 것이다.

열심히 살아도 인생이 바뀌지 않고 노예처럼 살아야 된다는 것을 깨달은 사람들의 분노는 거세다. 명문대생들이 열심히 공부하고 미래를 위해 현재를 희생해온 이유는, 열심히 노력하면 삶이 바뀔 것이라 믿었기 때문이다. 하지만 그들은 시간적 자유도, 재정적 자유도 없는 채로 매일같이 바쁘고 힘들게 지내고 있다. "왜 열심히 공부한 사람들이 빈곤해질까?" 알면 알수록 세상은 모든 게 거꾸로였다. 나는 이 심각한 모순과 자꾸만 떠오르는 문제들에 대해 내가 직접 경험한 것들을 반영하여 제대로 분석해봐야겠다고 생각했다.

'시간'을 팔아 '돈'을 사는 사람들

나는 교육 시스템의 실패자 코스에도 있어봤고, 엘리트 코스에도 있어봤고, 전문직 코스에도 있어봤고, 사업가 코스에도 있어봤다. 이과 교육도 받아보고 문과 교육도 받아보고 예체능 교육도 받아봤다. 나 자신이 주입식 교육의 집약체인 것이다. 성공과 실패를 모두 고루 맛봤다. 정규 교육의 관점으로 보면 나는 정체를 알 수 없고 비정상적인 길을 걸은 사람이지만 이 시점에 와서 살펴보니,

결과는 상식과 판이하게 달랐다. 정규 코스에서 벗어났기에 학교에서 배우지 못한 정말 살아가는 데 필요한 시간적, 경제적 자유에 가까워질 수 있는 여러 지식과 지혜를 얻을 수 있었다. 정규 교육에서 실패를 겪은 것은 당시엔 인생의 가장 감추고 싶은 아픈 기억이었는데 돌아보니 축복이었다.

어릴 때부터 꿈 하나만을 바라보고 살아왔다. 하지만 어른이 되어갈수록 오히려 세상에 대한 물음표가 더 많아졌다. 열심히 노력하는데 왜 꿈은 이루기 어려운 것인지, 세상은 넓고 다양한데 삶의 방식은 왜 몇 가지밖에 안 되는 것인지, 떠오르는 수많은 질문에 해답을 얻고 싶었다.

답을 찾기 위해 다양한 계층, 다양한 직업군에 있는 사람들을 관찰하고 연구했다. 직접 만나서 그들의 생생한 이야기를 듣고 인터뷰하고, 책을 읽고 방송과 영상 등 접할 수 있는 모든 미디어 매체를 동원했다. 인류 역사에 걸쳐 성공한 사람들의 삶도 연구하고 공통점을 분석했다. 그들은 자신의 꿈을 이루고 인생에서 행복과 성공을 모두 일궈낸 사람들이었다. 또한 그 반대에 속하는 사람들도 연구에 포함했다.

그 결과, 세상을 살아가는 데 4가지 삶의 방식의 직업군이 있다는 것을 알 수 있었다. 모든 사람들에게 적용되는 것은 아니지만 대부분의 직업군이 이 그래프에 속한다.

| 삶의 방식에 따른 직업 사분면 |

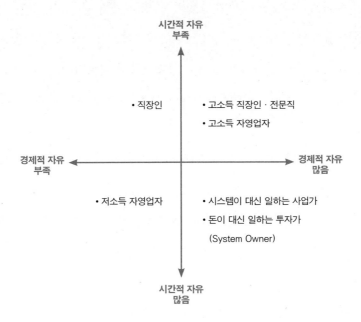

1) 돈도 없고 시간도 없는 '직장인'

2) 돈은 많은데 시간이 없는 '전문직 종사자', '자영업자', '고소득 직장인'

3) 시간은 많은데 돈이 없는 '저소득 자영업자'

4) 시간도 많고 돈도 많은 '시스템이 대신 일하는 사업가'와 '돈이 대신 일하는 투자가'

직업 사분면에서 시간이 한 축을 차지하고 있는 이유는 시간이 곧 돈이기 때문이다!《부의 추월차선》의 저자 엠제이 드마코는 시간의 중요성을 다음과 같이 강조한다. "대기업에 취업했다고, 공무원이 되었다고 당신의 인생이 성공했다고 착각하지 마라. 그래봤자 일주일에 5일을 노예처럼 일하고 노예처럼 일하기 위해 2일을 쉰다!"

그의 말을 듣고 나는 소름이 돋았다. 맞는 말이다. 현대인들은 자유(돈)를 사기 위해 자유(시간)를 팔고 있기 때문이다. 생활비를 벌기 위해 우리는 취직을 하고, 내 시간을 부자나 정부들이 쓰게 한다. 돈을 벌어 하고 싶은 것을 할 자유를 누리기 위해 자기 시간을 팔고 있는 것이다.

아무리 월급이 1억 이상이라 해도 그 돈을 누릴 시간이 줄어든다면 무슨 소용인가? 돈과 감히 바꿀 수 없는 귀중한 시간들 말이다. 내가 하고 싶은 일을 하며 행복을 느낄 시간, 사랑하는 가족들과 소중한 추억을 쌓을 시간들을 놓치게 된다. 우리는 시간의 가치를 모르고 계속 열심히 살기만 한다.

우리가 원하는 삶을 살기 위해, 하고 싶은 일을 하며 사는 삶을 택하기 위해 필요한 것은 경제적인 자유와 시간적인 자유이다. 아이들에게 "학교를 졸업하고 일자리를 얻어라," "학교를 졸업하고 의사나 변호사가 돼라."라고 말하는 것은 시간적 자유가 없는 삶을 살라고 하는 것과 마찬가지다. 물론 그 일이 내가 미친 듯이 좋아하고 하고 싶은 직업이라면 감수할 만하겠지만 말이다. 시간적 자유와 경제적 자유 모두 누릴 수 있는 직업군은 4번뿐이다. 바로 시스템의 주인 영역이다. 시스템의 주인이라 함은 나를 대신해 일할 자신만의 '생산 수단'을 소유하고 있음을 뜻한다.

'자유인'으로 사는 법을 가르치지 않는 학교

중요한 건, 그 방법을 학교에서 배울 수 없다는 사실이다.

찾아보면 우리가 아는 세상을 바꾼 위대한 인물들은 학교를 마치지 못했지만 시스템의 주인인 경우가 많다. 이들은 자신을 대신해 일할 시스템을 소유하고 있었기 때문에 시간적 자유와 경제적 자유를 누릴 수 있었다. 반면, 그들이 고용한 사람들은 학교 교육을 착실하게 받았고 성적까지 좋았던 뛰어난 학생들이다. 하지만 시스템을 가지지 못했기 때문에 어딘가에 고용될 수밖에 없는 처지였다. 학교를 마치지 못했지만 시스템의 주인이 되어 세계의 최정상에 오른 인물들은 다음과 같다.

빌 게이츠(마이크로소프트 창업자), 스티브 잡스(애플 창업자), 마크 저커버그(페이스북 창업자), 애번 윌리엄스(트위터 창업자), 존 록펠러(스탠더드 오일 창업자), 리처드 브랜슨(버진 항공과 버진 레코드 창업자), 헨리 포드(포드 자동차 창업자), 엔조 페라리(페라리 창업자), 앤드루 카네기(사업가), 레이 크록(맥도날드 창업자), 라이트 형제(발명가), 조지 버나드 쇼(작가), 파블로 피카소(화가), 존 레논(음악가), 쿠엔틴 타란티노(영화 감독), 피터 잭슨(영화 감독), 테드 터너(CNN 창립자), 랄프 로렌(패션 디자이너 겸 기업가), 벤저민 프랭클린(미 대사), 에디슨(발명가), 정주영(현대그룹 창업자), 이병철(삼성그룹 창업자)

왜 이런 일이 일어나게 된 걸까? 이들이 돈도 많고 시간도 많은 자기 삶의 주인으로 살게 된 이유는 간단하다. 그들은 평범한 학생들이 학교 교육을 충실히 따르고 안정된 길만을 따라가라고 배울 때, 시스템 밖으로 나와 꿈을 좇으며 자신이 주인이 되는 새로운 시스템을 설계했다. 갖은 실패를 불사하고 꿈을 향해 전진했다. 학교가 가르치지 않은 세상 속에서 포기하지 않고 노력해 자신만의 시스템을 건설했기에, 결국에는 하고 싶은 일을 하며 살아가는 '자유인'이 된 것이다.

시간적, 경제적 자유에 이를 수 있는 교육은 학교에서 배울 수 없다. 학교는 시스템의 주인을 키우는 데 관심을 갖지 않는다. 삶의 자유를 누리고 세상을 리드하고 움직이는 것은 시스템의 주인이지만, 현재 학교의 교육은 학생들을 직장인이나 전문직이 되도록 가르친다.

공부를 잘하면 잘 먹고 잘살 수 있겠지, 일을 잘하면 잘 먹고 잘살 수 있겠지, 라고 막연하게 생각해서는 직장인으로 클 수밖에 없는 구조다. 시키는 공부를 잘하면, 시키는 일을 잘하면 잘 먹고 잘살게 만들어주는 사람이 누구인가? 바로 시스템의 주인들이다. 이들은 시키는 걸 못하면 얼마든지 하는 일을 빼앗고 사람들을 내쫓을 준비가 되어 있다. 학교 교육을 착실히 잘 받아온 학생들은 모두 인생의 자유를 남에게 맡겨버릴 수밖에 없게 된다. 학교에서 세상을 살아가는 반쪽짜리 교육밖에 받지 못했기 때문이다. 더욱 심각한 문제는 학교가 사회에 필수적인 인재로 키워온 의사, 변호사, 교수, 공무원, 기술자, 건축가 등 대다수의 직업이 20년 뒤에는 사라질 직업으로 꼽힌다는 것이다.

다가오는 세상에선 수많은 일자리가 사라진다. 그러면 우리는 어떻게 되는 걸까? 역설적으로 인류는 다시 '자영업 시대'로 돌아가게 될 것이다. 스스로 생산하고 자급자족할 수 있게 만들어주는 인터넷, 3D 프린팅 등 첨단 기술이 발달하고 공유 경제가 활성화되기 때문이다. 어딘가에 고용되어 힘든 노동을 하던 것은 점차 기계가 대체한다. 일을 할 때 이제는 무언가에 종속되어 일하기보다,

오프라인에 있는 사람들과 온라인으로 교류하며 프로젝트 단위로 협업하고 협력하며 일하는 문화로 변화할 것이다.

　새로운 세대에 떠오르는 직업은 자영업, 프리랜서, 1인 기업가다. 점차 프리에이전트의 시대가 시작되고 있는 것이다. 미국은 이미 고용 사회가 막을 내리고 있다.《프리에이전트 시대》에서 다니엘 핑크는 미국 노동자의 4분의 1은 프리에이전트 또는 조직 이탈자이며, 3300만 명 정도 되는 이들의 인구는 제조업 노동자 수의 2배, 노동조합 구성원의 2배에 달한다고 말한다. 또 통계에 잡히지 않지만 "프리에이전트의 절반 이상이 프로젝트나 커미션에 따라 근로 시간이 아닌 다른 근거를 바탕으로 돈을 벌고 있다."라고 한다. 미래학자 토머스 프레이는《미래와의 대화》에서 "앞으로 프리랜서로 일하는 사람이 40%에 이를 것"이라고 말했다. 과연 미래의 교육은 어떻게 변화해야 할까? 다가오는 세상에 대비해 우리는 어떠한 교육을 해야 하는 걸까?

다음 세상을 위해
반드시 필요한 세 가지 교육

모두가 공부에 맹목적으로 매달려왔다. 공부만이 유일한 희망이자 유일한 해결책이라고 믿었기 때문이다. 하지만 드디어 사람들이 깨어나고 있다. 뭔가 잘못되었음을, 공부를 잘하는 것과 인생을 잘 사는 것은 별개의 문제임을 알게 된 것이다. 이미 사회에는 공부만 잘한다고 뭐든 해결되지 않는다는 것을 깨달은 사람들로 가득하다.

세상에서 통하는 성공 법칙은 바뀌었다. 공부만 잘하면 모든 것이 해결된다는 말은 과거의 낡은 사고방식이다. 오늘날 학교에서는 학문 지식 교육과 전문 기술 교육을 한다. 기성세대는 이 두 가지 교육만으로도 충분히 잘 먹고 잘살 수 있었다. 하지만 이러한 교육은 이제 더 이상 우리에게 '미래와 안정'을 보장해주지 않는다. 다음 세대에 필요한 교육은 이와 다르다. 세상은 점점 사람들에게 어딘가에 기대지 말고 스스로 배움을 찾고 성장하는 인생을 살아야 한다고 말하고 있다.

이제는 개개인이 모두 시스템을 가져야 하는 구조다. 독자적으로 일할 수 있는 능력을 갖춰나가야 하는 것이다. 자신만의 독특한 재능과 적성을 살려 한 분야에서 전문가가 될 수 있으며, 인터넷을 통해 생산수단을 쥐게 되면서 1인 기업가로 활동할 수 있는 시대다. 남과 다른 것, 다양성과 창의성이 중요해지면서 직업은 점차 세분화되고 있다. 우리가 그들을 평가할 때 기준은 대학 졸업장이 아니라, 몸담은 분야에 얼마나 전문성과 실력이 있는가 하는 것이다.

21세기를 살아갈 우리는 과거와 다른 사고방식을 가지고 배움을 선택해야 한다. 내가 무엇에 재능이 있으며, 어떤 일에 적성이 있는지 파악하고 '전문성'을 키워나가야 한다. 더 이상 직장이 나의 삶을 보장해주지 못한다. 나만의 '업(業)'을 찾고 꾸준히 실력과 전문성을 쌓아야 한다.

미래에는 어떤 교육이 필요한가

21세기 신인류의 시대가 열리고 있다. 이들은 학벌과 관계없이, 자신이 원하는 분야를 선택해서 충분한 실력을 쌓고 그 분야의 전문가가 된다. 주 40시간씩 시키는 일을 하며 기계처럼 사는 것이 아니라, 스스로 자신의 시간과 장소를 통제하고, 좋아하는 일을 하며 인생을 만족스럽게 보낸다. 스스로 더 많은 것을 책임지고 발전하는 1인 기업가로서 끊임없이 자기 계발을 하고 전문성과 기술을 강력히 하는 데 주력한다. 이들에게 가장 중요한 기술은 '스스로 배움을 찾고 새로운 것을 빠르게 습득하는 능력'과 '분석적이고 창의적인 사고력'이다. 자신만의 장점과 개성을 전문화한 이들은 평생 현역으로 이 사회와 자신의 인생에 있어 주인공으로 남을 것이다.

각종 기술의 발달과 로봇 혁명으로 미래는 더욱 빠르게 다가오고 있다. 우리는 변화의 한가운데에 놓여 있다. 태풍의 눈처럼 조용하지만, 거센 변화의 바람이 몰려오는 것을 피할 수 없는 상황이다. 지금이 교육에 변화를 일으킬 적기다. 낡은 교육을 버리고 과감히 변화를 일으킬 때다. 더 늦는다면, 충격의 여파는 더욱 커질 것이다.

나는 사람들에게 도움이 되고자 수년간 각계각층에 있는 사람들

의 성공과 실패를 분석하고, 미래 교육에 대해 체계화하고 연구해
왔다. 지금 시대에 성공 궤도를 달리고 있는 사람들은 자신의 재능
을 어떻게 발견했는지, 어떻게 그것을 키우고 꿈을 현실로 이뤄냈
는지를 집중적으로 분석했다. 그 결과, 자기 주도력을 갖추며 자아
실현을 하고 꿈을 이루는 풍요로운 인생을 위해 다음과 같은 5가지
의 기본 교육이 필요함을 발견할 수 있었다.

학문 지식 교육

이성적인 사고와 분석력, 논리력에 집중하는 교육이다. 기존
지식을 습득하고, 읽고 쓰고 문제를 푸는 능력으로 언어 능력,
수학 및 과학 탐구 능력과 관계된다.

전문 기술 교육

직업을 갖기 위한 기술을 가르치는 교육이다. 전문 교육을 통
해 의사, 회계사, 법조인 등을 양성한다. 컴퓨터 프로그래머, 설
계자, 엔지니어, 현장 근로자, 요리사 등 다양한 직업 기술을 교
육한다.

창조 교육

기존 교육이 '생각을 주입하는 교육'이었다면 창조 교육은 '생

각을 이끌어내는 교육'이다. 지식 소비자에서 지식 생산자로 스스로 생각하는 힘을 키우고, 표현하고 창조하는 능력을 길러낸다. 창의적인 아이디어를 내고, 글을 쓰고 토론하며, 예술적인 표현력과 상상력, 감수성, 직관을 발달시키는 교육이다.

부자 지능 교육

부에 대한 올바른 철학과 태도를 갖는 것에서부터 시작하여 현실 세계에서 필요한 생활경제 교육, 금융 교육을 가르친다. 뿐만 아니라, 부를 축적하는 시스템을 설계하는 능력을 기르도록 한다. 이를 통틀어 부자 지능이라 하며, 이러한 능력을 배양하는 교육이다.

인생 교육

'나'는 누구인지 발견하고, 질문을 통해 생각하게 함으로써 꿈과 차별화된 진로를 설계할 수 있도록 돕는다. 스스로가 '최고의 버전'으로 성장해나갈 수 있도록 인생에서 꼭 알아야 할 진리와 실생활에서 필요한 지혜를 가르치는 교육이다. 자아 찾기, 재능 및 적성 탐구, 인생의 큰 그림 그리기, 인성 교육, 개인 브랜딩, 시민 교육, 부모 교육 등이 해당된다.

삶을 변화시키는 교육

현재 교육이 집중하고 있는 분야는 학문 교육과 전문 기술 교육이다. 하지만 이제는 다가오는 세상에 대비하는 미래 교육을 해야한다. 현재 학교 교육을 보완하고, 지식창조 사회에 발맞추고, 인생의 꿈을 이루며 세상과 더불어 풍요로운 삶을 살아가기 위해서는 다음 세 가지 교육이 필요하다.

창조 교육, 부자 지능 교육, 인생 교육. 이 세 가지 교육은 미래 교육의 세 가지 요소다.

창조 교육을 통해서는 우리의 생각과 상상하는 능력이 얼마나 위대한 힘을 갖고 있는지 깨닫고, 새로운 것을 생산해내는 능력과 삶을 변화시키는 창의력을 키운다. 부자 지능 교육을 통해서는 부에 대한 올바른 철학을 갖는 것과 함께, 경제 및 금융 교육, 돈이 나를 위해 일하게 만드는 가치 창출 시스템을 설계하는 방법 등을 배운다. 인생 교육을 통해서는 자신의 재능과 적성을 찾고 계발하는 방법과 함께 인생의 진리와 이 세상을 바르게 살아가는 지혜를 배울 것이다.

누구나 성공적인 삶을 살기 위한 교육을 제대로 받는다면 자신에게 숨겨진 재능, 자질, 장점을 발휘하여 최고의 인생을 누릴 수있다. 세상에는 실용적이며 이해하기 쉬운 성공 철학과 교육이 필요하다. 학교에서는 많은 지식을 가르치지만 정말 중요한 인생의 성공 원칙에 대해서는 가르치지 않는다. 아이들이 실생활에서 쓰지도 않고 쓰기도 어려운 추상적인 지식을 학습하는 데 12년의 시간을 허비하게 하면서 정작 자신의 꿈을 실현시키기 위해 어떤 지식이 필요한지, 또 그것을 어디에 어떻게 사용해야 하는지에 대해서는 가르치지 않는다.

지금부터 이 책을 통해 조금이나마 미래의 교육에 대해 소개해보고자 한다. 지침을 통해 삶을 재정비해보자. 행복하고 성공한 사람들은 의식적으로든 무의식적으로든, 스스로 깨우쳐서든 멘토를 통해서든, 이러한 교육을 터득한 사람들이다. 그들은 무에서 유를 창출하는 창조적 사고를 했으며, 부자 지능을 계발했다. 또 인생의 진리를 따라 꿈을 이루며 풍요로운 삶을 영위했다. 그 결과 최악의 빈곤한 환경에서도 부모의 재력이나, 운, 화려한 스펙 없이도 최고의 자리에 올랐고, 행복하고 만족스러운 삶을 살았다.

올바른 교육은 한 사람의 인생을 바꾼다. 환상적인 사실은 누구나 배움을 통해서 얼마든지 무한하게 성장할 수 있다는 것이다. 인간은 죽을 때까지 진화한다. 지금 내 모습이 만족스럽지 않다면 우리는 새로운 교육을 통해 배우고 성장하며 '진정한 나 자신'을 만날 수 있다. 5%밖에 안 쓰고 있는 내 능력이 100% 발현됐을 때, 꽁꽁 잠들어 있던 '진짜 나 자신'을 만날 때, 내가 어떤 사람일지 궁금하지 않은가.

지금이 우리가 진정으로 진화할 위대한 첫 번째 순간이다. 새로운 교육을 통해 '나 자신의 최고 버전'으로 나아가자. 끊임없이 배우고 성장하며 내 안에 잠들어 있는 거인을 깨우자. 우리 모두는 지금보다 더 멋진 '나'로 성장할 수 있다. 그때야 삶은 바라는 대로 변화하기 시작할 것이다.

세상에 필요한 가치를
만들어내는 배움

앞에서 제시한 직업 사분면을 다시 한 번 살펴보자. 시간적 자유와 경제적 자유가 함께 있는 곳. 그곳은 '시스템과 돈이 대신 일하는 사업가와 투자가' 영역이다. 이 영역을 그림의 떡 보듯 하며, '저기는 내가 갈 수 없는 곳이야.'라고 생각하기에 그쳤다면 이는 큰 착각이다. 지식정보 사회에서는 누구에게나! 생산 수단과 시스템을 소유하고 시간적, 경제적 자유를 누릴 수 있는 기회가 주어지기 때문이다.

우리는 인류가 출현한 이후 가장 성공하기 쉬운 시대에 살고 있다. 시대가 바뀌어 전 세계에서 엄청난 속도로 부자가 된 사람들이 많다. 인터넷 덕분에 생산과 유통이 민주화되어 누구나 콘텐츠를 생산해낼 수 있고 사람들에게 쉽게 전달할 수 있게 되었다. 자신만의 콘텐츠를 제조해서 다른 사람들에게 도움을 주는 상품과 서비스를 유통할 수 있는 것이다. 인터넷 세상에서는 공급이 무한하고 한계가 없다. 굳이 조직에 들어가지 않아도 우리가 보유한 지식의 대가로 돈을 벌 수 있는 세상이 온 것이다. 부자가 아니어도 누구나 가만히 앉아서 돈이 들어오는 시스템을 만들 수 있다. 생산권이 부자들에게서 우리에게로 넘어왔다.

'지식 생산자'의 시대

많은 사람들이 대학까지 10여 년을 열심히 공부하고도 전혀 돈을 벌지 못한다. 왜 그럴까? 배움을 돈으로 환산하는 방법을 모르기 때문이다. 그저 취직을 위해, 대학을 가기 위해, 어딘가에 소속되어 월급을 받기 위한 공부, 자격을 갖추기 위한 공부로 끝나는 경우가 많기 때문이다. 전공 지식을 열심히 배워놓고는 생뚱맞은 분야에 취업을 한다거나, 힘들게 공부해서 얻은 지식들을 취직하는 순간 버린다. 쓸 데가 없다고 생각하기 때문이다. 왜 우리는 열심히 배우기만 하고 써먹을 생각을 못하는가? 배웠으면 배로 돈을 벌고, 익혔으면 성과를 내야 하는데 말이다. 이유는 주입식 교육에 있다. 아이들이 자신의 지식을 생산하고 써먹는 방법을 모르기 때문이다. 주입식 교육은 아이들에게 입력하는 방법을 가르치지, 출력하는 방법을 가르치지 않는다. 지식 생산자가 아니라 지식 소비자가 되라고 한다. 입력만 하지 출력할 줄을 모르는 것이다. 당연히 소비되는 사람이 될 뿐 생산하는 사람이 될 수 없다.

하지만 다가오는 세상에서는 누구나 지식 생산자가 될 수 있으며, 자신의 배움을 돈으로 환산하여 막대한 부를 일굴 수 있다. 세상을 지배하고 이끌어가는 사람들의 특징이 무엇인가? 바로 자신이 가진 '배움'을 출력하고 콘텐츠로 만들어 돈으로 바꾼 사람들이다. 세상에 도움이 되는 이로운 콘텐츠를 내놓음으로써 자신의 영향력을 극대화시킨 사람들이다. 스티브 잡스, 빌게이츠 등은 모두 자신이 생산한 것을 세상에 알리고, 사람들이 겪고 있는 문제를 해결해주고, 다른 사람들의 인생을 변화시켜 큰 부를 일궈낸 사람들이다.

중요한 사실은 당신이 써먹을 데가 없다고 생각했던 사소한 지식, 노하우, 경험 들이 돈이 된다는 것이다. 급변하는 지식창조 시대에 많은 사람들은 어떻게 살아가야 할지, 자신에게 필요한 조언과 성공 전략, 구체적인 실천 지침을 절실하게 구하고 있다. 실패의 늪에서 벗어나 시행착오를 줄이고 꿈을 '이루는 방법'을 간절히 알고 싶어 한다. 그런데 세상에는 이미 내가 원한 꿈을 이루고 살아가는 사람들이 있다. 그 사람들의 생생한 인생 경험과 지혜, 삶의 노하우가 필요하다.

인생에서 성공해본 경험이 있다면, 알고 있는 연구 지식이 있다면, 혹은 시행착오를 겪고 있는 누군가에게 해줄 수 있는 따뜻한 조언을 가졌다면, 자신의 깨달음과 배움을 콘텐츠로 만들 수 있다. 인생에서 얻은 경험과 지식으로 남을 돕고, 세상을 위해 큰 가치를 만들어내는 사업을 '메신저 사업'이라고 한다. 메신저 사업을 명명한 브렌든 버처드는 《메신저가 되라》에서 평범한 사람들도 자신의 성공 경험, 알고 있는 지식, 인생에서 얻은 지혜를 바탕으로 다른 사람에게 실천적인 조언과 노하우 지식을 제공해주고 대가를 받고 부를 창출할 수 있다고 말한다. 당신이 배우고 터득한 모든 것은 돈으로 환산할 수 있다. 다만 우리가 그럴 수 있다는 생각을 하지 못할 뿐이다.

콘텐츠를 기획하고 지식을 생산하는 창작자, 시스템을 만드는 창업가 등은 모두 무언가를 창조해내는 직업군으로 다가오는 세상에서 점차 위력을 발휘할 것이다. 더 많은 사람들의 문제를 해결해줄수록, 더 가치 있는 콘텐츠를 생산할수록, 많은 부를 이끌어오는 시스템이 창조될 것이다. 몇 가지 사례를 보자.

1) 콘텐츠를 생산하는 창작자

사례 1. 유튜브 억만장자들

자신들이 감독이자 작가이자 배우이면서 프로듀서인 유튜브 창작자들. 특히 이들 중에서도 킬러 콘텐츠를 생산해내는 사람들을 '유튜브 스타'라고 한다. 이들은 유튜브에 자신의 콘텐츠를 업로드하고, 조회수에 따라 광고 수익을 올린다. 유튜브 시청 전 사전 광고 외에도 이들이 영상에서 사용하는 제품, 옷 등이 협찬 광고로 진행되며, 이들의 스토리를 담은 책, 영화, 런칭 제품 등 다양한 수익원을 갖추고 있다. 매출 1위를 달리는 유튜브 채널이 올리는 수익은 약 135억 원이며, 상위 13명이 지난해 벌어들인 수익만 해도 615억 원으로 엄청난 규모를 자랑한다.

매출 상위권 10명의 콘텐츠를 살펴보면 '게임하며 예능 방송하기', '단막극 형태의 5분짜리 코미디 동영상', '화장법에 관한 뷰티 영상', '유명곡 편곡 영상' 등으로 자신들의 지식, 경험, 노하우를 사람들에게 전한다. 〈포브스〉는 이들을 이렇게 소개했다. "그들은 아버지 세대가 본다면 한심하게 생각했을 '노는 것'으로 돈을 벌고 있다."

사례 2. 창작가의 힘을 보여준 조앤 K. 롤링

'창작가는 가난하다'는 것은 이제 옛말이 되어버렸다. 창작가가 만들어낸 스토리가 책을 넘어, 영화, 드라마, 뮤지컬, 캐릭터 상품 등으로 진화하고 있으며, 인터넷과 모바일을 통해 전 세계로 퍼져나가 엄청난 부가가치를 창출하며 거대한 문화 산업을 이끌고 있기 때문이다. 《해리 포터》 시리즈의 저자 조앤 K. 롤링은 학창 시절 수업 시간마다 떠들어 늘 지적받던 학생이었다. 끊임없이 상상하고 공상했던 탓이다. 그녀는 직장을 다니던 시절 극심한 가난에 시달렸지만, 틈틈이 카페에 가 혼자 글을 쓰기 시작했다. 회의 시간에도 집중하지 못했던 그녀는 결국 직장에서 해고되었다. 엄청난 시련에도 그녀는 꿋꿋이 글을 썼고 '해리 포터'를 창조해냈다. 《해리 포터》 시리즈는 67개 언어로 번역 출간되어 4억 5000만 부가 넘게 팔리는 진기록을 세웠다. 그녀는 천문학적인 돈을 벌었으며, 지금은 영국 여왕보다 더 많은 부를 소유하고 있다. 그녀는 전 세계 저명인사 100명 안에 들며 영국 여왕에게서 작위를, 하버드 대학에서 명예 박사학위를 받기도 했다. 그야말로 창작가의 힘을 보여준 사례다.

2) 시스템을 만드는 창업가

사례 1. 콘텐츠 유통 시스템

"초등학교 때부터 영어를 수년간 공부해도 말을 못 한다!" 주입식 영어 교육으로 사람들이 앓고 있는 고민을 해결하기 위해 시원스쿨 이시원 대표는 누구나 쉽고 빠르게 영어 회화 실력을 늘릴 수 있는 콘텐츠를 개발했다. 대학 졸업 후 우연히 시작했던 학원강사 일에서 창업의 가능성을 엿본 것이 시원스쿨의 출발이었다. 그는 지역적 한계를 극복하고 온 국민에게 영어를 전파하겠다는 전략으로 2005년 강의를 인터넷으로 보급했다. 25세의 이시원 대표가 1인 기업을 세운 지 7년 만에 시원스쿨은 직원 40명, 매출액 100억 원의 회사로 성장한다. 그가 강의 촬영부터 편집, 웹사이트 운영까지 맡았던 시원스쿨 사이트는 이제 그가 직접 일하지 않아도, 영어를 잘하고 싶어 하는 이들 사이에 잘 알려져 지속적으로 수익이 창출되고 있다.

사례 2. 컴퓨터·소프트웨어 시스템

"돈 나무를 심고 단기간 내에 기하급수적으로 돈을 버는 시스템을 구축하라!"고 말하는 엠제이 드마코는 대학 졸업 후 가난에 시달리던 사람이었다. 하지만 어린 시절부터 부자가 되는 방법을 연구한 끝에 '자기 대신 쉬지 않고 일하는 시스템을 소유할 때 빠르게 시간적, 경제적 자유를 얻어 부자가 될 수 있다.'라는 법칙을 깨달아 이에 매진했다. 몇 번의 실패 끝에 그는 리무진 기사 일을 하며 우연하게 사람들이 리무진 회사를 찾는 데 어려움을 겪는다는 사실을 포착하게 된다. 그는 바로 웹사이트를 만들었고, 리무진 회사와 고객을 연결하는 중개 서비스를 제공해 수수료를 받게 되었다. 사람들이 필요로 하지만, 해결 못했던 문제를 해결하자 사이트의 이용률은 점차 높아졌다. 시간이 갈수록 사이트 시스템은 나날이 발전했고, 이윽고 그가 적은 시간 일에 투자해도 큰 수익을 올리는 시스템으로 성장했다. 어느 순간 하루에 10시간이 아니라 1시간만 일해도 같은 돈이 들어왔고, 성과가 좋을 때는 평범한 사람들이 1년 동안 벌어야 하는 돈이 단 2주 만에 그의 통장에 들어왔다. 그는 자기 대신 일하는 '시스템'을 키우는 것이 빠르게 하고 싶은 삶을 누리는 방법이라 강조한다.

내 경험이 내 재산

모든 사람의 인생에는 메시지가 있다. 자신이 가진 배움과 스토리는 굉장한 힘이 있다. 자신의 가치를 스스로 알고 찾아내야 한다. 대부분의 사람들은 자신 안에 숨겨진 금괴가 있다는 것을 모른다. 내가 수많은 시행착오 끝에 얻어낸 노하우, 인생의 경험, 연구 결과 등은 타인의 '시간을 앞당길 수 있게' 해주는 무한한 가능성을 가지고 있다. 고생 끝에 얻은 지혜는 다른 이가 시행착오를 겪을 시간을 벌어주고, 다른 사람의 인생을 바꾸는 데 큰 도움이 될 수 있다.

사람들은 자신의 인생과 경험을 과소평가한다. 하지만 자신이 보잘것없다고 느낀 배움과 경험을 바탕으로 세상 사람들에게 도움이 되는 콘텐츠와 시스템을 창조해낼 때야 많은 사람들이 찾아오며, 진심으로 감사해하며 대가를 지불한다. 가치가 가치를 창출하는 선순환이 일어나는 것이다.

자본주의 체제에서 아이들은 시스템의 부품이 되도록 교육받는다. 교실은 전문 노동자를 길러내는 하나의 작은 공장이 되었다. 소모품으로 키워진 아이들이 스스로 생산할 수 있는 기술을 학교에서 배우지 못했던 것은 어쩌면 당연한 일이다. 하지만 인터넷의 발달로 생산 도구가 민주화되었다. 누구나 1인 기업가가 되어 콘텐츠와 시스템을 생산할 수 있다. 결과적으로 인류 역사상 적자생존은 끝나고 협력의 시대가 올 전망이다. 제레미 리프킨은《한계비용 제로 사회》에서 다가오는 사회는 '협력적 공유 사회'가 된다고 말했다. 그동안 소수의 대기업이 경제활동의 우위에 서서 대중을 서열화했던 것은 붕괴되고, 사람들 사이에 수평적인 권력 확대가 일어난다는 것이다. 퓰리처상을 수상한 언론인 토머스 프리드먼은 이렇게 말했다. "내가 대학을 졸업했을 때는 일자리를 찾았다. 하지만 너희는 일을 직접 만들어야 하는 시대다."

다가오는 시대, 통용되는 능력을 갖추기 위해 창조하는 능력을 키워라. 우리가 삶을 살아가며 깨달은 노하우, 자신의 경험, 전문 지식 등을 콘텐츠로 생산하고 공유함으로써 다른 사람들을 도울 수 있을 뿐만 아니라, 시간적 자유와 경제적 자유를 일구는 시스템을 가질 수 있다. 피곤을 모르는 기계들이 인간의 노동을 빼앗고, 갈수록 수축하는 자본주의 사회로부터 벗어나 다양한 기회와 가능성이 열리는 미래 시대를 맞이하는 데 적합한 해결책이 되어줄 것이다.

모범생이 아닌 '모험생'이
살아남는 시대가 왔다!

"나는 어렸을 때는 세상을 바꾸는 사람이 되고 싶었는데, 대학
와서 마음이 바뀌었어. 피곤하게 살아서 뭐해. 어차피 세상은 불공
평하고 바뀌지도 않을 거야. 적당히 잘 먹고 잘살아야지."

'인물'이 될 수 있는 수많은 똑똑한 친구들이 나에게 이렇게 말
했다. 시간이 흘러 나이가 들면 들수록, 세상의 부조리함을 알면
알수록 어느새 세상과 타협하는 모습을 보였고 평범해지길 택했
다. 그게 마음 편히 사는 길이라면서 말이다.

꿈을 이루기가 힘들어 보이고 세상의 반발 또한 심하면, 사람들
은 위험을 감수하고 꿈을 향해 도전하기보다 안정적으로 평화롭

게 살기를 택한다. 야심찬 삶을 살고 싶은 마음보다 평범하게 살고
싶은 마음이 커지는 것이다.

평범하게 사는 게 더 어려워진 세상

《100달러로 세상에 뛰어들어라》의 저자 크리스 길아보는 '평균
적인 사람이 되는 11가지 방법'에 대해 다음과 같이 말했다.

- 사람들이 말하는 것은 그대로 믿어라.
- 권위에 도전하지 마라.
- 대학은 남들 다 가니까 가는 거다.
- 주에 일하는 40시간 중 30시간은 책상에 앉아 있어라.
- 해외여행은 편하고 안전한 곳만 가라.
- 주택은 반드시 대출로 사고 평생 갚아라.
- 외국어를 배우려 하지 마라.
- 책을 써볼까 생각만 해라.
- 사업하는 걸 생각만 해라.
- 튀지 말아라.
- 시키는 것만 해라. 주어진 것만 선택해라.

문제는 자세히 살펴보면 평범하게 사는 것이 더욱 힘든 삶이라는 것이다. 내가 꿈꾸는 길이 아닌 남들이 가는 길, 사회의 시스템이 정해놓은 길을 가다 보면 어느새 내 삶에는 꿈도 희망도 없어지고, 하기 싫은 일을 끌려가듯 하며 사는 삶이 펼쳐진다. 꿈과 야망을 포기하고 세상과 타협하는 순간 나는 점차 시스템 안에서 한계에 갇혀 쪼그라들게 된다.

사람은 야망의 크기만큼 숨 쉴 수 있다. 한 번쯤 어항 안의 물고기에 대해 들어봤을 것이다. 물고기는 어항 크기에 맞추어 성장한다. 같은 종인데 1m 어항에서 키운 물고기는 50cm가 자라고, 30cm 어항에서 키운 물고기는 10cm밖에 크질 못한다. 그만큼 환경이 중요하다는 뜻으로 해석되곤 하는데, 현실에서 나는 어항이 '야심의 크기'라고 생각한다.

야망이 적어지면 적어질수록 주변 환경의 폭이 줄어들고, 성장할 수 있는 가능성도 줄어든다. 한계가 생긴 것처럼 보이면, 어느 순간 성장하는 것조차 단념한다. 자신의 꿈과 이상을 현실과 타협할 때, 어항의 크기는 확연히 줄어든다. 여기서 명심할 것이 있다. 어느 물고기든 어항의 크기가 좁아질수록 스트레스를 더 많이 받는다는 것이다.

포부에 가득 찬 인생의 꿈을 포기하는 순간, 그때부터 역으로 숨 쉴 공간은 적어진다. 자유롭게 꿈꾸고 위험을 감내하며 강인해지고 마음껏 성장하며 살 것이냐, 꿈도 없이 한계를 규정하며 답답하게 살 것이냐. 인생은 나아감과 물러섬의 문제이다. 물고기들은 어항 크기에 맞추어 성장을 한다. 사람도 야심의 크기에 맞추어 성장을 한다. 사람은 꿈꾸는 크기만큼 자란다.

꿈은 크게, 도전은 과감하게

성공학의 권위자인 짐 콜린스는 《원 퀘스천》에서 "위대해질 것 같았던 사람들이 어째서 그저 그런 삶을 살아가고, 왜 자신의 능력을 형편없이 방전시킨 채 위대해지는 길을 선택하지 않는가?"라는 질문에 다음과 같이 답변한다. "대부분의 학생들은 위험을 회피하기 위해 대기업에 들어간다. 하지만 실제로는 더 많은 위험을 떠안고 살게 된다. 대부분의 젊은이들은 겉보기에는 안정적인 것으로 보이지만 사실은 경영이 악화된 상태로 조만간 망할 위험에 처한 기업에 들어가는 경우가 많다. 그리하여 몇 년 뒤 그간의 직장 경력이 휴지조각이 된 채 거리를 방황하는 신세가 된 사람도 아주 많다. 사람들은 위험을 회피하는 게 아니라 '미래의 불확실성'을 회피할 뿐이다. 사람들이 진짜 두려워하는 것은 위험이 아니라 뭘 해야 할지 모르는 막막함이다."

모범생과
모험생
사이에서

겉으로 보면 안정을 택한 사람들은 평화롭고 행복해 보인다. 하지만 내면을 들여다보면 대개 숨 쉴 공간 없이 살아가고 있음을 알 수 있다. 막연한 미래에 대한 불안감 때문에 예상이 가능한 삶(일상의 구체적인 계획, 월급, 직업, 경력)을 선택하지만, 막상 하는 일에 만족하지 못하고 아침에 눈을 뜨면 인생에 대한 회의감이 몰려온다. 모두들 직장 들어간 지 얼마 지나지 않아 불평불만만 쏟아낼 뿐이다.

모범생들은 얼마든지 대체가능한 위협에 시달린다. 쇼펜하우어는 "우리는 다른 사람과 같아지기 위해 삶의 4분의 3을 빼앗기고 있다."라고 말했다. 하지만 이제 세상은 더 이상 획일화된 인재를 원하지 않는다. 다양한 개성을 지니고, 보이지 않는 것을 볼 줄 아는 창조적인 인재를 원한다. 이제 거꾸로 '성공한 사람이 되는 11가지 방법'에 대해 말해보자.

- 사람들이 말하는 것을 그대로 믿지 마라. 스스로 질문을 던져라.
- 권위에 도전하라. 끈질기게 꿈을 좇고 쟁취하라.
- 대학은 내 꿈에 필요할 때 간다.
- 일터를 놀이터처럼, 하고 싶은 일을 하며 자기답게 살아간다.
- 해외여행이든, 내 삶이든, 모험이 넘치고 강인해질 수 있는

곳으로 가라.

- 기하급수적으로 부자가 되어 시간과 돈에서 자유로운 삶을 누린다.
- 다양한 배움에 시간과 비용을 아낌없이 투자하라.
- 자기 인생의 경험과 지식, 지혜를 책으로 써보아라.
- 사업에 도전하여 회사 주인으로서의 삶을 살아보아라.
- 튀어라. 주목받는 삶이 행운을 불러일으킨다.
- 내가 하고 싶은 것을 선택해서 무한하게 성장하라.

당신은 당신의 현실보다 훨씬 큰 사람이다. 잠들어 있는 재능을 발견하고 마음껏 발휘하며 살아가고, 가치 있고 위대한 걸작이 되는 삶을 그려나가기 위해서는 첫 번째로, '나는 특별한 인생을 살겠다.'라는 야망이 있어야 한다. 명작 같은 인생을 꿈꾸고 과감히 모험을 시도해야 한다.

영화배우 조지 비셋은 "큰 꿈을 가져야 그 꿈에 맞게 우리가 성장할 수 있다."라고 말했다. 자신의 미래를 더 크게 상상하라. 내가 숨 쉴 어항을 어마어마하게 크게 만들자. 꿈과 현실 간의 간극은 넘어지고 부딪치며 채워가면 된다. 야망이 클수록 우리는 더 크게 성장할 수 있다. 사람은 꿈꾸는 크기만큼 성공한다.

시대는 이제 모범생이 아닌 모험생의 편이다. 시간적, 경제적 자유 없이 다가올 미래에 대처하지 못하는 '소모품'에 머물 것인가, 시간과 경제적 자유를 누리기 위해 다가올 미래를 자신의 편으로 만들며 성장해나가는 '창조자'로 진화할 것인가! 모범생이 아닌 모험생이 꿈을 이루고 성공하는 시대가 왔다. 과감히 꿈으로 돌진하라. 무한한 가능성이 그곳에 있다.

"이룩할 수 없는 꿈을 꾸고, 이루어질 수 없는 사랑을 하고, 싸워이길 수 없는 적과 싸움을 하고, 견딜 수 없는 고통을 견디며, 잡을 수 없는 저 하늘의 별을 잡자."《돈키호테》중에서)

PART 4

자신의
주인으로
살기 위하여

우리는 이 지구별에 성장하기 위해 왔다. 진정한 나 자신을 찾고, 마주하는 환경에서 다양한 경험을 통해 나 자신의 최고 버전이 되기 위해서 온 것이다. 진정한 인생은 자기가 누구인지 깨닫는 것에서부터 시작된다. 우리는 인생에 주어진 시간을 통해 '최고의 자신'을 만들어 간다. 세상 안에서 '나다운 모습'으로 내가 어떤 사람이 될 것인지, 내 인생의 목적이 무엇인지 그 소명을 찾아나가는 것이다.

생존 경쟁 사회에서
우리 아이들을 구해내는 법

나는 《꽃들에게 희망을》이라는 책에 나오는 숲 속 애벌레들의 이야기만큼 우리의 세태를 잘 풍자하고 있는 이야기가 없다고 생각한다.

숲 속에 아기 애벌레가 살았다. 아기 애벌레가 세상에 태어나 가장 먼저 한 일은 나뭇잎을 먹는 것이었다. 매일매일 잎을 먹던 애벌레는 문득 이런 생각이 들었다.

'그저 먹고 자며 사는 것만이 삶의 전부는 아닐 거야. 이런 삶과는 다른 무언가가 있는 게 분명해.'

세상 밖으로 나선 애벌레는 숲에서 애벌레 산과 마주쳤다. 애벌레 무리가 서로 포개져 피라미드 산과 같은 형상을 이루며 열심히 위로 올라가는 중이었다. 아기 애벌레는 다가가서 물었다.

"저 위에 무엇이 있나요?"

아래쪽에 있는 애벌레가 이렇게 답했다.

"위에 굉장한 성공이 있대. 우리도 그것을 보기 위해 올라가려는 거야."

대답을 들은 아기 애벌레는 호기심에 그 무리에 껴서 자기도 위로 올라가 정상에 있다는 그 무엇인가를 보기 위해 애썼다. 무리 속에 끼여 위를 뚫고 올라가고자 하니 숨 쉴 틈 없이 아등바등 노력하는 날이 지속됐다. 위로 가면 갈수록 자리는 줄어들었고, 고통스럽고 힘든 나날이 이어졌다.

애벌레는 이내 위로 올라가기 위해 동료 애벌레를 짓밟고 밀쳐 내는 애벌레들을 보기 시작했다. 이제 선택은 두 가지밖에 없어 보였다. 밟고 올라가느냐 아니면 발밑에 깔리느냐. 아기 애벌레는 회의감에 빠졌다. 무엇을 위해 올라가야 하는지, 이것이 옳은 것인지 혼란스러워진 것이다.

"꼭대기에는 뭐가 있지? 우리는 어디로 가고 있는 거지?"

작은 애벌레의 꿈

세상에 나와 무엇이 되어야 할지 몰라 방황하는 애벌레들은 남들을 따라 목표 없는 치열한 경쟁을 한다. '저 위에 가면 무엇이 있는지는 모르지만, 이렇게까지 올라갈 가치는 없어.' 결국 아기 애벌레는 모든 것을 내려두고 대세를 거슬러 산을 내려가기로 결심한다. 거꾸로 가는 애벌레를 보며 다들 어딜 가는 거냐며 한 소리씩 늘어놓는다. 하지만 아기 애벌레는 묵묵히 바닥으로 내려온다. 그리고 삶의 가장 밑바닥에서 고독하게 자신과의 싸움을 시작한다. 성장하고자 하는 자기 자신과의 싸움 끝에 이윽고 변태 과정이 시작된다.

기다림 끝에 애벌레는 자신의 껍데기를 깨고 눈부신 나비로 변신했다. 나비가 되어 하늘을 날아다니니 애벌레 산의 정상에 있는 한 애벌레가 보였다. 1등 애벌레는 정상에 혼자 서서 어찌할 줄을 몰랐다. 정상에 가면 뭔가가 있다고 했는데 그 어떤 것도 보이지 않았던 것이다. 나비가 된 아기 애벌레는 더 높이 올라 하늘을 자유롭게 날아다니고, 자신의 날개로 원하는 대로 나아가며, 행복을 느낀다.

우리는 명확한 이유도 모른 채 경쟁을 시작한다. 경쟁은 학교에서부터 시작된다. 학생들은 어릴 때부터 막연하게 "1등이 되면 모든 것을 가질 수 있다."라는 말을 비판 없이 받아들인다.

하지만 지금 정상에 선 수많은 애벌레들이 허탈감에 빠져 고통스러워하고 있다. "위에 올라가면 엄청난 성공이 기다리고 있다."라는 말을 듣고 고분고분 따라갔을 뿐인데, 또다시 생존 경쟁의 틈바구니 안에 놓이게 됐다는 사실이 청년들을 좌절시키고 있다. 지독한 입시와 취업 경쟁, 입사 후에는 또다시 회사 내 생존 경쟁에 짓눌리는 것이다. 무엇이 잘못된 것일까?

경쟁은 필요하다. 하지만 무엇을 원하는지 명확히 알지도 못한 채 벌어지는 맹목적인 경쟁만큼 위험한 것도 없다. 현재 교육 시스템에 있는 아이들은 달리는 이유도 모르면서, 일단 결승선 안에 들어가면 모든 게 해결된다는 생각에 한 방향으로 떼 지어 뛰고 있다. 결국 정상에 서 있는 아이들도, 정상에 가보지 못한 아이들도, 여전히 자기가 어떤 사람인지, 꿈이 무엇인지 여전히 모른 채 방황하며 살아간다. 사회의 시스템 안에서 열심히 경쟁만 하다가는 끝내 행복을 찾을 수 없게 된다. 인생의 목표와 이루고자 하는 꿈 없이 매일 주어진 과제만 해결하며 살아갈 뿐이다.

우리 모두 주어진 길을 따라 남들과 같이 인생을 적당히 안정적으로 살고 싶은 유혹을 느낀다. 잘 먹고 잘사는 것에 만족하며 편하게 살고 싶은 마음 말이다. 나도 그랬다. 다른 이에게 생각하고 판단하는 일을 맡겨버리고, 시키는 대로 말하는 대로 열심히 해서 인생을 해결해버리고 싶은 마음. 생각 없이 노력만 하는 것만큼 쉬운 일은 없다. 공부 잘하는 아이들이 "공부가 제일 쉬웠어요."라고 말하는 이유도 그 때문이다. 시키는 대로 하는 게 사실 제일 쉽다. 어려운 것은 세상 속에서 내가 하고 싶은 일, 내가 해야 할 일을 찾아내고 해내는 일이다.

무엇이 나를 행복하게 하는가

진정한 경쟁은 내 삶에서 꿈을 찾고, 내가 모든 주도권을 쥐고, 나태해지려 하는 자기 자신과 싸워나가며 기어이 꿈을 이뤄내기 위한 과정이다. 어렵지만 가장 행복한 일이다. 남을 위해서가 아니라 나를 위해 살고, 인생을 나답게 의미 있게 살아가는 길이다. 하지만 개인의 적성도, 꿈도, 빛나는 재능도 묵살시킨 채 남들이 좋다는 길로만 가다 보면 자신의 꿈은 찾을 수도, 이룰 수도 없다. 나만의 변태 과정을 거쳐 나비로 날아오를 수 없는 것이다.

진정으로 중요한 것은 경쟁에서 승자가 되는 것이 아니라, 자기 자신과의 싸움에서 승자가 되는 것이다. 오직 나만이 내 꿈에 관심을 기울일 수 있다. 누구도 대신 챙겨줄 사람은 없다. 어디까지나 자기 인생은 자기 책임이다. 무엇이 나를 행복하게 해줄지, 인생에서 하고 싶은 일은 어떤 것이고, 이 생에서 일궈야 하는 사명은 무엇인지, 내 재능을 발굴해내는 노력을 해야 한다. 자기 자신, 그리고 꿈과 목표점에 대해서 알지 못한다면, 경쟁에서 승리해도 남는 것은 허탈감뿐이다. 남들이 말하는 대로 살다간 끝내 내가 원하는 삶을 살지 못하게 된다.

정답은 내 안에 있다. 무엇이 나를 행복하게 해줄 것인지, 어떤 일이 내 재능에 날개를 달아주고 삶을 자유롭게 해줄 것인지 찾아야 한다. 그리고 치열한 나만의 변태 과정을 거쳐야 한다. 오직 묵묵히 자신의 길을 따라 끊임없이 배우며, 어제보다 더 나은 나로 성장하는 사람이 인생에서 승리를 거둘 수 있다. 삶에서 겪는 성공과 실패도, 나비가 되고자 하는 하나의 변태 과정일 뿐이다. 내 재능이 만개할 수 있도록, 세상에 의미 있는 발자취를 남기고 갈 수 있도록 하루하루 충실히 살아가는 것이다. 진짜 경쟁자는 나 자신이다. 매일매일 '진정한 나 자신'이 되고자 조금씩 나아가고 매진하는 과정 속에서 우리 모두는 나비가 될 수 있다.

속도가 아니라
꿈의 방향을 먼저 생각하기

"거봐. 너나 나나 비슷해질 거라고 했지?"

대학 졸업식 날, 친구들이 내게 축하 인사와 함께 건넨 말이다. 한 친구는 조기 졸업을 해서 일찍 대학에 들어갔는데 행정 고시를 준비한다며 여러 해 공부를 했다. 또 다른 친구는 휴학도 하고, 취업도 재수 삼수하다 보니 여전히 대기업에 들어간 지 1년도 채 안된 사회 초년생이었다. 나는 또래보다 4년 늦게 대학을 갔다. 하지만 졸업할 때쯤 되니, 친구들이나 나나 여전히 미완성인 인생이긴 매한가지였다.

20대 초반 한창 수험생 신분을 벗어나지 못하고 인생의 바닥에서 굴러다닐 때, 내게 희망의 끈이 되어주었던 한마디가 있다. JYP 기획사 대표이자 가수인 박진영 씨가 한 말이었다. "20대 초반에는 대학을 가지고 인생의 성공과 실패를 논하지만, 30대 초반에는 완전히 또 다른 승부가 갈리게 될 것이다." 이 말이 엄청난 위로가 되면서도 한편으론 그 뜻이 이해가 될 듯 말 듯했다. 대학 입시에 실패한 20대 초반의 내게 여전히 무리에서 뒤처져 있다는 것은 엄청난 압박감과 중압감으로 다가왔다. 특히나 친구들이 날고 긴다는 '엄친아'들일 땐 말이다. 해가 갈수록, 앞서간 아이들과의 격차가 벌어질수록, 연락하고 지낼 수 있는 친구의 수는 줄어갔다. 한가득이던 친구들이 나중에는 세 명도 남지 않았다. 점점 혼자서 고독해져갔다. 하지만 마음속으로는 계속 이런 생각을 하며 꾹 참았다. '꿈을 이뤄서 당당히 내 존재감을 알릴 거야! 반드시 이번만큼은 이뤄야지, 빨리 이뤄내야 돼.' 하지만 주변에서는 좀처럼 앞으로 치고 나가지 못하는 나를 몹시 답답해했다.

계속해서 불합격증을 받던 어느 날, 결심이 섰다. 교육 시스템의 정석대로, 사회에서 말하는 성공 법칙을 따르는 것을 그만두기로 말이다. 한 가지 정해진 길만 있는 것이 아닐 것이라고 생각했다. 그리고 가진 것 하나 없이 빈털터리로 세상 밖으로 나섰다. 내가 어떤 사람인지 알고 싶었다. '정말 나는 4등급 인간일까? 정말? 한번 확인해보자. 내가 얼마만큼 되는 사람인지.' 그러자 드디어 시스템에서 벗어난 '진짜 내 모습'을 볼 수 있게 되었다.

뒤늦게 대학에 가보니 세상과 부딪혀가며 '자기 자신에 대한 공부'를 한 학생들은 많지 않았다. 다들 빈틈없이 빠르게 살아왔기 때문이다. 여전히 정신없이 학점 경쟁, 스펙 경쟁, 인턴, 취업, 인적성 고사 등 계속해서 세상에 맞추기 위한 공부를 하기 바빴다. 마치 다들 자기 자신을 잃어가는 것처럼 보였다. 정말 유능한 인재도 꿈이 무엇인지, 자신은 어떤 사람인지에 대해서 잘 몰랐다. 하물며 취직한 친구들조차도 모두들 머릿속에 물음표를 띄우며 뭘 하고 살아야 할지 모르겠다고 했다.

빨리 가는 것보다 제대로 가기

남들보다 빨리 가야 성공이고 행복일까? 무리 안에서 정신없이 경쟁에 휩쓸려 빨리빨리 가고 싶은 욕구에 길들여지면 어느새 자기중심을 잃게 된다. 내 생각을 잃고, 나 자신이 아닌 남들이 1등이라 인정해주는 삶이 맞다고 여기게 되며, 하고 싶은 대로 사는 것이 아니라 해야 하는 일들에 휩싸여 끌려가게 되는 것이다. 나 또한 학교를 다닐수록 중심을 잡기가 쉽지 않았다. 가끔은 브레이크 잡기가 더 힘들었다. 무엇을 위해 열심히 하는지도 모른 채, 시작된 레이스 안에서 성실한 모습을 보이고 최선을 다해 열심히 달렸다. 자기 자신에 대해 공부를 많이 했다 해도, 소속된 곳 안에서 나만의 중심을 잡고 주체성을 잃지 않기란 정말 힘든 일이었다. 정신없이 끌려갈 때면 혼자 있는 시간을 가지며 내 마음을 살폈다. '정말 이 길을 원하는 거야? 내 인생의 큰 비전과 맞는 거야?'

졸업을 하고 나는 본연의 길로 돌아왔다. 학교를 다니기 전이나 다닌 후나, 내가 하고 싶은 일에는 변함이 없었다. '세상에 긍정적인 영향력을 주는 여성'이 되는 것. 그 수단을 찾기 위해서는 브레이크를 잡고 혼자 생각해보는 시간이 필요했다.

초·중·고등학교 내내 전교 1등을 도맡아 무난히 명문대에 진학했고, 현역으로 군대를 다녀온 후 바로 대학 졸업을 해서 대기업에 입사한 선배가 있다. 그 선배는 희한할 정도로 인생이 순탄하게 풀렸다. 알아주는 대기업에서 1억이 넘는 연봉을 받는 모습에 사람들은 모두 운 좋은 사람이라며 그를 부러워했다. 하지만 그때 선배가 내게 와 조용히 얘기했다.

"어쩌면 네가 나보다 훨씬 인생을 똑바로 살고 있을지도 몰라. 너는 지금 네 인생에 대해 멈춰 서서 진지하게 생각해보고 신중하게 방향을 결정하고 있잖아. 나는 운 좋게 자꾸 쉽게 풀려서 이 자리에 있지만 아직 확신이 들지 않아. 잘 가고 있는 것일까? 이 길이 맞나? 내가 있어야 할 곳에 제대로 있는 건가? 계속 생각은 하면서도 일단은 주어진 일을 하고 있지. 하지만 언젠가는 나 자신과 독대해야 하지 않을까? 회사에서 시키는 일이 아니라 내 마음이 시키는 일이 무엇인지. 그런데 그걸 알았을 때 마음이 시키는 일을 할 수 있는 힘이 있을지 모르겠어. 굉장히 지쳤거든. 빨리 와봐야 별거 없어. 지금은 내가 앞선 것처럼 보여도, 나중에 세월이 지나면 자기 자신을 빨리 알고 정확히 자신의 인생의 방향을 알고 가는 사람이 더 크게 성공할 거라 생각해. 적어도 주말도 없이 24시간 일에 시달리는 게 아니라, 마음이 이끄는 일을 하며 나 자신을 위해 행복하게 살 수 있지 않을까."

그렇게 속내를 이야기해주고 멈춰 있어도 괜찮다며, 오히려 그것이 맞다며 독려해주는 그가 참 고마웠다.

빨리 가는 것은 중요하지 않다. 무작정 달리는 것보다는 제대로 방향을 잡는 것이 훨씬 중요하다. 방향도 모른 채 또다시 달려버리면, 어느새 자기가 원하는 삶과 어긋나 있게 된다. 잘못된 방향으로 빨리 가봤자 그곳에는 영혼 없는 노동만이 존재할 뿐이다. 결승점을 남보다 빨리 통과하고 나서는 주변을 돌며 방황하는 자가 되어버린다. 마음껏 실패하고 시행착오를 겪으며 자기가 가보고 싶은 길을 모두 가본 자들만이 결국 자기 자신에 대해 깨닫고 꿈을 찾을 수 있다.

'배움'에는 때가 없다

과거 어른들은 "공부에는 때가 있다."라면서 빨리빨리 가기를 종용했다. 하지만 바야흐로 평생 교육의 시대다. 우리는 은퇴 이후에도 무려 반평생을 더 살아가야 하는 100세 시대를 살고 있다. 누구나 자신에게 가장 필요한 최적의 시간에 배움의 시기를 가질 수 있다. 지금 우리가 학교에서 배운 지식들의 수명은 너무나 짧아져 현실 세계에서 쓰이기도 전에 새로운 지식으로 대체되고 있다. 학창 시절이나, 사회인이 되어서나, 학교를 졸업하고 나서도 계속해서 배우고 자신의 지식을 업데이트해나가야 하는 세상을 살고 있는 것이다.

이러한 시대에 배움에 있어 중요한 것은 '왜 배우느냐'이다. 지금이어야만 될 '이유'가 있는 공부를 하는 것이다. 사람마다 '적기 교육'의 때는 다르다. 내 주변에는 고등학교까지만 나온 뒤 사회에서 일을 하다가, 서른쯤 그 분야의 전문 지식을 더 배우고 싶어 대학에 들어가는 사람들도 많다. 이미 40대 후반이 되어가는 나이임에도 이제는 사업을 하는 것보다 공부하는 시간을 갖고 자신을 채우고 싶다며, 대학원 과정을 밟고 있는 경우도 많다.

쉬었다 가도 된다. '제때' 대학을 가야만 하는 것은 아니다. 공부는 언제나 배우고자 하는 사람이 준비되어 있을 때 시작된다. 준비되지 않았을 때 하는 공부는 1회용 물건처럼 금방 써먹을 수 없게 된다. 그러니 제대로 방향을 잡는 시간을 가져라. 허나 그것이 나태함과 게으름이 되어서는 안 된다. 그 시간이 나를 찾는 시간이 되어야 한다. 자기 자신이 누구인지 알고자 하는, 내가 이 인생에서 목숨을 걸고 하고 싶은 일이 무엇인지를 찾는 치열한 고군분투와 고뇌의 시간이 되어야 한다. '생각'을 해야 한다. 매일 나 자신을 찾아 나서야 한다. 아마도 인생에서 그보다 가치 있는 순간은 없을 것이다.

누구나 공부할 수 있는 시기를 결정할 자유를 가지고 있다. 부모라 할지라도 아이 스스로를 제외하고는 시기를 강요할 수 없다. 배움의 속도와 방향은 오직 당사자만이 정할 수 있다. 자신이 필요한 가장 최적의 시기에, 학습자로서 적극적으로 뛰어들어 배울 준비가 되었을 때 교육의 효과는 더욱 커진다. 배움의 준비가 된 사람만이 그 배움을 자기 것으로 만들 힘이 있기 때문이다. 배울 준비가 되어 있지 않은데 억지로 앉아 있다면 수업을 들어도 시간만 때우는 것일 뿐, 눈앞의 지식들은 전부 허공으로 흩어지고 말 것이다. 왜 지금 이것을 배우는지 본질적인 이유를 찾지 못하고 그저 시간을 때우며 참는다면 의미 없는 배움에 다름없다. 이렇게 되면 차라리 바깥에서 뛰어놀며 다양한 경험을 하느니만 못하다.

부모는 아이 스스로 '왜' 지금 이것을 배우는지 본질적인 이유를 생각하는 시간이 사고가 확장되고 창조적 재능이 열리는 시기임을 깨달아야 한다. 나중에 더 큰 보상을 얻기 위해서 배운다는 명목상의 이유가 아니라, 지금 진짜 나에게 필요한 배움인지를 분별할 때, 그 사이에서 아이는 자신만의 개성을 찾고, 그만의 재능이 깨어날 기회를 얻는다.

처음에는 부모의 도움이 필요하겠지만 아이가 성장하면서 완전히 혼자 일어설 수 있도록 손을 놓아주어야 한다. 주도권을 넘기고 아이에게 스스로 생각할 시간과 자유를 주어야 한다. 무엇을 배울 것인지, 언제 배울 것인지, 배움은 온전히 개인의 선택 사항이다.

인생은 속도보다 방향이 더 중요하다. 인생에서 진짜 해결해야 하는 문제는 빨리 가느냐가 아니라 제대로 가고 있느냐다. 내가 어디로 가고 있는지, 명확히 내 인생의 목표를 알아내야 한다. 방향이 정해지고 나서 미친 듯이 노력하는 것은 문제가 아니다. 포기만 하지 않으면 꿈은 이뤄지기 마련이다. 인생의 목표를 명확하게 머릿속에 그려보라. 내 영혼은 그것에 얼마나 절실히 반응하는가. 빨리 가는 것보다 영혼이 울리는 방향으로 길을 찾아 제대로 가는 것이 중요하다.

지구 학교 인생 교실에서
가장 먼저 배워야 할 것

"대학에 들어가기 전에, 저는 대학이라는 곳이 무척이나 특별한 곳일 거라고 상상했습니다. 상업적인 압박으로부터 탈출할 기회를 가질 수도 있고, 굉장히 멋진 사람들에 둘러싸여서 아주 아름답게, 인생에 대한 위대한 질문들에 대해 생각해볼 수 있는 그런 곳이요. 그래서 대학에 가면 제가 더 멋있고, 더 지혜롭고, 더욱 재미있는 사람이 될 거라고 생각했습니다. 아직도 '대학'에 대해서 이런 식으로 생각하는 사람들을 많이 만나곤 합니다.

하지만 그들 모두가 결국 한 가지 사실을 깨닫게 됩니다. 이 시대의 대학에서는 절대 그런 일이 일어나지 않는다는 걸요. 교육의 끔찍한 현실을 마주해본 적 없는 사람들만이 아마도 그런 꿈을 꿀 수 있을 것입니다. 저도 케임브리지 대학을 졸업했지만 삶에서 진짜 중요한 것들에 대해서는 배우지 못했습니다.

불행히도 어느 대학에 들어가든 '어떻게 살 것인가?' 혹은 '어떻게 하면 더 괜찮은 사람, 더 현명한 사람이 될 것인가?'에 대한 답을 배울 수 없다는 것이 이 시대의 가혹한 현실입니다.

이 시대의 대학은 직업 훈련소처럼 보입니다. 법학이나 의학, 혹은 컴퓨터 공학 같은 분야에서 특별한 커리어를 쌓도록 도와주는 그런 곳이요. 물론 문학이나 역사 같은 예술 관련 분야에 기초를 다질 수도 있습니다. 하지만 만약 당신이 대학에서 3년 동안 중세 문학을 공부하겠다고 말하면, 아마도 주위에서 '별로 좋은 생각은 아닌 것 같은데?' 하며 탐탁지 않은 시선을 보낼 것입니다. 요즘 사람들에게는 '돈을 벌어야 한다.'는 강박에서 잠시라도 벗어나 보호받을 수 있는 곳이 거의 없습니다."

세계적인 베스트셀러 작가 알랭 드 보통이 인터뷰에서 남긴 말이다. 내가 느낀 대학도 이와 같았다. 진리와 자유가 살아 숨 쉬는 곳이라기보다는 지식과 성실함만이 남은 곳이었다. 많은 학생들이 대학에 가면 내 인생의 목적이 무엇인지, 하고 싶은 일도 찾고 꿈도 찾을 수 있을 것 같아 환상을 가지고 열심히 공부한다. 하지만 대학은 고등학교의 연장선이었다. 좀 더 전공 위주로 전문 지식을

세부적으로 배운다는 것만 다를 뿐, 고등학교 때 학교 수업과 똑같
았다. 주마다 과제가 나가고, 팀 과제를 하고, 때마다 시험을 보고
배운 걸 잘 받아들였는지 아닌지 평가를 받는다. 삶의 지혜나 인생
을 어떻게 살아야 하는지에 대해서는 배우기 어려웠고, 생각을 나
누고 토론할 시간조차 없었다.

　학생들 사이에서도 인생의 핵심을 찌르는 진지한 이야기보다는
"어떤 교수가 학점을 잘 주냐, 어디 취업 준비하고 있냐, 어느 기업
이 연봉이 좋다더라."와 같은 대화가 주로 오갔다. 희한하게도 모
든 것이 세속적인 세상에 길들어 있어서인지 학교에서조차도 인
생과 삶에 대해 진지한 이야기를 하는 것이 어색했다.

돈으로는 살 수 없는 행복

　인생의 목적이 무엇인지, 태어난 이유가 무엇인지를 아는 것은
인류 역사에서 최대의 난제다. 모두가 기억 상실증을 앓듯, 왜 사
는지 모르고 살아가는 것이다. 하지만 우리가 분명히 아는 것이 있
다. 매일 '지금 이 순간'의 시간이 째깍째깍 흘러 죽음이라는 피할
수 없는 끝으로 가고 있다는 사실이다. 그럼에도 불구하고 우리는
죽지 못해 사는 사람처럼 일단 숨이 붙어 있으니 먹고살 걱정을

하며 생존에만 매달려 살아간다.

　TV, 영화, 뉴스 등 수많은 매체에서는 우리가 돈을 위해 태어난 것처럼 말한다. 소비하고 쾌락을 즐기기 위해 이 세상에 온 것처럼 이야기한다. 돈만 있으면 행복해질 수 있고, 더 많이 가지고 더 많이 소비하며, 한 번뿐인 인생 잘 먹고 잘살다 가야 한다면서 말이다. 그래서 우리는 돈을 좇는다. 가진 사람들도 끊임없이 더 많은 부와 명성을 좇는다. 학교도 좋은 직업을 갖기 위해 가는 것이라 생각한다. 모든 것을 '먹고사는 문제'와 결부시켜 생각한다. 하지만 단순히 '먹고사는 것'만이 인생의 전부인가? 인간은 그렇게 단순한 동물이 아니다. 물질적인 것만 추구하는 사람들은 그것을 갖자마자 다시 공허감에 빠진다.

　공부를 곧잘 하기로 소문났던 한 모범생 아이를 1년 만에 만났다. 겉으로 보아선 누가 봐도 모든 걸 갖춘 아이였다. 그런데 수능을 몇 달 앞두고 방황하기 시작했다. 그는 다른 친구들을 부러워했다. 그가 부러워한 친구들은 인생에 하고 싶은 일을 발견한 아이들이었다. 요리사가 되고 싶다거나, PD가 되고 싶다거나, 인생을 가슴 뛰게 하는, 자신이 하고 싶은 일이 뚜렷한 아이들 말이다. 오히려 그 아이는 도무지 자기가 뭘 하고 싶은지, 왜 사는지 모르겠다고 토로했다. 공부만 할 줄 알지, 인생의 이유도 모르겠고, 수능을 치르면 곧 점수에 맞춰 대학을 가야 하는데 그게 맞기는 한 건지 미래가 암담하다는 것이다.

"우리는 그저 좋은 대학에 가서 좋은 직장에 취업해 돈 많이 벌려고 공부하는 건가요? 저는 하고 싶은 일을 하려고 공부하는 건데…. 도무지 이렇게 해서는 하고 싶은 일을 찾을 수 없을 것 같아요. 대충 점수 맞춰 대학에 가고, 하기 싫은 공부를 비싼 등록금 내며 하고. 대학에 가서도 '취업 안 된다, 학점 잘 따야 된다.' 소리에 스펙이나 쌓겠다고 미친 듯이 열심히 공부하겠죠. 그 모든 게 단지 돈을 위해서인가요? 그렇다면 저는 아무것도 하고 싶지 않고, 더 이상 살고 싶지도 않아요. 지쳤어요."

세상을 살아가는 사람들이 가장 많이 하는 착각 중 하나가 안정적인 삶이 최고이고, 그것이 행복한 삶이라 생각하는 것이다. 결국 이 말은 돈이 최고라 생각한다는 말과 같다. 돈이면 다 해결된다는 물질만능주의에 완벽히 젖어 있는 셈이다. 사람들은 많은 돈을 가지면 자동적으로 행복해질 거라 생각한다. 하지만 진실은 그렇지 않다. 물질은 물질일 뿐이다. 그 안에는 영혼이 없다. 나중에는 슈퍼 카도 펜트하우스도, 최신형 스마트폰처럼 어느새 익숙해져 평범한 물건처럼 보이는 순간이 온다. 사람의 정신에는 살아 숨 쉬는 영혼이 깃들어 있기 때문에 물질로만 그것을 채우는 데에는 한계가 있다.

수많은 연구 결과들은, 지독하게 가난해서 먹고사는 것이 급박한 경우를 제외하고, 돈은 행복과 큰 관련이 없다고 이야기한다. 식품을 구입한다거나 생필품을 마련하는 등 기본적인 생활을 하는 데 크게 문제가 없는 경제력 정도라면, 돈 때문에 행복과 불행이 결정되진 않는다고 말이다.

대부분의 사람들은 자신이 돈이 없어 불행하다고 느끼지만, 진짜 이유는 '자기답지 않게 살고 있기 때문에' 불행한 것이다. 이 세상을 한껏 행복하게 살다 가는 사람, 주어진 삶을 의미 있게 보내고 가는 사람들을 살펴보면 그 비결은 '자신다움'에 있다.

우리가 지구별에 온 이유

사람은 가장 자기다울 때 행복을 느낀다. 무언가 자기가 성장하고 있고, 힘이 강해지고 있고, 발전하고 있다고 느낄 때, 우리는 진정한 행복을 느낀다. 오프라 윈프리는 스탠퍼드 대학 졸업 연설에서 이렇게 말했다.

"삶은 여러분에게 많은 가르침을 줄 겁니다. 저는 이 지구가 하나의 큰 학교이며, 인생을 하나의 교실이라고 생각합니다. (…) 인생이 주는 속삭임을 무시하지 마세요. 자기 발전에 대해 갈망하고 열린 자세로 삶을 헤쳐 나아갈 때, 삶은 여러분이 발전하는 데 가장 큰 도움을 줄 것입니다. 왜냐하면 그것이 우리가 지금 여기에 있는 이유이기 때문입니다. 인간으로서 진화해나가는 것."

우리는 이 지구별에 성장하기 위해 왔다. 진정한 나 자신을 찾고, 마주하는 환경에서 다양한 경험을 통해 나 자신의 최고 버전이 되기 위해서 온 것이다. 단순히 먹고살기 위해서가 아니라, 나만의 색깔로 세상에 빛이 되기 위해 왔다.

진정한 인생은 자기가 누구인지 깨닫는 것에서부터 시작된다. 우리는 인생에 주어진 시간을 통해 '최고의 자신'을 만들어간다. 세상 안에서 '나다운 모습'으로 내가 어떤 사람이 될 것인지, 내 인생의 목적이 무엇인지 그 소명을 찾아나가는 것이다. 삶의 목적을 발견하기 위해서는 먼저 삶에 대해 공부해야 한다.

이제 어떻게 의미 있는 삶을 살 것인지, 내가 누구인지, 왜 사는지에 대한 공부를 해야 할 시간이다. 삶이 무엇인지 함께 배워나가는 것이다. 그간 '이익 추구'를 최우선 목표로 삼아온 경제학이나 경영학에도 새로운 흐름이 몰아치고 있다. 경제경영학자들조차 이제는 "인간은 돈만 추구하는 돈벌이 기계가 아니다. 돈만 알아서는 위대한 혁신이나 가치를 창출할 수 없다. 돈보다 사람과 사회를 위하는 가치가 더 중요하다. 돈만을 좇아서는 살아남기 어렵다."라고 말한다. 창조와 혁신의 시대가 열렸으며, 돈만 좇으면 도리어 돈을 못 버는 시대가 찾아온 것이다. 돈이 주는 제약을 던져버리고, 모든 사람에게 도움이 되는 새로운 생각, 창의적 발상으로 혁신을 추구해낸 기업이 현재의 시대를 이끌고 있다. 사람을 이해하고 인류와 사회에 공헌하는 데 집중해야 돈이 따라온다. 황금만능주의에서 벗어나, 인간에게 의미 있는 '가치'를 좇아야 성공이 오는 시절이다. 그야말로 환상적인 시대다.

우리는 누구나 소중한 존재다. 단 한 명이라도 소중하지 않은 존재가 없다. 태어난 순간부터 죽을 때까지 우리는 세상의 수많은 경험에 참여하며 세상을 확장시킨다. 우리가 기쁘면 세상도 기쁘고, 우리가 슬프면 세상도 슬프다. 우리에게는 이 세상에 기여할 수 있는 힘이 있다. 내가 한 인간으로서 될 수 있는 최고 버전이 되면 세상 또한 점차 발전해나간다. 한 사람이 성장할 때마다 인류 전체가 성장한다.

그러니 나를 좀 더 알아가는 공부를 하자. 왜 태어났는지, 죽지 못해 사는 삶을 살 것이 아니라, 여기에 왜 왔고, 살아 있는 이 순간을 얼마나 멋지게 살 수 있는지 깨달아야 한다. 삶에 대해 진정으로 배우고자 할 때 알게 되는, 삶이 우리가 여기에 온 이유에 관해 꼭꼭 숨겨둔 진실을 반드시 우리 손으로 찾아내야 한다.

"넌 네가 스스로 정의하는 너 자신이야"

"나는 왜 태어났을까?"

"나는 누구일까?"

"어떻게 하면 꿈을 이룰 수 있을까?"

우리가 살아가는 이 세상에는 어떻게 하면 자신의 꿈을 이룰 수 있는지 궁금해하는 사람들이 많다. 일부는 가슴과 영혼 깊은 곳에서 깨달음을 찾고, 직접 실천하고 행동하면서 자신의 꿈을 기어이 현실로 이뤄낸다. 그러나 대부분의 사람들은 계속해서 내가 누군지 모르겠다 말하고, 저 높은 꿈을 바라보기만 한다. 그러다 시간이 많이 흐른 뒤에야, 자신의 삶이 여전히 그대로 머물러 있는 것을 깨닫고는 좌절하며 하늘만 바라본다. "나는 도대체 그동안 뭘 한 걸까?" "왜 내 삶은 예나 지금이나 그대로일까?" 하지만 이런 질문은 스스로를 힘들게 할 뿐이다. 제대로 된 질문은 내가 누구인지를 묻는 것이다.

나는 누구인가

문제 해결의 핵심은 올바른 질문을 통해 자신을 발견하는 것이다. 내가 누구인지, 왜 사는지 생각하고, 인생의 명확한 목적을 찾아내기 위해 자기 인생에 올바른 질문을 던지고, 맞는 길을 찾아내야 한다. 내가 어떤 사람인지, 지금 어떤 길을 걷고 있는지, 앞으로 어떤 길을 걷고자 하는지 고민하고 생각함으로써 점차 내 인생의 윤곽이 드러난다.

누구도 내 인생을 결정할 권리는 없다. 인생의 질문에 답할 수 있는 것은 오직 나뿐이다. 누구도 내 삶을 대신 살아줄 수 없고, 내가 느끼고 행동하는 것을 조종할 수 없기 때문이다.

누군가 그랬다. 삶은 '진정한 나 자신'이 되기 위해 존재하는 것이라고. 우리는 여기에 진짜 '나'를 만나러 왔다. 진짜 내가 누구인지를 발견하러 왔다. 다른 이에게 '규정되는 존재'가 아니라, 나 스스로 '정의하는 존재'로서 세상에 그 모습 그대로 발현하고자 왔다.

하지만 현존하는 주입식 교육 시스템은 모든 인간을 획일화하고 있다. "너는 3등급짜리야," "너는 학벌이 안 좋으니까 보잘것 없는 인생이야." 등등 성적으로 아이들의 가치와 정체성을 매기고 있는 것이다. 모두 진짜 자기가 누군지(I AM) 모르고 다른 사람에게 생각당하고(YOU ARE) 있다. 지금의 교육은 오히려 자신의 진가를 보지 못하게 방해하고, 다양한 능력 역시 발휘하지 못하게 한다.

고등학교 때 담임 선생님이 나의 부모님에게 "아이가 공부할 줄 모르는 것 같다. 너무 자잘한 것에 집중해서 공부한다. 다른 아이들은 시험에 나오는 공부 위주로 야무지게 하는데, 앞으로 시험 잘 보는 공부를 하지 않는 한 성적이 잘 오를 것 같지 않다."라고 얘기한 적이 있다. 그때 나는 학교에서 시키는 대로 공부하지 않았다. 내가 하고 싶은 방식으로 공부를 했다. '이 과학자는 어떻게 이 공식을 발견했지? 원래 천재였는데 이 분야에 관심이 있었나? 오, 보충 설명 찾아보니 정말 그랬네. 좋겠다. 이름이 교과서에 실리고, 자기가 만든 공식이 진리처럼 여겨지다니. 어떻게 하면 이런 삶을 살 수 있을까?' 이런 생각을 하느라 정작 시험공부는 못하고 시험 문제도 잘 못 풀었다. 뿐만 아니라 세상의 다양한 일들을 관찰하고 생각해보길 즐겼다. 다른 사람은 그냥 스쳐 지나갈 사소한 일도 나는 깊게 생각했다. '왜 그런 일이 발생했을까? 앞으로는 어떻게 하는 것이 좋을까?' 등등 뭐든 생각할 것투성이였다. 대화를 할 때조차 상대방의 눈을 쳐다보며 그의 말 속에 담긴 뜻을 '해석'하며 상대의 입장이 되어 생각했다. 그때의 나는 "넌 너무 생각이 많아."라는 이야기를 자주 듣고 살았다. 정말이지 공부에 방해가 될 정도로 생각이 많아 문제였다. 무작정 머리에 입력하고 외우는 것은 못했고, 이해가 안 되면 암기가 잘 되지 않으니 공부하는 데에도 오랜 시간이 걸렸다. 생각이 많다는 것은 주입식 교육에 부적합하다는 뜻이기도 하다.

그러나 다행히도 내 삶의 의미를 찾고 내가 누군지에 대해서 생각하고, 꿈의 윤곽을 그리는 데에는 엄청난 도움이 되었다. 내가 누구인지, 왜 사는지에 대한 정답은 내 안에 있기 때문이다. 정답은 결국 자신만이 알고 있다.

모든 아이들은 하나의 경이로운 존재

훌륭한 질문은 사람을 생각하게 하고, 자신이 누구인지 깨닫게 만든다. 소크라테스가 사람들을 깨치기 위해 주로 했던 방법 또한 좋은 질문을 던지는 것이었다. 질문을 하며 사고를 유도한다. 즉 답하는 자에게 스스로 생각해볼 기회를 주는 것이다. 경영학회에서 내게 큰 영감을 준 선배가 있다. 그를 보며 진정한 멘토는 사람을 어떻게 이끌고 성장시키는지 깨달을 수 있었다. 그는 활동하면서 내게 계속 질문을 던졌다.

"처음 시작할 때 네가 바랐던 것을 얻고 있니?"

"지금 잘 가고 있니?"

"되고자 했던 것을 이루고 있니?"

그럴수록 나는 생각에 빠졌고 '내면의 목소리'에 집중할 수 있었다. 억지로 시키는 일을 하기에 급급한 것이 아니라 주어진 과정속에서 내가 되고자 하는 모습으로 성장할 수 있었다. 환경에 휩쓸리지 않고 비교하지 않고, 스스로 방향을 결정할 수 있었다. "나는 최고의 경영학도가 되고자 한다," "나는 유능한 사람이 되고자 한다." 나 자신이 되고자 하는 모습, 이루고자 하는 것에 집중하면 할수록 그것에 가깝게 나날이 성장하고 변화하는 나를 발견할 수 있었다. 원하는 나의 모습에 점차 가까워질 때 느끼는 희열과 기쁨은 더없이 컸다.

핵심은 누군가를 "너는 어떤 사람이다(YOU ARE)."라고 규정하는 게 아니라 "너는 누구니?"라고 질문해야 한다는 것이다. 우리는 질문을 해야 한다. 부모도 학교도 누구도 한 인간을 어떤 사람인지 규정할 수 없다. 자신 이외의 그 누구도 나에게 '이런 인생을 살게될 거다.'라며 속단할 수 없다. 자기 자신이 누구인지 결정할 수 있는 것은 자기 자신뿐이다. 따라서 우리는 사람들을 볼 때 "너는 어떤 사람이다."라고 규정할 게 아니라 "너는 누구니?"라고 묻고, 생각하게 만들어야 한다.

그렇기에 "나는 누구다(I AM). 나는 무엇이 되고자 한다."를 깨닫게 하는 교육이 필요하다. 생각하고 살지 않으면, 사는 대로 생각하게 된다. 생각하지 않으면 우리는 언제든지 주변 환경에 휩쓸려 내 생각이나 주도권을 잃어버리게 된다. 억지로 공부를 시키기보다 먼저 자신이 누구인지 탐구하고, 공부를 하며 자기 자신에 대해 알아갈 수 있도록 이끌어줘야 한다. 걸어 다니는 백과사전이 되는 것은 더 이상 대단한 능력이 아니다.

주입식 교육에 익숙한 아이들은 무엇이든 정답을 따르려고 한다. 우리 사회가 생각하는 법을 가르치기보다 암기하는 법을 가르치려 애썼기 때문이다. 아이들은 질문을 던지고 생각하는 법을 배워본 적이 없다. 이러한 습관은 생활에서도 드러난다. 인생에는 정답이 없음에도 사람들이 말하는 정답을 따르려고만 하는 것이다. 자기 자신에 대해서도 내가 누군지 스스로 결정하는 것이 아니라, 남이 판단해주길 바란다. 진정한 교육은 스스로 생각하게 하는 것이다.

파멜라 메츠는 《배움의 도》에서 "그 옛날 현명한 교사들은 학생을 억지로 가르치지 않았다. 그들은 지식만으로는 충분하지 않다는 사실을 가르쳤다. 학생 스스로 답을 이미 안다고 생각하면 가르치기 어려워진다. 충분히 모른다는 사실을 알아야만 학생은 자기만의 방법을 찾을 수 있다."라고 말한다.

스스로 삶의 방향에 대해 생각해보고, 과정 속에서 자기 자신을 찾아갈 수 있도록 돕고, 왜 태어났는지가 아니라 이 세상에서 어떤 사람이 되고 싶은지 고민하게 해야 한다. 인생이라는 주어진 시간 동안 무엇을 해야 가장 행복하고 의미 있는 삶을 살아갈 수 있을지 말이다. 내가 누군지 깨닫는 것에서부터 진짜 인생이 시작된다. 진짜 공부가 시작된다. 생각하는 인간은 나아가 자신이 살고 싶은 인생을 주체적으로 설계할 수 있다.

모든 사람은 자신의 영혼에 '자기가 되고자 하는 바'에 대해 답을 품고 있다. 우리가 할 일은 잠들어 있는 영혼을 깨우는 것이다. 그럼에도 당신이 누구인지를 내게 묻는다면, 내 마음을 대변해줄 파블로 피카소의 말을 전하고 싶다.

"넌 네가 누구인지 아니? 넌 하나의 경이로운 존재야. 넌 독특한 사람이야. 이 세상 어디에도 너와 똑같이 생긴 아이는 없어. 네 몸을 한번 살펴봐. 너의 다리와 팔, 귀여운 손가락들이 움직이는 모양은 모두 하나의 경이야. 넌 미켈란젤로, 셰익스피어, 베토벤 같은 사람이 될 수 있어. 넌 그 어떤 것도 해낼 수 있는 능력이 있어. 네가 상상할 수 있는 모든 것은 현실이 될 수 있어. 넌 정말로 하나의 경이야."

경쟁에서 지는 것을
가장 두려워하는 학생들에게

경쟁적 마인드를 가진 투쟁은 다른 사람을 밟고 올라서려는 불경한 쟁탈전이다. 그러나 창조적 마인드로 접근하면 모든 것이 달라진다. 당신은 원하는 바를 창조해낼 수 있고, 두려움도 없다. 다른 이들이 어려운 시기와 불황을 맞을 때 당신은 가장 큰 기회를 얻을 것이다.

세상을 발전하는 곳으로 보는 훈련을 하라. 경쟁의 생각을 없애야 한다. 이미 만들어진 것과 경쟁하지 말고 창조해야 한다. 누군가의 것을 빼앗아 올 필요가 없다. 애써 흥정할 필요도 없다. 남의 재산을 탐내거나 부러운 눈으로 쳐다볼 필요도 없다.

자신의
주인으로
살기 위하여

그가 가진 것 중 당신이 가질 수 없는 것은 없다. 그가 갖고 있는 것을 빼앗지 않고도 당신은 그것을 가질 수 있다.

특정 법칙에 의해 성공하기 위해서는 경쟁적 마인드로부터 완전히 벗어나야 한다. 공급이 제한되어 있다는 생각을 잠시라도 해서는 안 된다. 다른 사람이 소유한 것을 얻고자 하는 것이 아니라 무형 물질로부터 창조된 것을 얻고자 함이기 때문이다. 공급은 무한하다.

— 월러스 워틀스,《부자가 되는 과학적 방법》중에서

우리는 무한 경쟁 사회에서 살고 있다. 승자와 패자가 갈리는 세상. 다른 사람의 성공은 나의 실패를 뜻한다. 잘못된 교육 방식 때문에 우리는 경쟁은 정당하고 그에 따른 책임은 개인이 지는 것이며, 승자가 모든 성과를 독식하는 것을 당연하다고 생각했다. 서로 합심하여 발전하는 게 아니라 눈치 싸움을 하고 나만 알려 했다. 요즘 아이들도 이 공식을 비판 없이 수용한다. 경쟁에서 진 존재는 살아남기 어렵고, 경쟁에서 이긴 자만이 살아남는 곳이 자본주의 사회라고 배웠기 때문이다.

하지만 교육 현장에 있으면서 가장 힘들었던 것, 사회에서 경영 컨설팅을 하며 고통스러웠던 것, 그것은 남들보다 뛰어나야 살아남는다는 것이었다. 나를 위해 극한의 노력을 하는 것이 아니라 남들보다 뛰어나기 위해서 노력하고 최상의 결과를 내기 위해서 끊임없이 경쟁해야 했다. 마지막에는 과정이 아니라 결과로만 평가받고 책임을 지는 냉혹한 현실이었으며 '등급'이나 '숫자'로 남과 비교되었다. 지독한 '생존 경쟁'이 아닐 수 없었다. 비로소 초·중·고·대학 교육의 끝에 다다르고 나서야 현재 교육에 대해 결론 내릴 수 있게 되었다.

경쟁에서 이기기 위해 경쟁을 그만두기

지금 교육은 '사람들을 극한의 노력을 하게 만들어 최고의 노동력을 제공하는 기계로 만드는 것'에 초점이 맞춰져 있다. 끊임없이 공급이 부족하다고 생각하게 만들고, 서로 경쟁시키고, 다른 사람이 소유한 것을 부러워하고 갈망하게 만들고 있다.

하지만 이러한 사고는 완벽히 틀렸다. 경쟁할 필요가 없다. '공급은 무한하다.' 그동안 자본주의는 인간 생활의 모든 것을 돈으로 전환했다. 우리가 먹는 음식, 투자하는 시간, 심지어 인간 자신까지 노동력으로 보고 연봉으로 값을 매겼다. 이게 가능했던 이유는 자본주의가 '시장 경쟁'을 원칙으로 했기 때문이다.

하지만 치열한 경쟁으로 기술이 발달하고 생산성이 최고점이 되자 제품을 추가 생산하는 데 드는 비용이 0이 되어버리는 상황이 왔다고 《한계비용 제로 사회》에서 제레미 리프킨은 말한다. 출판업계, 통신업계, 엔터테인먼트 사업은 점차 거의 공짜로 생산해낼 수 있는 상황으로 가고 있다. 바로 인터넷 기술 때문이다. 예를 들어 책을 생산한다고 했을 때 드는 비용은 0이다. 인터넷을 통해 유통시켜버리면 되기 때문이다. 과거에는 책을 출판하려면 출판사, 편집자, 인쇄업자, 도매업자, 유통업자, 소매업자가 필요했다. 하지만 지금은 작가가 인터넷에 자기 글을 올려버리면 그만이다. 이미 전 세계적으로 생산에 참여하는 소비자들, 프로슈머(prosumer)가 직접 자신이 창조한 제품을 판매하고 이윤을 창출하고 있다. 이렇게 되면 역설적으로 기업의 이윤은 하락한다. 앞으로 다가올 사물 인터넷 시대와 3D 프린팅 기술은 이런 현상을 더욱 가속화할 것이다. 제레미 리프킨은 이제 '협력적 공유 사회'라는 새로운 경제 시스템이 세계 무대에 등장하고 있다고 말한다.

앞으로 우리는 자본주의 시장에서 협력적 공유 사회로 이행하는 패러다임의 전환기를 맞이할 것이다. 이 과정에서 사람들은 경제적, 사회적, 정치적, 심리적으로 엄청난 발상 전환이 필요하다. 더 이상 경쟁은 무의미하다. 오직 창조하는 법을 아는 자만이 풍요로워질 것이다.

다른 종에 비하여 인류가 가진 가장 큰 약점은 모든 것을 상대적으로 인식한다는 것이었다. 늘 비교해서 생각하고 열등감을 갖고 서로 싸우는 것이 개인의 성장과 인류의 발전을 막는 큰 한계 요소였다. 이 모든 것이 '공급이 제한되어 있다.'라는 관념의 틀에서 나온 것이다. 그러나 세상은 제한되어 있지 않으며, 자원은 무한하다. 이 인류를 다 먹여 살리고 남을 정도의 자원이 있다. 머리를 쓰면 충분히 가능하다. 자기 자신뿐만 아니라, 인류 전체를 위해 창의적인 발상을 해낼 때, 모든 문제를 해결할 수 있다. 역사적인 인물들은 진정으로 현명하고 창의적인 사람들이다. 생존 경쟁이라는 좁은 틀에서 벗어나 모두 원원할 수 있다는 상생의 마인드로 머리를 쓰고 혁신을 일구어냈다. 새롭게 열린 마음가짐으로 가치를 창조해내고 인류의 공익에 공헌한 것이다.

《블루오션 전략》의 저자 김위찬 교수는 "라이벌과의 경쟁을 포기하라. 경쟁에서 이기는 유일한 방법은 경쟁자를 이기려는 노력을 그만두는 것이다."라고 말한다. 남을 이기겠다는 경쟁심을 가지고 그 안에서 효율적인 방법만 추구해서는 계속해서 무한 경쟁 레이스를 달릴 수밖에 없다. 함께 갈 수 있다는 생각을 하지 못하고, 스스로도 지치게 된다. 틀에 갇혀 창의적 사고조차 불가능하다. 깨어나라. 남이 잘되면 나도 잘된다.

털어놓기 부끄럽지만 나는 학창 시절 영재 친구들이 잘되는 것을 기뻐하면서도 불안해했다. 분명히 기뻤다. 하지만 감정이라는 것은 머리로 되는 것이 아닌지, 이상하게 이성과 다르게 굴었다. 진심으로 축하해주었음에도 마음 한편으로는 씁쓸해하는 나를 보며 이해가 가질 않았다. 나는 왜 그럴까? 왜 진심으로 기뻐해주질 못하지? 내 자신을 책망했다. 두려웠던 것이다. 비교 당할까 봐, 친구와 내가 너무 달라질까 봐 두려웠다. 더군다나 내가 나락으로 떨어지고 있을 때는 그야말로 웃는 게 웃는 게 아니었다.

예일대 교수 윌리엄 데레저위츠는 《공부의 배신》에서 자신이 극한 경쟁을 하며 다른 이의 성공을 두려워하고 그들이 세상에 미치는 좋은 영향을 인정할 때 느끼는 기쁨 또한 잃었다고 말한다. 우리 또한 그랬다. 친구들과 함께 있다가도 점수가 나오고 등수가 매겨질 때마다 분위기가 이상했다. 어떤 한 친구가 너무 잘나가면 기뻐하면서도 씁쓸해했고, 어떤 친구가 너무 안 풀리면 위로하면서도 안심했다. 친구를 인생을 함께 가는 존재라 생각하지 않고 같은 경쟁선상에서 위협적인 무언가로 느끼는 것만큼 불행한 삶은 없다.

경쟁하지 마라, 창조하라

이제는 모든 것이 보인다. 남이 잘될 때 두렵고 불안한 마음이 든다면 그건 완벽한 허상이다. 남이 잘되면 내가 잘된다. 내가 느낄 수 있는 세계가 넓어진다. 내가 잘되면 남도 잘된다. 세상이 더 잘된다! 누군가 멋진 성과를 이뤄낸다면 그걸 보고 '세상에 저렇게 일을 할 수도 있구나!' 하며 배움을 얻고, 영감을 받아 더 나은 창조를 해낼 수 있다. 내 옆 사람이 잘된다면 나 또한 그 사람의 성공 기운을 느끼며 행복해질 수 있는 구석이 생긴다. 남이 잘되면 내 일처럼 기뻐하라. 또 내가 가진 걸 나 혼자만 알 게 아니라 사회를 향해 베풀면 다른 이 또한 잘된다. 그러면 그 사람이 또 세상에 빛이 될 것이고, 그 또한 나의 덕이 될 것이다. 다시 한 번 되뇌자. 남이 잘되면 내가 잘된다! 내가 잘되면 세상은 더 잘된다!

창조하는 사고는 우주 전체가 유기적으로 연결되어 있다는 깨달음에서 온다. 경쟁하지 마라. 창조하라. 세상은 제한되어 있지 않다. 공급이 제한되어 있다는 생각의 틀에서 벗어나 창조적인 사고를 하라. 어마어마한 성공이 탄생할 것이다.

미래학자 롤프 옌센은 《드림 소사이어티》에서 다음과 같이 말했다. "미래는 꿈꾸는 경영자들의 시대다. 노동은 얼마든지 기계와 컴퓨터로 대체할 수 있다. 오직 상상력만이 영원히 인간의 능력으로 남을 것이다."

인류에게 꿈의 시대가 왔다. 창조의 시대, 상상력의 시대가 온 것이다. 틀에 박힌 논리보다는 틀을 벗어난 자유로운 상상력이 발휘된 이야기가 더 중요시된다. 기능만 강조한 상품보다는 감성과 경험, 의미를 담은 상품이 더 잘 팔린다. 그간 "인간은 합리적인 동물이다."라고 스스로를 설명해왔지만 이제는 그걸 부정해야 한다. "인간은 상상력의 동물이다."로 바뀌어야 한다. 인간은 자신의 마음을 읽고 자주적으로 생각할 수 있는 특권을 지녔다. 상상할 수 있는 것은 그 어떠한 풍경이라 하더라도 볼 수가 있다. 미래는 꿈꾸는 자기 경영자의 시대다. 꿈과 감성이 지배하는 시대가 왔다. 진형준 교수는 《상상력 혁명》에서 창조적인 삶의 8가지 원칙을 다음과 같이 소개했다.

1) 나는 상상한다, 고로 나는 창조한다.
2) 나는 꿈꾼다, 고로 나는 창조한다.
3) 나는 뒤집는다, 고로 나는 창조한다.
4) 나는 모든 것을 연결한다, 고로 나는 창조한다.
5) 나는 보이지 않는 것을 본다, 고로 나는 창조한다.
6) 나는 이야기를 만든다, 고로 나는 창조한다.
7) 나는 체험하고 사랑한다, 고로 나는 창조한다.
8) 나는 미래를 예견한다, 고로 나는 창조한다.

창조력은 경쟁의 틀을 벗어난 생각을 하는 것에서부터 시작된다. 살아가며 사소한 문제가 얼마나 촘촘히 개인 및 집단 전체에 연결되어 있는지 느낀다. 모든 것은 유기적으로 연결되어 있다. 우리 모두가 연결되어 있음을 깨닫고, 인류와 사회를 위한 큰 흐름을 보고 상생하려 할 때 놀라운 상상력이 발휘될 것이다. 경쟁하지 마라. 창조하라.

시키는 대로 할 때는
들리지 않는 마음의 소리

스티브 잡스는 미국 스탠퍼드 대학 졸업식 연설에서 '점들을 연결하는 것(Connecting the dots)'에 대해 이야기했다. 많은 사람들이 이 말을 '내가 살아온 점들을 연결하면, 미래가 보인다'라는 뜻 정도로 생각한다. 하지만 그의 말을 잘 살펴보면 그게 아님을 알 수 있다.

"미래를 내다보며 점들을 이을 수는 없으므로, 여러분은 그 점들이 언젠가 미래에 어떤 식으로든 이어질 것이라고 믿어야 한다."라는 것이다. 스티브 잡스는 리드 대학을 입학한 뒤 6개월 만에 중퇴했다. 그 후 청강을 하며 대학 주변을 맴돌다가 1년 반 후에는 완전히 그만두었다. 자신의 인생에서 하고 싶은 게 무엇이고, 대학이 그것을 알아내는 데 도움이 될지 알 수 없었기 때문이다. 노동자 계층이었던 부모의 저축이 모두 자신의 학비로 쓰이는 것에 자책감을 느꼈고, 그만한 가치를 찾아내지 못했다. 그랬기에 두려웠지만 학교를 그만두었다. 그리고 흥미 있어 보이는 과목을 청강하러 다녔다.

청강 생활 전부가 낭만적이지만은 않았다. 친구의 기숙사 방바닥에서 자야 했고, 5센트짜리 콜라병을 모은 돈으로 음식을 사먹었다. 일요일 밤은 제대로 된 음식을 먹고 싶어, 7마일을 걸어서 유대교 사원에 가 예배를 하고 식사를 했다. 그리고 주중에는 호기심과 직감을 따라 많은 일을 했다. 리드 대학엔 당시 미국에서 최고의 타이포그래피 과정이 있었는데, 거기서 세리프 서체, 글씨 조합 사이의 여백, 멋진 활자 레이아웃을 훌륭하게 만드는 것에 대해 배웠다. 굉장히 아름답고 예술적인 일이라 스티브 잡스는 그것에 빠져들었으나 이것들 중 어느 하나도 인생에 실질적으로 도움이 될 것 같지는 않았다.

그러나 10년 후, 스티브 잡스가 첫 번째 매킨토시 컴퓨터를 구상할 때 이것들이 전부 다시 생각났다. 스티브 잡스는 이를 컴퓨터 디자인에 활용하여 역사에 한 획을 긋는 매킨토시 컴퓨터를 개발했다.

자신의
주인으로
살기 위하여

그는 말했다. "대학 시절에는 미래를 내다보고 점들을 연결시키는 것이 불가능했다. 하지만 10년이 지난 뒤, 뒤를 돌아볼 때야 그것이 연결됨을 알 수 있었다." 따라서 그가 말하는 결론은 "우리는 지금 거치는 모든 시점들이 내 꿈으로 향하는 길로 연결될 것이라 확신해야 한다는 것"이다. 그 믿음은 인생에 있어서 엄청난 차이를 만들어낸다.

'하고 싶다'와 '할 수 있을까' 사이

나 또한 '믿음을 가지고 영혼이 끌리는 길을 따르라, 하고 싶은 공부를 하라.'는 스티브 잡스의 말에 깊이 공감한다. 하지만 교육 현장에 있어보니, 뭘 하고 싶은지조차 모르는 아이들에게 하고 싶은 공부를 하라고 말하는 것은 어불성설이었다. 아이들은 말했다.

"성공한 사람들은 '진짜 하고 싶은 걸 해야 성공한다,' '자기 인생을 살아야 한다,' '젊을 때 실패해도 좋다.'라고 이야기하지만 너무 무책임한 말인 것 같아요. 남의 인생이니까 막 말하는 거 아니에요? 물론 성공한 사람들은 자기가 하고 싶은 것도 하고 실패도 해가면서 열심히 노력했겠지만, 결국은 운이 좋았던 몇몇 사람들만 성공한 게 아닌가요? 무엇보다 저는 해본 게 없어서 하고 싶은

게 뭔지도 모르겠어요. 이런 말 하면 어른들은 '하고 싶은 게 없으면 공부를 해라. 공부라도 제대로 해야 선택할 수 있는 범위가 넓어진다.'라고 하는데 저는 공부하기가 싫어요."

나는 아이들의 눈빛을 보았다. 흔들리는 초점에 방황하는 눈빛. 아이들의 눈에서 어린 시절 내 모습을 보았다. 과거로 돌아갈 수 있다면 학창 시절의 어린 나에게 가장 해주고 싶었던 말, 그 말을 아이들에게 조심스럽게 들려주었다.

"믿기 어렵겠지만 성공도 실패도 지나고 보면 모두 귀중한 자산이 돼. 지금은 성공하는 것에만 집중해서 생각하지만, 사실 우리가 성공하기 위해 사는 건 아니란다. 좋은 대학에 가고 좋은 직장을 잡기 위해 숨 쉬고 사는 건 아니야. 우리는 이 세상에서 내가 누구인지 깨닫고, 자기다운 인생을 의미 있고 행복하게 살아가고자 하는 거야.

인생에 정답은 없어. 하지만 너희의 마음속에는 각자의 영혼에 맞는 답이 있단다. 너희가 해야 할 일은 그 답을 찾아내는 거야. 결국 어떤 일을 하든, 어떤 공부를 하든, 방황을 하든 성공을 하든 실패를 하든, 중요한 것은 '네가 어떤 사람인지' 깨닫는 거야. 경험해 보지 않으면 알 수가 없어. 실패를 두려워 마. 실패도 하나의 체험이야. 조금 더 위대한 체험. 실패를 하면서 사람은 엄청 강인해져. 실패는 위대한 스승이야. 실패할 각오를 하고 전력을 다해 무언가

자신의
주인으로
살기 위하여

한다면 엄청난 것을 얻을 수 있을 거야.

인생은 시간으로 구성되어 있어. 그 시간에 경험들을 통해 너를 찾아야 해. 마치 자기가 누구인지 잊어버린 영화 속 주인공처럼, 삶의 단서들을 찾아다니며 들여다보며 진짜 너에 대해 알아내는 거야.

꼼짝없이 앉아서 시키는 공부를 하는 것도, 밖으로 나가 하고 싶은 공부를 하는 것도 모두 의미가 있겠지. 하지만 더 이상 그것에서 의미를 찾을 수 없고 네가 누군지도 모르겠다면 계속할 필요는 없어. 너를 찾아 나서야 해. 잠깐 딴짓을 하면서 네가 누군지 알아보는 거야. 시간은 계속 흘러가고 있으니까. 나중에 자신이 누군지 깨달았을 때, 공부가 필요하다면 그때부터 시작해도 결코 늦지 않아. 생각 없이 열심히 공부해봤자 자기가 누군지 모른다면, 아무리 좋은 대학을 간다 해도 선택권은 넓어지지 않아. 오히려 선택의 폭이 좁아지지.

평생 자기가 누군지도 모르고, 시키는 것만 하며 살다 죽는 사람도 많아. 인생은 고통이라 말하는 이들도 있겠지. 하지만 인생은 축복이야. 무언가를 경험해볼 수 있는 '시간'이 있고, 지금 여기에 존재하고 있지. 무한한 기회의 땅에서 행복해질 수 있는 '자유'를 받았어. 우리는 이걸 나를 위해 잘 쓸 줄 알아야 해. 바깥세상에는 시간과 자유를 빼앗으려 하는 것들이 너무 많거든.

내가 누구인지 깨닫고 싶다면 지금 있는 그 자리에서 접할 수 있는 다양하고 의미 있는 배움을 조금씩 추구해봐. 배움은 도처에 널려 있어. 인터넷, 책, 선생님, 친구, 부모 등 다양한 매체, 다양한 사람들을 통해 배움을 얻을 수 있어. 그러면 분명 느껴지는 것이 있을 거야. 시키는 것을 하느라 들리지 않았던 마음의 소리가 점점 들릴 거야.

나는 어떤 것이 좋고 어떤 것은 싫고. 무엇이 끌리고 무엇은 하고 싶지 않고, 어떻게 사는 것이 좋아 보이는지 차츰 윤곽이 잡혀. 그럴수록 꿈은 수면위로 드러나고, '할 수 있을까, 하고 싶다.'라고 느껴지는 것들이 생겨날 거야. 그때 주저 말고 눈 딱 감고, 하고 싶은 것을 시도해봐. 사람은 '하고 싶다'와 '할 수 있을까' 사이에서 고민되는 일을 할 때 가장 크게 성장해. 하고 싶은 일을 해보는 것은 무조건 남는 장사야. 아무것도 안 하고 무기력하게 끙끙 앓는 것보다, 오히려 저질러버리면 수습하는 게 훨씬 쉽다는 것을 알게 될 거야. 깨닫는 것도 엄청나게 많지. 너는 분명 그 과정 속에서 너를 찾을 수 있을 거야.”

'나'를 찾기 위한 노력

그렇다. 시키는 공부만 하다 보면 자기 정체성을 발견하기 어렵다. 하지만 하고 싶은 공부를 하다 보면 내가 누군지 깨닫게 된다. 공부를 잘한 어느 명문대생은 자신이 지극히 평범하다며 호소했다.

"어릴 땐 공부를 잘하면 제가 특별하다고 생각했어요. 다들 저를 칭찬해주고 이뻐해주고, 무엇보다 앞서 나간다는 쾌감이 있었거든요. 어쩌면 인정받기 위해서, 칭찬받기 위해서, 부모님께 자랑스러운 자식이 되고 싶어서 그렇게 열심히 공부한 것 같기도 해요. 그런데 죽도록 노력해서 대학에 와보니 '공부를 잘하는 건 누구나 하는 평범한 일'이었어요. 특별할 게 하나도 없었죠. 저는 '이래서 내가 뭘 할 수 있을까?' 위협을 느끼고 더 열심히 공부했어요. 밤늦게까지 도서관에서 수업을 복습하고 과제하고, 늘 정신없이 바쁘게 살았죠. 학점도 만점에 가까웠어요. 그런데 취직을 할 때 보니 자기소개서 칸에 뭘 써야 할지 모르겠더라고요. '너는 누구냐?'를 묻는 질문들에 답할 수가 없었어요. 나는 누구인지, 하고 싶은 게 무엇인지 모르게 되어버렸어요. 시키는 공부 열심히 했는데, 점점 저를 잃어버린 느낌이에요."

아무것도 모르겠다고 시키는 공부를 하겠다고 다시 책상 앞에 앉는 것보다, 하고 싶은 공부를 계속해서 찾으려는 노력을 해야 한다. 내가 누구인지 정체성을 발견해내는 것이 훨씬 중요하다.

요즘의 공부는 획일화된 주입식 교육이기에 열심히 공부할수록 평범해진다는 모순이 있다. 대체 가능한 사람이 수도 없이 많기 때문이다. 공부만 믿지 말고 스스로 적성과 재능을 찾기 위해 열심히 딴짓을 해야 한다. 다양하고 의미 있는 경험이 반복되면 하고 싶은 공부가 뭔지 알게 되고, 조금씩 나의 적성이 무엇인지, 내가 가진 재능이 무엇인지 드러난다.

평균 수명 100세 시대에는 '좋은 대학'보다 '주체적인 삶'이 중요하다. 자기 주도 교육이 중요한 이유도 그 때문이다. 스스로 하려는 마음이 없으면 시키는 공부를 해도 효과는 없고 비용만 들 뿐이다. 어떤 공부도 결국 소화하는 것은 자기 몫이다. 자신에게 맞는 것을 찾는 게 가장 중요하다.

늘 시키는 것만 하는 수동적인 시스템에서 살다 보면 능동적으로 뭔가를 하기가 쉽지 않다. 내 눈앞에 갖다 주는 것만 보지 말고, 다양한 분야에 대한 관심을 스스로 이끌어내야 한다. 의미 없이 맹목적으로 끌려가듯 사는 것을 멈춰라. 시간을 때우며 생각 없이 바쁘게 사는 것을 중단해야 한다.

배움을 스스로 선택하라. 자기 자신에게 배움을 선택할 수 있는 자유를 주어라. 스스로 '인물' 될 공부를 왜 하지 않는가? 세상에 날 맞추는 공부가 아니라, 세상이 나에게 맞추는 특별한 공부, 내가 하고 싶은 공부를 하자. 배움의 주체는 나다. 자신을 발견하려는 치열한 배움 속에서 나만의 색깔을 지닐수록, 세상은 당신에게 주목할 것이다.

실패는 자신을 발견하게 해주는
최고의 기회다

세계 최고의 명문대라 불리는 하버드 대학교를 졸업하면 행복하고 성공적인 삶을 살 수 있을까? 하버드 대학원을 졸업한 클레이튼 크리스텐슨 교수는 동창회를 나가며 깜짝 놀라곤 했다고 한다. 하버드 졸업생들의 삶이 5년 뒤, 10년 뒤, 30년 뒤 놀랍게 달라지고 있었기 때문이다.

5년 만에 동창회에 처음 참석했을 때, 하버드 졸업생들은 각기 화려한 면모를 자랑했다. 대부분이 유망한 기업에 들어가 거액의 연봉을 받으며, 멋지고 예쁜 배우자와 결혼해 가정을 꾸렸다. 그런데 10년이 흘러 모인 동창회에서는 예상 밖의 변화들이 생겨나기 시작했다. 한때 대기업에서 일하며 탄탄대로를 달리던 친구들은 구조조정으로 인해 회사에서 나오거나, 일에 대한 불만족으로 너도나도 불행을 토로했다. 뿐만 아니다. 직업적 성공의 이면에는 가정에서의 불화, 이혼, 자식과의 관계 악화 등 불행한 사생활이 자리했다. 30년이 지나자 문제는 더욱 심각해졌다.

손꼽히는 에너지 기업의 CEO로 성공 가도를 달리던 동창이 분식 회계 등의 혐의로 구속되고, 자녀 셋을 둔 기혼자였던 동창은 선거 운동을 하던 중 10대 소녀와 성관계를 맺은 혐의로 구속되는 등 사회적인 문제를 일으켰던 것이다.

크리스텐슨 교수는 생각했다. 왜 같은 하버드 대학을 나왔는데 누구는 모범적으로 삶을 이끌어나가고, 누구는 불행의 나락으로 떨어지는가? 똑똑하고 우수한 친구들이 커리어에서는 좋은 성적을 받을지언정, 인생에서는 낙제점을 받는 경우가 많은 것인가?

실패, 지혜로운 사람이 되기 위한 첫걸음

그건 아마도 그들이 학교 공부는 잘했지만, 실제 삶에서 인간으로서 살아가는 데 필요한 '지혜'는 부족했던 탓일 것이다. 인생의 진정한 목적이 무엇인지, 어떻게 살아가는 것이 후회 없는 올바른 삶인지, 나는 누구이며 어떤 사람으로 남고 싶은지 알지 못했던 것이다.

'어떻게 살아야 인생을 잘 사는 것인가?'

'이 일이 나에게 맞는 것인가, 이 일을 계속해야 할까?'

많은 명문대생들이 답을 찾지 못한 채 눈앞에 주어진 과제와 단기적인 목표만 좇으며 살아간다. 그 결과, 사회적으로는 승승장구하지만 실제 삶은 점점 더 불행해지는 상황에 처한다. 정신없이 바쁘게 살지만, 일 속에서 자기 자신을 잃어가는 것이다. 뿐만 아니라 어릴 적부터 남이 준 과제를 해결하느라 그 시기에만 누릴 수 있는 개인적인 행복도 느끼지 못한 채 살아간다. 《초일류 사원, 삼성을 떠나다》의 저자 티거Jang은 명문대를 나와 삼성에 입사하여 초일류 사원으로 살던 삶에 대해 다음과 같이 이야기한다.

회사의 엘리트라 불리는 이들이 인생의 절반을 회사의 제품을 하나라도 더 팔고 매출 10원이라도 벌게 만드는 것, 자본주의에서 기업이 돈을 벌고 고용을 창출하며 경제를 이끌어가는 데에는 분명 가치가 있는 일일지도 모른다. 하지만 그 일을 쪼개고 쪼개어 한 '개인'이 하는 일로 나눌 때 사람은 점차 주인 의식을 잃고 기계처럼 되어갔다. 아무리 재기 발랄하던 신입 사원도, 톡톡 튀던 외부 경력직도, 명문대 MBA 출신도, 한

달 뒤에는 획일화되어 자신의 색깔을 잃고 '하나'처럼 똑같이 시키는 일만 따라 행동하게 되었다.

많은 직장인들이 이렇게 스스로를 잃어가는 것에 대해 무언가 잘못되었다고 느끼지만 뚜렷한 인생의 목적이 없는 탓에 바로잡지 못한다.

"나가서 딱히 하고 싶은 일도 없는데. 올해만 참아보자."

"적어도 회사 생활 3년은 해봐야지."

"적어도 명문대 MBA는 나와야지."

주위 사람들과 이런 말을 입에 달고 다니며 계속해서 자기 자신을 알아가는 것을 미룬다. 왜 그렇게 하는 게 좋은지는 명확히 알지 못하는데, 막연히 남들이 그래야 한다고 하니 따르는 것이다.

우리가 열심히 공부를 하고 일을 하고 좋은 직업을 가지려는 이유는 무엇일까? 자신과 가족이 행복한 삶을 살기 위해서다. 하지만 지금 사람들은 '일'만 하며 살아간다. 자기 삶이나 '인생'은 없다. 삶에서 큰 비중을 차지하는 '일'을 함에 있어서 신념과 소명을 갖는다는 것은 얼마나 중요한가. 또 가족의 행복과 나 자신의 행복을 신경 쓰는 것은 얼마나 소중한가. 우리는 일과 삶 모두를 놓친 채 생을 마칠 때가 돼서야 잘못된 인생을 살았음을 후회한다.

지금이 방향을 바꿀 때다. 당장의 성과에 눈이 멀기보다 '인생을 볼 수 있는 혜안'을 길러야 한다. 내 꿈은 무엇일까? 나는 어떤 인생을 살고 싶은가? 하고 있는 일에 어떤 신념을 가지고 있는가? 나는 어떤 사람이 되어 이 세상에 기여하고 싶은가?

지금부터 인생에 대해 배우고, 적극적으로 삶과 마주하는 모든 과정에서 '지식'이 아닌 '지혜'를 얻고 그에 따라 '성장'하는 자세가 필요하다. 그렇다면 지혜는 어떻게 쌓을 수 있을까? 쉽게는 책을 통해 얻을 수 있다. 최근 들어 고전이나 인문학을 강조하는 사회 분위기가 조성된 이유도 인간이 살아가는 방식에 대한 진리가 옛 선인들의 지혜 속에 모두 녹아 있기 때문일 것이다. 사람살이는 예나 지금이나 크게 다르지 않다. 책을 들여다보면, 그들도 우리와 똑같은 고민을 하며 살았다는 것에 몹시 놀라게 될 것이다.

하지만 책으로 지혜를 익히는 것만으로는 부족하다. 삶에서 손수 그것을 찾고 배워나가야 한다. 지금 당신의 고민은 무엇인가? 경험하는 문제들에 대해 계속해서 스스로 질문을 던져라.

'이 일은 나에게 무얼 가르쳐줄까?' '나는 어떻게 지금보다 더 나아질 수 있을까?' '어디서 해결 방법을 찾을 수 있을까?' 나를 성장시키는 질문을 하고, 그 답을 스스로 내려보는 것이다. 이후로는 실생활에 적용도 해봐야 한다. 상황을 이겨낼 수 있는 여러 방법을 직접 실천하며 한계를 시험하는 것이다. 부정적인 상황을 이겨내기 위해 없던 의지력이 샘솟고 잠재력이 깨어난다. 지금 나의 삶에서 나타나는 문제들은 우리에게 변화와 성장의 길을 터준다. 우리가 해야 할 일은 문제와 한계에 부딪혔을 때, 좌절하거나 방황하지 않고 내 목표와 맞는 새로운 답을 찾을 수 있는 지혜를 쌓아나가는 일이다.

지혜로운 사람이 되는 첫걸음은 '실패를 용인하는 것'이다. 똑똑하기만 한 사람과 지혜로운 사람의 차이는 '실패를 용인하는 태도'를 통해 나타난다. 똑똑한 사람은 좀처럼 실패하려 들지 않는다. '실패는 해서는 안 되는 것'이라 생각한다. 모든 것을 확률로 생각하고 불확실하다면 도전하지 않는다.

"실패를 두려워하지 마십시오." 2000년 하버드대 졸업식에서 미국의 유명 코미디언인 코난 오브라이언은 실패에 대해서 이렇게 말했다. 하지만 10년 뒤, 그에게도 큰 실패가 찾아왔다. 17년간 헌신한 회사에서 쫓겨나 더 이상 공중파 방송에 출연하지 못하게 된 것이다. 그는 하루아침에 백수가 되었다. 성공 가도에서 내려와 처절한 실패를 마주한 그는 과연 실전에서 어떻게 행동했을까?

실패를 마주하자 그 역시 깊은 절망감을 느꼈다. 안개 속에 갇힌 것처럼 한치 앞을 알 수 없었었다. 앞으로 어떻게 살아야 할지 막막했다. 일을 구하기 위해 전혀 다른 영역에 명함을 내밀어봤지만 번번이 퇴짜 맞기 일쑤였다. 실직자가 된 그에게 하루하루가 고통의 연속이었다. 하지만 방황하던 그는 마침내 깨달았다. 다른 일을 하는 자신의 모습이 도무지 견디기 힘들었던 것이다. '나는 코미디언이다. 코미디언이 아닌 내 모습은 내가 아니다.'라는 생각이 강력하게 들었다. '내가 누구인지, 어떤 사람인지' 그는 답을 찾았다. 결국 이전까지 생각해온 모든 커리어 계획을 버리고, 새로운 것을 시도하기 시작했다. 한때 잘나가던 TV 프로그램 진행자였던 그였지만, 거리로 뛰쳐나와 공연을 했다. 유튜브와 트위터에 자신의 개그를 업로드하며 지냈다. 전국 투어를 다니며 스탠드업 코미디를 하고, 특이한 바지를 입고 수염을 기르고, 앨범을 내고, 다큐멘터리도 만들었다. 친구들과 가족들, 다른 사람들의 눈에는 바보 같고 즉흥적이며 비이성적으로 보일 법한 일이었지만 그에게는 '나다운 일'이었다. 그는 점차 자신만의 색깔을 찾아갔다. 그런데 놀라운 일이 일어났다. 유명인임에도 SNS로 시청자들과 소통하는 진정성 있는 모습을 보고 전 세계 사람들로부터 큰 인기를 얻게 된 것이다. 자신만의 방법과 개성으로 수많은 팬을 얻게 된 코난은 1년 만에 멋진 모습으로 재기할 수 있었다. 하버드 대학 연설 후 10년 만에 다트머스 대학 졸업 축사를 맡게 된 그는 이렇게 말했다.

11년 전, 저는 실패를 두려워하지 말라고 했습니다. 하지만 오늘 저는 이렇게 말하고 싶습니다. 실패를 두려워하든 두려워하지 않든, 분명히 실망스러운 일은 생길 겁니다. 그러나 멋진 점은 그 실망을 통해 스스로를 명확하게 들여다볼 수 있게 되며, 그로부터 나 자신에 대한 강한 신념과 남들과는 다른 독창성이 함께 따라온다는 것입니다.

믿기지 않겠지만, 처절하게 실패한 지난 1년이 사회생활을 시작한 이래로 가장 만족스럽고 재미있는 한 해였습니다. 그보다 도전의식을 느꼈던 적이 없으며 가장 중요한 점은 제가 하는 일에 대한 확신이 있었다는 겁니다. 어떻게 이럴 수 있을까요? 간단합니다. 가장 걱정하던 것이 실제로 일어나는 것만큼 우리를 더 자유롭게 만드는 일은 찾기 힘듭니다.

제 동료들과 저는 목표를 맞추지 못했습니다. 무수히 다른 이유들로 말입니다. 그렇지만 중요한 것은, 이상향에 도달하는 것에 실패함으로써 우리는 결국 스스로가 누구인지 정의하게 되고 그 실패가 우리를 독특한 존재로 만든다는 것입니다. 쉽지 않겠지만 그 실패를 받아들이고 잘 다루기만 한다면 실패는 완전히 새롭게 태어나기 위한 계기가 될 수 있습니다.

인생을 새롭게 만들고자 한다면 실패를 허용하고 앞으로 나아가자. 실패를 겪으며 우리는 '나'라는 존재를 명확히 깨닫게 된다. 실패는 나 자신을 깨울 수 있는 유용한 도구다. 세상에는 지식으로만 완벽히 알 수 없는 것이 있다. 뭐든 경험해봐야 제대로 알 수 있다.

때로는 당해봐야 안다. 생각으로만 '나는 어떤 사람이지? 어떤 능력을 갖고 있지?'라고 하는 것보다, 직접 고난에 맞닥뜨리면 나도 모르는 내 능력이 깨어난다. 때로는 머리가 아니라, 온몸을 다해 부딪치고 직접 깨져봐야 발현되는 능력이 있는 것이다.

어려운 경험일수록 더 크게 성장할 것이다. 실패를 극복하고 도전하면서 새로운 나를 만나고, 역량이 커지며 모든 걸 잃어도 다시 일어설 수 있는 힘이 생긴다. 실패라는 스승을 통해 세상을 더 넓은 시각을 갖고 다른 사람들을 폭넓게 이해할 수 있게 되며, 그 어떤 역경에도 대처할 수 있는 힘이 길러진다. 그것이 바로 실패가 주는 힘이다. 실패를 극복할수록 사람은 강인해진다. 내가 어떤 사람인지 명확히 알고, 내 앞에 세상을 주도할 수 있는 힘을 키우게 된다. 니체는 말했다. "나를 죽이지 못하는 것은 나를 더욱 강하게 만든다."

우리는 실패가 두려워 자기 자신을 '죽이고' 살아간다. 먹고살기 힘들까 봐, 불행해질까 봐, 하고 싶지 않은 일을 하며 힘들어한다. 하지만 이렇게 생각하면 어떨까? 어떤 불행한 순간이 와도 그 순간을 다시 행복하게 만들 수 있는 능력이 내게 있다는 것, 내 안에 그런 힘이 있음을 믿는 것이다. 우리는 한낱 성공과 실패보다 훨씬 큰 존재다. 자신이 무엇을 원하는지 명확히 알고, 아무리 오랜 세월이 걸리더라도 혹은 아무리 막대한 대가를 치르더라도 반드시 내 삶을 쟁취하고 말겠다는 단호한 결심이 필요하다.

아이들은 실수를 통해 배운다

우리는 이 세상에 '진정한 나 자신'이 되기 위해 왔다. 성공과 실패도 진정한 나 자신을 만나기 위해 겪는 하나의 과정이다. 사람들은 보이는 것에만 홀려 '성공'만이 인생의 추구해야 할 전부이고, 실패는 절대 겪어서는 안 되는 것이라 생각한다. 하지만 성공하는 것에 모든 시선이 쏠려 있으면 내가 누군지 알 수가 없다. 진정한 나를 발견하기 위해 성공과 실패를 넘나드는 경험은 필수적이다.

아직도 많은 아이들이 학교에서 '지혜'와 '성장'에 주목하기보다 성적과 결과에만 집중하며 진짜 중요한 것을 배우지 못하고 있다. 우리의 교육은 인생이 무엇인지에 대한 본질적인 가르침은 뒤로하고, 아이들을 정답 하나 더 맞는 것, 상 하나라도 더 타는 것에만 눈이 멀게 만든다. 실수와 실패를 통해 얻을 수 있는 멋진 '성장의 기회' 또한 막는다. 아이들이 실패를 두려워하기보다, 실패 속에서 더 크게 일어날 수 있는 능력을 키워주어야 한다. 변화하는 세상에서 실패를 해보지 않은 사람은 다른 이에게 가치 있는 사람이 되기가 어렵다. 지혜로운 사람은 실패를 더 큰 기회로 변모시킨다. '최고의 나'가 되기 위해 실패는 피할 수 없는 과정이며, 크게 성장할 수 있는 기회임을 알려주어야 한다.

지식이 인생의 전부가 아니다. 아느냐 모르느냐보다, 모를 때는 무엇을 배우고 느꼈는지, 알 때는 무엇을 배우고 느꼈는지가 중요하다. 실수를 했느냐 안 했느냐, 더 높은 점수를 받았느냐 못 받았느냐가 아니라 실수를 통해서 무엇을 배웠는지가 중요하다. 우리는 이 세상에 '배우기 위해' 왔다. 인생이라는 것을 경험하고 성장하러 왔다. 지구를 체험하고, 사람들과 교류하고, 다른 사람의 창조물을 느끼며, 인생을 배우면서, 더 나은 내가 되기 위해 온 것이다.

　가정과 학교에서 아이들에게 무엇을 가르치고자 한다면, 아이들이 마음껏 모든 활동에 자발적으로 참여하고, 성공과 실패를 경험하고, 자신의 행동에 책임지도록 내버려두어야 한다. 아이들은 그러한 활동 속에서 자기 자신에게 힘이 있음을 깨닫게 되고, 자기가 누구인지 생각해보고 자기가 원하는 것을 알게 된다. 끊임없이 학생들의 사고를 일깨우고, 학생들에게 실수와 실패를 용인하고, 그것을 극복할 수 있는 지혜를 가르치며, 자주적 사고를 하도록 격려하는 부모와 학교에 진심 어린 박수를 보낸다.

PART 5

인생 혹은 세상이라는 이름의 학교

학교에서는 사회의 구성원이 되는 데 필요한 지식이나 전문 기술을 배울 수 있다. 하지만 그것만으로 인생의 모든 문제를 해결할 수는 없다. 내가 누군지, 어떤 일이 적합한지, 인생을 어떻게 살아야 하는지 찾는 것은 온전히 나의 몫이다. 살아가는 데 필요하나 학교에서 가르치지 않는 것에 대하여 스스로 배워나갈 준비를 해야 한다. 현실 세계에서 필요한 교육을 스스로 찾아 나서야 한다.

최고의 스승은
오직 눈앞에 펼쳐 보여줄 뿐이다

"뭐야, 하버드 졸업장이 이렇게 힘이 없을 줄이야."

하버드에 간 미스코리아 금나나. 그녀는 졸업이 다가올수록 많은 하버드생들이 걱정과 한숨을 토해냈다고 말한다. 세계 최고의 인재를 양성하는 하버드지만 급변하는 세상 속에서 일자리 구하기가 쉽지 않고, 자신의 진로에 대해서 여전히 고민해야 했기 때문이다. 심지어 그녀의 친구는 이렇게 말했다고 한다.

"내가 결혼해서 자식을 낳으면 절대로 하버드에는 보내지 않을 거야. 4년 동안 학점 하나에 벌벌 떨며 살아봤자 성적표밖에 남는 게 없잖아."

하버드든 그 어떤 명문 학교든, 느끼는 바는 같은 듯하다. 우리의 졸업식 또한 크게 다르지 않다. 손에 졸업장 한 장은 들렸지만 다른 한 손엔 여전히 입학할 때와 똑같은 고민을 쥐고 있고, 인생에 꼭 필요한 '진짜 공부'는 하지 못한 채 세상 밖으로 나오게 되니 말이다.

세상이 곧 나의 배움터

"공부가 인생의 전부인가요?"

많은 아이들이 머리를 부여잡으며 이런 질문을 던진다. 복잡한 그 마음이 너무나 절절히 이해가 됐기에 나는 선뜻 답을 말해주지 못했다. 하지만 이제는 얘기하고 싶다. 단언컨대 학교 공부가 인생의 전부는 아니다. 좋은 점수가 결코 미래를 보장해주지 않는다. 대신 이렇게 말하고 싶다.

"인생이 전부 공부다."

내가 살아가며 느끼고 경험하는 모든 것이 공부가 된다는 말이다. '나에 대한 공부', '사람 공부', '일 공부', '돈 공부'. 우리는 매일같이 일상생활에서 뭔가 하나씩 배워간다. 공부를 꼭 학교 안에서만 할 이유는 없다. 우리는 학교에서 배우는 것만이 공부의 전부라고 생각한다. 대학을 졸업하고 나면 더 이상은 공부할 일이 없을 거라고 생각한다. 하지만 졸업장을 받고 나면 깨닫게 된다. 학교 울타리를 벗어나면, 우리가 살아가며 반드시 부딪히고 해결해야 할 진짜 공부가 시작된다는 것을 말이다.

당장 생계를 해결하는 일에서부터 앞으로 어떤 일을 해야 하는지, 인생을 어떻게 의미 있게 살아야 하는지, 가치 있는 사회 구성원이 되기 위해 사회생활은 어떻게 해야 하는지 등과 같은 것들 말이다. 이런 것들은 국어, 수학, 영어, 과학으로 딱딱 떨어지는 교과서에는 나와 있지 않다. 정선주 작가의 《학력파괴자들》에는 중국인이 존경하는 기업인 리자청 회장이 학교 교육에 대해 다음과 같이 말한 대목이 나온다.

"여러분은 학교에서 배우는 것이 공부의 전부라고 생각할지 모릅니다. 하지만 학교를 졸업하고 나서야 진짜 공부가 시작됩니다. 대학을 졸업하고 대학원에 다니면서도 학교를 졸업하면 뭘 해야 할지 생각하지 않는 학생들이 많습니다. 그것만큼 위험한 투자도 없습니다. 나는 대학은커녕 고등학교도 제대로 나오지 못했지만 현장에서 많은 것을 배웠습니다."

학교에서는 사회 구성원이 되는 데 필요한 기술이나 전문 지식을 배울 수 있다. 하지만 그것만으로 인생의 모든 문제를 해결할 수는 없다. 내가 누군지, 어떤 일이 적합한지, 인생을 어떻게 살아야 하는지 찾는 것은 온전히 나의 몫이다. 살아가는 데 필요하나 학교에서 가르치지 않는 것에 대하여 스스로 배워나갈 준비를 해야 한다. 현실 세계에서 필요한 교육을 스스로 찾아 나서야 한다.

많은 사람들이 세상 속에서 자기가 필요한 배움을 찾고, 스스로 성장해나가고 있다. 14살부터 독학으로 공부한 조지 버나드 쇼는 노벨 문학상을 수상했다. 패션계의 거장이자 샤넬의 수석 디자이너인 카를 라거펠트는 중학교를 중퇴하고 독학으로 디자인을 배웠다. 인류 삶을 혁신하는 CEO로 손꼽히는 엘론 머스크는 대학원을 중퇴한 뒤, 독학으로 우주 공학을 배우고 민간 기업 최초로 우주 사업을 시작했다. 세계적인 건축 공학자이자 발명가로 손꼽히는 버크민스터 풀러 또한 하버드 자퇴 후 독학으로 수학, 물리학, 화학, 공학 등을 공부해 수많은 혁신적 발명을 했다.

하지만 이렇게 먼 데 있는 것처럼 보이는 '위인'들만이 이러한 행보를 보이는 것은 아니다. 학교 안 우물 안에서 바깥세상을 바라보기를 멈추고 좀 더 적극적으로 세상에 나서보자. 우리 곁에 세상 속에서 '진짜 공부'를 하고 있는 이들은 넘쳐난다. 당장 인터넷에 몇 번 검색만 해봐도 세상 속에서 열정적으로 자신의 능력을 키워나가는 사람들을 수도 없이 찾아낼 수 있다. 고정 관념에 갇혀 이를 미처 알아차리지 못했을 뿐이다. 좀 더 많은 책을 읽어보고, 다양한 사람들을 만나다 보면, 세상에 기회가 수도 없이 깔려 있으며, 얼마나 넓고 다양한 배움이 존재하는지 깨닫게 된다.

지금 학교에 있다면, 학교가 인생의 전부가 아님을 깨닫는 것에서부터 시작하자. 학교가 내 인생의 행복을 보장해줄 수는 없다. 성적과 학점에 집착하는 대신, 나 자신과 세상을 탐구해보려는 노력에 좀 더 집중해야 한다.

공부가 꼭 딱딱한 교과서를 통해서 할 수 있는 것이라 생각하는 편견 또한 깨야 한다. 공부는 비단 학교에만 있는 것이 아니다. 그것은 세상 어디에나 있다. 이혜정 교수의 책《서울대에서는 누가 A+를 받는가》를 보면 하버드 대학교 물리학과의 에릭 마주르 교수는 강연 중 이렇게 말했다고 한다. "배움이라는 것, 앎이라는 것, 깨달음이라는 것, 이것들은 모두 교실에 앉아서 교수가 말하는 한마디 한마디를 받아 적는 데서 오는 게 아니라 적극적으로 학습내용에 뛰어들어 파고드는 데서 나오는 것이 아니겠습니까?"

세상을 읽고 생각하고 경험하라

최고의 배움터는 인생이다. 우리는 배운다고 하면 책상 앞에 앉아, 읽고 쓰고 수업을 듣는 것이라고 생각하지만, 그것은 학교에서나 쓰는 방식이다. 최고의 스승답게, 인생은 잘 말해주지 않는다.

오감을 통해 눈앞에 펼쳐 보여줄 뿐이다. 학교 밖 현실 세계에서는 공부 잘하는 것 이상의 다른 능력이 필요하다. 자기 자신이 누군지를 깨닫고 끈기 있게 꿈을 추구해가는 능력, 재정적인 자유를 얻기 위해 필요한 부자 지능, 가치를 창출하는 창조적인 아이디어와 실행력 같은 것 말이다.

살아가며 배울 것이 무척 많다. 배움이 없다면 인생이란 스승이 우리를 내던질 때마다 굴복하고 포기하는 삶을 살게 될 것이다. 나는 아직도 끊임없이 세상 속에서 공부를 하고 있다. 배우면 보이지 않던 것이 보이고, 깨달음이 찾아오고 한층 성장하게 되며, 삶이 좀 더 나아진다. 무엇보다 중요한 것은 삶의 진실에 대해서 정확히 아는 것이다. 우리가 세상을 제대로 사는 방법을 공부한다면 기회는 도처에 펼쳐져 있으며 할 수 있는 일 또한 얼마든지 있다는 사실을 깨닫게 된다.

세상을 읽고 생각하고 경험하자. 세상으로 나와 끊임없이 도전해서 배움을 얻자. 배움은 '체험'을 통해서 온다. 배움은 앉아서 머리로만 하는 것이 아니다. 넓은 세상을 탐험하며 보고 듣고 만지고, 상호 교류하고 체험하며 온몸으로 익히는 것이다. 경험이 영혼을 키운다. 세상에는 배울 게 너무도 많다. 삶은 최고의 스승이다.

잃어버린 나 자신의
진정한 가치를 찾아서

"나는 누굴까?"

많은 사람들이 자기가 누군지도 모르고 살아간다. 자기에게 맞지 않는 공부를 열심히 하고, 맞지 않는 일을 열심히 한다. 시간이 나면 자기를 돌아보기보다 인생에 별 도움이 되지 않는 스마트폰, TV 프로그램을 보며 휴식을 취하기 바쁘다. 다른 사람들과 같이 지내면서 자기 자신보다 그들을 더 잘 알고 관찰하고 분석하게 되지만, 정작 자기가 어떤 사람인지는 모른다. 사람들은 자기 자신이 아닌 다른 것들에 너무 많은 시간을 투자하고 있다.

마음속 목소리에 귀 기울이기

인생을 바꾼다는 것은 힘든 일이다. 특히나 자기 자신이 누군지 모를 때는 더욱 그렇다. 과거의 내 모습도 그랬다. 열심히 미친 듯이 노력해서 인생을 바꾸고 싶었지만 헛발질하기 일쑤였다. 적성에 맞지 않는 공부를 억지로 하고, 진로를 탐색할 때도 이 길 저 길을 갔다 대며 스스로를 합리화했다. 나라는 사람에 '직업'을 맞추는 것이 아니라 직업에 '나'를 맞추는 꼴이었다.

학교 밖 세상으로 나온 후 숫자로 나를 평가하는 시스템이 없어지자, 오직 평가자는 나 자신만이 남았다. 누가 내게 무엇이 될 수 있다고 말해주지 않자, 내가 스스로 무엇이 되어야 하는지 찾아야 했다. 세상과 부딪히며 스스로를 조금씩 평가해갔다. 나는 이공계 분야 일도 해보고, 경제경영 분야 일도 해보고, 인문학 공부도 해보고, 예체능 훈련에도 도전해보았다. 잘 어울리지 않는 직종에 가서 앉아 있어도 보고, 성공했다는 사람들도 직접 찾아가보고, 실패한 사람들의 이야기도 귀 기울여 듣고, 남들이 보면 '미쳤다' 싶을 정도로 다양한 스펙트럼의 사람들을 만나며 내가 어떤 사람인지 찾으려 애썼다. 탁상 앞에 앉아서 생각만 하는 게 아니라, 목표를 정하고 직접 몸으로 뛰고 실천해보았다. 그렇게 '나'를 알아갔다. 내가 무엇을 잘할 수 있는지, 어떤 것이 노력해도 잘되지 않는지, 어떤 일을 할 때 좋은지 하나하나 세심히 파악해갔다. 뿐만 아니라, 하루하루 부족한 점, 잘못한 점, 다시는 실수하지 말아야 할 점을 혼자 반성하고 생각해보는 시간을 가졌다. 그럴수록 내가 어떤 사람인지 알게 되고, 노력 여하에 따라 얼마만큼 성장이 가능할지 가늠할 수 있게 되었다. 누구도 나에게 '너는 이만큼만 성장할 수 있어! 노력하는 거 보고 성과 봐서 이만큼 특혜를 주든지 말든지 할 거야!' 하지 않았다. 뭐든 내가 결정하고 내가 책임졌다. 일을 못해서 배곯는 것도, 일을 잘해서 충만해지는 것도, 뭐든 하기 나름이라는 걸 깨달았다.

뒤늦게 알고 보니 나는 이과형 인재가 아니었다. 실제 현장에서 여러 일을 해보니 경영 계열의 일을 훨씬 더 잘하는 사람이었던 것이다. 공부하면서 방해가 되었던 능력, 사람들의 이야기를 들어주고 마음을 헤아려주고 그들의 관점에서 해결해주려 애썼던 공감 능력은, 컨설팅에서 탁월한 능력으로 작용했다. 진로 컨설팅 프로그램을 진행하며 스스로 진로 적성 검사를 해보았는데 깜짝 놀랐다. 권장 1순위가 예체능, 2순위는 인문 계열, 마지막 순위가 자연계였던 것이다. 검사 결과는 이랬다.

'태어나기는 우뇌형 인간인데 노력에 의해 좌뇌형 인간으로 혼합되었다. 하지만 선천적 우뇌형이라 창의적인 일을 할 때 행복해하니 논리적인 직업군보다는 창조적인 직업군이 어울린다.'

그제야 왜 학창 시절 수업 시간에 가만히 앉아서 듣고만 있는 게 고역이었는지 깨달았다. 몸은 의자에 붙어 있지만 영혼은 몸을 떠나 교실을 방방 뛰어다녔다. 몸을 배배 꼬며 오늘 하루가 제발 쏜살같이 끝나 빨리 집에 가고 싶다는 생각만 했다. 대학 때도 그랬다. A+를 받은 과목조차 성실히 수업 듣는 게 제일 힘들었다. 그보다는 학교가 끝나고 집에 가는 길에 세상 구경하고 여기저기 걸어다니고 관찰하는 게 너무너무 재밌었다.

'아, 나는 타고난 예체능인이었네. 그런데 수학, 과학을 20년이나 했단 말이야?' 몹시 황당했다. 내가 어떤 사람인지도 모르고 수학이나 과학을 잘하면 최고가 될 수 있다며 어릴 때부터 열심히 공부하고, 1등급을 받기 위해, 없는 재능을 만들기 위해 몇 년이고 노력했던 것이다. 뭔가 웃음이 났다. 최선을 다하고도 수학, 과학에 형편없는 점수를 맞아 눈물이 핑 돌던 기억도 나고, '나는 바보인가. 대학은 갈 수 있나?' 머리를 부여잡으며 한탄했던 수많은 날들이 스쳐갔다. 그리고 반대로 너무 잘 풀렸던 길도 떠올랐다. 경영 계열 공부는 공부인 것처럼 느껴지지 않을 정도로 재미있었고 가진 것 이상으로 좋은 성과를 거두곤 했다. 결국 나는 오랜 기간을 '나를 몰라 고통받았던 것'이다. 시행착오를 겪으며 내가 누군지 어떤 사람인지 알고 나서야, 나는 인생을 바로잡을 수 있었다.

돌이켜보면 내 의지와 관계없이, 몇 해간 정규 교육에서 떨어져 있었던 시간은 엄청난 축복이었다. 그때는 삶이 원망스러웠다. 남들은 알아서 쭉쭉 뻗어 나가는데, 잉여 인생처럼 홀로 어둠속을 헤매는 기분이었다. 혼자 있다는 게 처음에는 무척이나 외롭고 힘들었지만, 그 시간 동안 '내 목소리'를 들을 수 있는 재주를 갖게 되었다. 기분이 안 좋으면 왜 그런 건지, 어떻게 하고 싶은 건지, 기분이 좋으면 또 왜 그런 건지, 하고 싶은 일이 뭔지, 뭘 꿈꾸는지, 꿈꾸는 일이 정말 나와 맞는지, 몇 년간 나에게 수많은 질문을 쏟아냈다.

때로는 답을 내리는 일에 서툴러 바보 같은 결정을 하기도 했다. 하지만 그런 바보 짓도 지나고 보니 경험해봐야 할 일이었다. 삶에서 모든 것은 나를 깨우는 귀중한 '체험'이기 때문이다. 가만히 앉아 있기보다 '생각'을 하며 부딪히다 보니 이제는 나에 대해 조금은 더 잘 알게 되었다.

이제는 '나'를 공부해야 할 시간

인생은 '나를 아는 것'에서부터 시작된다. 많은 사람들이 자신이 원하는 것이 무엇인지도 모르고 자신이 어떤 사람인지도 모른 채 살아가고 있다. 인생을 원하는 대로 살기 위해서는 자기 내면의 목소리에 귀를 기울여야 한다. 혼자 있는 시간은 자신을 발견할 수 있는 굉장한 시간이 된다. 끊임없이 스스로 질문해야 한다.

그러나 우리는 종종 '나' 자신에 기대기보다 '환경'에 기대려 한다. 그리고 그러한 의존은 자신의 인생을 통째로 남에게 맡겨버리는 크나큰 실수를 저지르게 만든다. 대한민국 최고의 명문대라 불리는 서울대학교 입학식에서 있었던 일이다. 신입생들은 모두 설레는 맘에 들떠 있었다. 누구나 그곳에만 들어가면 모든 것이 해결되리라 믿고 있었기 때문이다. 학생들은 안도의 숨을 내쉬었다. 그러나 교수들은 심각한 표정을 지으며 입을 모아 이렇게 말했다.

"여러분 중에는 이러한 생각을 가지고 이곳에 왔을지도 모릅니다. 내가 이 '학교'에 가면 여기가 어떠어떠한 학교이기 때문에 나를 한 단계 업그레이드해줄 것이다. 여기 졸업장을 받으면 내 자신의 가치가 올라갈 것이다. 이렇게 기대하는 사람은 인생 전략에 심각한 문제가 있습니다.

'이 학교에 가면 나를 잘 가르쳐서 대단한 사람으로 만들어줄 것이다.' 이렇게 생각하는 것은 앞으로 인생을 설계하는 자세에 있어 큰 문제가 됩니다. 세상에 그런 것은 없습니다. 오직 여러분의 영향력으로 여러분 스스로 크는 것입니다.

여러분의 미래에 대한 냉정한 고민이 필요합니다. 어떤 과정에 들어가기 전에, 내가 생각하는 나의 미래와 이 과정이 잘 부합되는

가에 대해서 정말 뼈를 깎는 고민이 필요합니다. 누구도 여러분을 대신 자라게 하지 않습니다. 스스로 나의 적성이 무엇인가, 나는 뭘 잘할 수 있는가, 나는 객관적으로 어떤 직업이 적합한가, 이런 것에 대한 심각한 고민을 한 다음 길을 택해야 합니다. 어디에 나를 갖다 맞추는 것이 아니라 여러분 중심으로 생각해야 합니다. 그렇지 않다면 여러분은 졸업을 한 뒤에도 여전히 방황하며, 삶이 크게 변한 것 없는 채로 사회에 가게 될 것입니다. 점점 세상에서 조직의 파워가 약해지고 있습니다. 어디어디 출신이라는 것은 더 이상 여러분의 보호막이 되어주지 못합니다. 오직 여러분이 자기만의 전문성과 능력을 키울 때, 스스로를 보호해줄 수 있을 것입니다."

모든 과정은 '나'를 아는 것에서부터 시작하여 '나'를 중심으로 전개되어야 한다. 하버드대 로버트 스티븐 캐플런 교수는 30년간의 연구를 통해 열망을 이루는 비밀의 열쇠가 '성공하는 것'이 아닌 '자신이 지닌 잠재력에 도달하는 것'에 있다는 것을 깨닫게 되었다. 진정한 자신의 잠재력에 도달하려면 다른 사람이 정의한 성공을 그대로 받아들이기보다 스스로 성공의 의미를 새롭게 정의해야 한다. 그러기 위해서는 온전히 외부 요인과 차단하고, 먼저 자기 자신부터 제대로 파악해야 한다. 자기 사고관에 영향을 주는 일과 삶, 가족, 친구, 미디어 등의 영향으로부터 벗어나 생각하는 시간을 가져야 하는 것이다.

더 늦기 전에 내 인생에 눈길을 줘야 한다. 나의 최고 버전이 되기 위해, 이제는 진짜 나를 만나기 위한 공부를 해야 할 때다. 어떤 분야든 목숨을 걸고 내가 하고자 하는 일과 하나가 되어 매진한다면 꿈을 이룬다. 하지만 사람들은 나 자신과 나의 꿈에 그 정도의 시간도, 노력도 할애하질 않는다. 우리는 굉장히 가능성이 많은 사람들인데 꿈에 그 능력을 투입하기보단 스펙에 투입한다. 나는 국·영·수처럼 학교에서 가르치는 공부를 열심히 하듯, 스스로 알아서 '꿈 공부'를 미친 듯이 하는 사람을 본 적이 거의 없다.

꿈을 찾기 위해서는 자신에게 끈질기게 질문해야 한다. 나의 가치가 무엇인지 스스로 찾고 노력하는 시간을 가져야 한다. 모든 사람은 영혼에 답을 가지고 있다. 해법은 밖에 있는 것이 아니다. 해법은 내 의식에 있다. 나는 종종 흰 종이에 정리해보는 시간을 갖는다. 지금 나는 인생에서 어떤 위치에 와 있는지, 어떻게 살아왔고, 어떻게 살아가고 싶은지. 내 인생 역사를 여러 번 써보는 것이다. 생각을 적어 내려가다 보면 문제가 드러나고, 무엇이 해결해야 될 과제인지 고쳐야 할 점인지를 조금씩 알 수 있게 된다.

인생은 끊임없이 자기가 누구인지 발견하는 과정이다. 연애도 하면 할수록 한 사람 안에 있는 수많은 모습이 끊임없이 발견된다. 자기 자신과의 관계 또한 그렇다. 한 사람 안에 우주가 들어 있다. 내 안에 수많은 버전의 내가 있다. 우리는 삶을 통해 끊임없이 자기를 개척할 수 있다.

삶은 우리에게 '시간'이란 자산을 주었다. 우리는 생명이라는 값을 매길 수 없는 선물을 받고서도 스스로 그 가치를 떨어뜨리곤 한다. 우리에 관한 누군가의 견해가 현실이 될 필요는 없다. 자신의 가치가 무엇인지 스스로 깨달아야 한다. 우리 스스로 자신의 가치를 알아야 한다. 남들이 쓰레기 같은 삶이라 해도 나 자신은 쓰레기가 아니고 얼마든지 재활용해서 위대하게 재탄생할 가치가 있는 사람이라는 것을 알아야 한다. 피해자로서의 삶을 살아갈 필요도 없다. 좌절을 맛보더라도 마음속에선 스스로 깨닫고 있어야 한다. 나는 가치 있는 사람임을, 아무도 알아주지 않더라도 나는 내 자신에게서 그걸 발견할 수 있음을.

당신의 가치를 찾아야 한다. 찾으려 도전해야 한다. 세상이 정의하는 내가 아니라, 내가 정의하는 나를 찾아 세상에 다 쓰고 가라. 당신이 진정한 당신이 될 때, 당신이 창조된 이유인 그 사람이 될 때, 당신이 디자인한 그 사람이 될 때, 당신만의 개성을 소유한 사람이 될 때, 당신은 어떤 특별함을 가지기 시작한다.

혼자만의 시간으로 나를 찾아 나서라. 길을 찾을 땐 당신의 마음에 물어봐라. 생각할 시간을 만들어라. 게으른 삶은 있어도 의미 없는 삶은 없다. 나를 알면 꿈이 잡히기 시작한다. 자신에게 시간을 투자하라. 홀로 시간을 가져라. 1시간 동안 당신이 누구인지 생각해보라.

당신이 제대로 된 방향으로 갈 때, 스스로 당신은 남다르고 굉장한 사람이라는 것을 깨닫게 될 것이다. 불명확함과 방황을 해결하고, 그 자리에 명확함과 신념을 채워라. 당신 자신을 알게 된다면 당신은 이렇게 외칠 것이다.

"이게 나고, 나는 '최고의 나 자신'이 되기 위해 기꺼이 죽을 각오가 되어 있다. 지금 상황이 나쁘거나 더 악화되더라도 나는 이것을 이룰 것이다!"

Why에서 시작할 때
행복한 변화가 일어난다

"인간은 오래 살기를 원한다. 그러나 그 삶은 무엇보다 신중하고 가치가 있어야 한다. 인생의 시간을 잘 활용한다는 것은 쳇바퀴 돌 듯 기계적으로 사는 것이 아니라 진실한 삶을 사는 것이다."

_ 랠프 월도 에머슨

"직업이 무엇인가요?"

나는 이런 질문을 받을 때 종종 곤혹스러움을 느낀다. 하는 일이 많아서 줄줄이 나열하기도 쑥스럽고, 나는 나일뿐 어떤 특정한 직업이 나를 온전히 표현한다고 생각하지 않기 때문이다.

우리는 이 세상에서 많은 역할 가면을 쓰고 살아간다. 사회에서는 선생님, 학생, 변호사, 직장인이라는 가면을, 집에서는 엄마, 아빠, 딸이라는 가면을 쓴 채 역할 놀이를 하며 사는 것이다. 하지만 때로 이 역할 가면은 무엇이 진정한 자신의 모습인지 모르게 만든다. '어른답게', '엄마답게', '아빠답게', '선생님답게', '전문가답게' 우리는 사회 속에서 계속 자신을 꾸며가고 있다. 혼자 있는 시간에만 그나마 온전히 날것 그대로의 자신을 만나게 된다. 우리가 쓴 역할 가면이 자기 자신을 제대로 표현하지 못할 때 우리는 불행함을 느낀다.

직업은 나를 설명하지 못한다

우리는 종종 착각한다. 자기 직업과 자신의 정체성을 동일시하는 것이다. 수많은 역할 가면이 자신이라 생각한다. 그래서 간판에 따라, 직업에 따라 불행해지는 경우가 흔하다. 나는 직업은 그 사람이 가진 수많은 특성 중 하나일 뿐이라 생각한다. 직업은 진정한 나 자신을 다 설명하지 못한다. 그래서 직업에 따라 사람을 판단하는 실수를 하지 않는다. 직업은 그 사람에 있어 작은 부분일 뿐이다. 내가 궁금한 것은 그 사람의 꿈이나 삶의 목적이다.

나의 '꿈 친구들'은 자신을 표현하는 '닉네임'을 가지고 있다. '지구여행자', '코칭맘' 등 인생의 목표를 알 수 있는 닉네임들이다. '지구여행자'는 살면서 지구를 모두 여행하고 사람들과 함께 무언가를 나누고 싶은 사람, '코칭맘'은 이 땅의 어머니들에게 멘토가 되고 싶은 사람이다. 나는 직업보다 차라리 이런 닉네임이 훨씬 자신을 잘 설명해주고 있다고 느낀다.

《나는 왜 이 일을 하는가?》의 저자 사이먼 사이넥은 TED 강연에서 삶의 목적에 대해 핵심적인 메시지를 던진다.

3년 반 전, 저는 세상과 나를 바라보는 관점을 송두리째 바꿔 놓은 중대한 발견을 했습니다. 그것은 일종의 패턴입니다. 위대하고 영감을 주는 세상의 모든 리더와 조직, 애플, 마틴 루서 킹, 라이트 형제. 그들은 모두 이 패턴대로 생각하고 행동하고 커뮤니케이션합니다. 우리와는 정반대로 말이죠. 저는 그것을 체계화해보았습니다. 아마도 세상에서 가장 단순한 아이디어일 겁니다. 저는 그것을 '골든 서클'이라 명명했습니다. 왜(Why), 어떻게(How), 무엇을(What).

왜 어떤 조직, 어떤 리더는 영감을 주는 반면, 다른 이들은 그렇지 못할까요? 이 세상에 존재하는 모든 조직과 사람들은 자신이 '무엇을(What)' 하는지 압니다. 100% 압니다. 어떤 이들은 '어떻게(How)' 하는지도 압니다. 차별화, 가치 제안, 프로세스 우선순위, 독창적 판매 제안. 하지만 '왜(Why)' 하는지 아는 개인이나 조직은 극히 드뭅니다. '돈(수익)'을 벌기 위해서는 '왜'가 아닙니다. 그건 그저 결과일 뿐이죠. 여기서 '왜'란 그 일을 하는 목적, 동기, 신념을 말합니다.

당신의 조직은 '왜' 존재합니까? 당신은 '왜' 아침마다 침대에서 일어나 하루 종일 무언가에 골몰합니까? 우리는 바깥(What)에서 안쪽(Why)으로 생각하고 행동하고 커뮤니케이션합니다. 당연해 보입니다. 명료한 것에서 모호한 것으로. 하지만 크기와 산업에 무관하게 영감을 주는 리더, 조직은 안쪽(Why)에서부터 바깥으로(What) 생각하고 행동하고 커뮤니케이션합니다.

그는 위대한 삶을 산 사람, 인생을 의미 있게 산 사람들은 모두 '왜?'부터 시작했다고 말한다. 그의 강연에 등장하는 대표적인 두 인물이 있으니 바로 라이트 형제와 새뮤얼 랭글리이다. 비행기를 만든 라이트 형제에 대해서는 들어봤어도, 새뮤얼 랭글리라는 이름은 다소 낯설 것이다. 그는 누구일까?

라이트 형제는 왜 성공했는가

20세기 초, 미국 사회에서는 사람이 직접 조종하는 비행기를 개발하려는 열풍이 일었다. 새뮤얼 랭글리는 그중 가장 유력한 유망주였다. 그는 우리가 생각하는 모든 '성공 레시피'를 갖고 있었다. 하버드대 교수였고, 미국 스미소니언 연구소 회원이었으며, 당대 최고의 석학들과 친분이 두터워 그들로부터 많은 도움을 받았다. 게다가 당시 5만 달러에 이르는 보조금까지 지원받았다. 그는 당대 최고의 지성인들로 인력을 채용했고 시장 상황은 환상적이었다. 그가 무인 글라이더에 엔진을 달아 날리는 데 성공하자 모두가 기대에 들떠 그가 가는 곳이면 〈뉴욕 타임스〉 취재진이 달라붙었다. 전국 방방곡곡의 사람들이 한마음으로 그를 응원했다.

한편 몇 마일 떨어진 오하이오 주에 라이트 형제가 있었다. 그들에게는 '성공의 레시피' 따위는 전혀 없었다. 작은 자전거 가게를 운영해 버는 돈이 전부였고, 대학을 나오지도 못했다. 사람들은 이 형제가 비행기를 개발하는 줄도 몰랐다. 하지만 그들에게는 '목적(Why)'이 있었다.

라이트 형제는 비행기를 만들면 세상의 향배가 완전히 바뀔 것이라 믿었다. 사실 그들은 하늘을 나는 기계를 만들겠다는 아이디어를 처음으로 떠올리지도 않았고, 실제로 그것을 처음으로 만들지도 않았다. 초기 글라이더 발명가는 오토 릴리엔탈이라는 독일 사람이다. 그는 비행기를 만들겠다는 목표로, "희생은 필요하다." 라는 말을 남기고 새로 만든 글라이더를 타고 비행을 했다. 그러나 돌풍에 추락해 사망하고 만다. 자전거 상점에서 수리공으로 일하던 라이트 형제는 이 소식을 듣고 비행기를 만들기로 결심했다. 그들 인생의 목적을 발견한 것이다.

그들은 이 목적을 즉시 '어떻게(How)', '무엇을(What)'과 연결시켰다. 자전거의 균형 원리를 연구해 비행기에 적용하기로 한 것이다. 수백 번이나 거듭된 실패 속에서도 그들은 시도를 멈추지 않았다. 이후엔 비행기를 만드는 데 전념하기 위해 자전거 가게도 정리했다. 비행기의 시대가 반드시 올 것이라는 믿음으로 그들은 피와 땀과 열정을 담아 일했다.

반면 새뮤얼 랭글리는 부자가 되어 유명해지고 싶었다. 심지어 '무엇을'이라는 결과를 중요하게 여긴 것도 아니었다. 그는 오직 부자가 되는 것만을 추구했다. 비행기를 만들면 엄청난 부자가 될 수 있음을 알았다. 그렇다고 그가 열심히 일을 안 한 것은 아니다. 라이트 형제나 랭글리나 모두 둘째가라면 서러울 정도로 미친 듯이 일에 전념했다. 다만 차이가 있다면, 라이트 형제는 '왜', 즉 목적과 신념에 따라 움직였고, 랭글리는 그저 돈을 좇아 일했다는 것이다.

마침내 1903년 12월 17일, 라이트 형제는 비행에 성공했다. 그 자리에는 취재진은커녕 관중조차 없었다. 사람들은 시간이 흐른 뒤에야 그 사실을 알았다. 문제는 랭글리였다. 라이트 형제가 비행에 성공했다는 사실을 듣고 그는 어떻게 했을까?

그는 모든 것을 포기했다. 1등이 못 됐고, 최초가 아니었다. '무엇'이 사라졌다. 그는 이제 돈을 많이 벌 수 없을 것이라 생각했다. 더 이상 그 일을 할 이유가 없었다. 만약 그가 '비행기를 만들어 세상을 변화시키겠다'는 인생의 '목적'에서부터 시작했더라면 어땠을까? 그는 라이트 형제의 소식을 듣고 한달음에 달려가 함께 일을 해보자고 하거나, 라이트 형제의 기술을 자신의 능력과 배경으로 더욱 발전시키도록 노력했을 것이다. 하지만 그는 그러지 않았다. 인생의 목적, 신념이 없었기 때문이다. 그는 방향을 잃고 역사 속에서 사라졌다.

나는 왜 지금 이 일을 하는가

'무엇'을 할 것인가, '어떻게' 할 것인가보다 더 중요한 질문은 "나는 지금 '왜' 이 일을 하는가?"라는 질문이다. 우리는 '삶의 목적'에서부터 출발해야 한다. 많은 사람들이 진정한 자기 자신의 모습을 잊고 '무엇'이 먼저 되는 것에만 집착한다. 빨리 직업을 갖는 것, 빨리 가정을 꾸리는 것, 빨리 시험을 통과하는 것. 모든 것엔 '나 자신'은 없고 자신을 수식하는 단어만 존재할 뿐이다. '대졸, 토플 120점, 학점 4.0' 하지만 이것들은 진정 우리 자신이 누구인지 티끌만큼도 설명하지 못한다. 스펙을 좀 지녔다고 우리가 행복해지진 않는다. 삶의 목적 안에 진정한 나 자신이 깃들어 있다. 내가 누구인지, 이 삶을 어떻게 살고자 하는지 목적을 알고 나아가야 하루하루 진정으로 의미 있는 삶을 살 수 있다. 삶의 목적은 소명과도 맞닿아 있다. 내가 이 세상에서 하고 싶은 역할을 찾아내고, 세상에 줄 수 있는 의미를 부여하고, 방법을 찾아 그 일에 헌신하는 것이다.

나는 매일같이 의미 있는 삶을 살고 싶다고 기도했다. 어릴 때부터 '세상에 긍정적인 영향을 미치는 여성'이 되고 싶었다. 처음에 나는 '무엇'부터 시작했다. 직업부터 생각하기 시작한 것이다. 의사가 되면, 사람들을 돕는 직업을 택하면 삶의 목적대로 가는 것이라 생각했다. 하지만 내 안에서 강한 충돌이 일어났다. 직업과 성격이 서로 맞지 않는 것이었다. 그 결과 시행착오를 겪을 수밖에 없었다. 계속해서 실패해도 외부 조건을 갖추지 못했기 때문이라 생각했다.

'무엇'을 얻으면 '내 삶이 원하는 것(Why)'도 얻을 수 있다고 생각했다. 그러나 삶은 위대한 스승이다. 내가 그렇게 생각하고 맹목적으로 무언가를 추구할 때마다, 계속해서 내게 길을 잘못 가고 있다는 신호가 들려왔다. 결국 나는 더 이상 노력하기를 멈추고 생각하는 시간을 갖게 되었다.

내 인생의 목적은 무엇이지? 나는 세상에 긍정적인 영향을 미치는 선한 사람이 되고 싶다. 그렇다면 세상을 도울 수 있는 긍정적인 메시지, 내 인생을 통해 내가 갖게 된 메시지는 무엇인가?

그것은 바로 지금의 교육이 잘못되었다는 것이었다. 현대 주입식 교육의 산 집합체라고 해도 될 만큼 나는 어릴 적부터 수많은 교육을 받으며 자랐다. 그리고 그러한 교육이 수많은 아이들을 천재에서 영재로, 영재에서 평범한 사람으로 만드는 모습을 봐왔다. 모두의 꿈이 스러지고 있다. 이 비극적인 현실의 가해자로 '잘못된 교육'이 존재한다는 메시지를 깨닫게 되었다.

학교에는 인생을 살아가는 데 필요한 배움이 있어야 한다. 삶에 있어 교육은 반드시 필요하다. 그러나 교육은 꿈을 찾게 해주고 꿈을 이루는 데 기여해야 한다. 그 사람이 가진 고유한 재능이 사장되지 않고 빛나게 해야 한다. 하지만 지금의 학교는 아이들을 그 반대로 만들고 있었다.

삶의 목적을 명확하게 찾아내니 비로소 '어떻게'와 '무엇을'이 보이기 시작했다. 나의 '신념(Why)'은 '세상을 긍정적이고 살기 좋은 곳으로 변화시키는 것'이다. 그러기 위한 '방법(How)' 중 하나는 '꿈을 찾고 그것을 이루게 하는 교육'을 만드는 것이다. 그 '수단(What)'으로 나는 학교 교육을 보완할 미래 교육 프로그램을 설계하고 있으며, '드림유니버시티'라는 기관을 만들어 지식과 지혜를 나누고, 도움이 필요한 누군가를 만나 그들이 자신의 꿈을 찾고 인생을 변화시킬 수 있도록 돕고 있다. 나는 'Why'를 가슴 속에 지니고 끊임없이 'What', 즉 무언가를 해나간다.

처음부터 삶의 목적을 알 수는 없다. 그러니 그것이 있어야 한다는 사실을 깨닫는 것에서부터 시작하라. 그리고 자꾸만 질문을 던지며 뚜렷한 윤곽을 만들라. 끊임없이 나 자신에게 질문을 던지고 답을 구하는 노력을 하다 보면 어느 순간 비전이 느껴진다.

진정한 나 자신은 삶의 목적을 알고 있는 현명한 영혼이다. 우리가 '나' 스스로에게 주목하면 주목할수록, 혼자 조용히 '생각'하고 골몰할수록 내가 왜 이 세상에 왔고, 무슨 일을 하기 위해 여기에 있고, 앞으로 이 인생을 어떻게 설계해야 할지 차츰 깨닫게 된다. 마음속에 '인생의 설계도'가 그려진다. 이 정도 경지에 이르게 되면 매일 이 지구를 탐험하고 있다는 사실에 감사하게 된다. 하루가 행복한 순간들로 채워지며, 시간을 좀 더 값지고 풍요롭게 쓸 수 있다.

삶은 무한한 가능성이다. 우리는 명심해야 한다. 직업은 내가 가진 무수한 가능성 중 하나일 뿐이라는 것을. 나 자신을 표현하는 수단 중 하나일 뿐임을. 그렇기 때문에 좋은 직업을 가졌다고, 좋은 학교를 나왔다고, '나'라는 큰 존재의 욕구가 충족되지는 않는다. '나'라는 존재 이유(Why)가 무엇인지 알 때 내가 하는 일들(What)이 의미 있어지고 빛을 발하게 된다.

지금 스스로에게 당신의 'Why'를 표현하는 '닉네임'을 붙여보는 것은 어떨까? 나의 닉네임은 '미래설계자'다. 누군가가 미래를 설계할 수 있도록 도와주며, 교육과 기업의 미래를 설계하는 일을 하고 있고, 미래의 세상을 좀 더 행복한 곳으로 만드는 사람이 되고자 하기 때문이다.

삶의 목적을 알아야 진정으로 행복해질 수 있다. 꿈을 현실로 이뤄가는 사람들은 '인생의 설계도'를 갖고 있다. 진정 자신이 누구인지를 알며, 자신이 원하는 것, 꿈을 명확하게 말할 수 있고, 그 꿈을 이루기 위한 계획을 세밀하게 설계하며, 계획을 현실로 끌어오는 데 모든 에너지를 쏟아 이루는 사람들이 있다. 이들은 똑같은 환경과 조건에서도 자신의 재능을 100% 발휘하여 풍요롭고 행복한 삶을 일궈나간다.

이제부터라도 '인생의 설계도'를 그려보자. 시작은 나를 아는 것, 삶의 목적인 'Why'를 아는 것에서부터 비롯된다. 진정한 나 자신을 찾아라. 그리고 당신 마음에 더 크고 웅장한 인생을 설계하

라. 그것을 이루기 위한 수단을 실행시켜라. 세상을 무대로 나만의 꿈의 설계도를 그려라. 당신의 Why를 찾는 그 순간 삶이 행복해질 수 있다.

'하고 싶다'는 마음이 들 때
곧바로 실행한다면

바쁜 와중에 친구를 만나러 잠깐 부산에 들른 적이 있다. 공항에 마중 나온 친구는 반갑게 새 차를 뽑았다며 해운대에 바다를 보러 가자고 했다. 고가 도로를 타고 쭉 달리다 보니 어느새 갈림길이 나왔다. 내비게이션은 해운대로 가려면 오른쪽 출구로 빠지라고 알려주었다. 그런데 주말이라 그런지 오른쪽 갈림길의 차들이 몹시 길게 줄을 서 있는 게 아닌가. 꽉 막힌 도로를 보니 차에서 시간을 다 보내다 다시 서울에 가야 할 것 같았다. 나는 과감히 친구에게 외쳤다.

"우리 그냥 왼쪽 길로 가자! 저 도로는 뻥 뚫려 있잖아!"

"내비게이션이 오른쪽으로 가라는데? 갔다가 헤매고 고생하면 어떻게 해. 그냥 이 길 따라 가자."

나는 그 순간, 희한하게 이 상황이 우리의 인생을 상징적으로 드러내는 것 같은 느낌이 들었다. 내비게이션은 다른 사람들이 다 가는 길이 목적지로 빠르게 가는 길이라고 계속 안내했지만 사람들이 꽉 몰려 앞으로 나아가기가 쉽지 않았다. 우리는 꼼짝없이 갇힌 채 차에서 같은 광경을 보며 지루한 시간을 보내야 했다.

"이거 왠지 우리 인생 같지 않아? 남들 따라 그대로 멈춰 있는 것. 그냥 딴 길로 가자! 왼쪽 길은 계속 뻥 뚫려 있잖아!"

친구는 머뭇거렸다.

"저 길로? 나 길 잘 몰라. 너 여기까지 힘들게 왔는데 바다도 못 보면 어떡해. 괜찮겠어?"

"바다 못 보면 어때. 길 헤매도 돼. 이런 것도 다 재밌는 경험이 될 거야. 여기서 이렇게 시간 보내지 말고 지금 당장 왼쪽으로 가자! 이건 앞으로 우리가 인생을 살아가는 태도랑 똑같을 거야. 가고 싶은 길로 과감하게 갈 수 있느냐, 없느냐! 핸들 틀어. 뚫고 가자!"

내가 용기를 북돋자 친구는 핸들을 과감히 돌렸다. 줄지어 꽉 막힌 차들을 가로질러 뻥 뚫려 있는 왼쪽 도로로 시원하게 질주했다. 기분이 좋았다. 그저 남다른 선택을 한 것만으로도 말이다. 밀려 있던 길에서 벗어나자 풍경은 곧바로 달라졌고 마음은 상쾌했다. 내비게이션은 즉시 새로운 경로를 탐색했다. 그런데 얼마 가지 않아 우측에 해운대를 안내하는 표지판이 보였다.

"저기로 내려가자!"

출구를 통해 길을 빠져나오자, 바로 좌회전하면 해운대라는 표지판이 보였다. 정말 의도치 않게 우리는 지름길로 빨리 오게 됐다. 친구는 감탄사를 연발했다.

"대단해! 이거네!!"

"맞아, 이거야!! 우리 살면서 이 느낌을 잊지 말자!"

사람들은 지루하고 힘겨운 일상을 벗어나 특별한 삶을 살기 원하지만 그에 따른 행동은 좀처럼 하질 못한다. 분명 다른 길은 텅텅 비었는데 아무도 선택하지 않는다. 실패하기 두렵고 시행착오를 겪기가 싫기 때문이다. 안전해 보이는 다수가 가는 길을 따라간다. 자기와도 맞지 않고 하기 싫은 일인데도 모두가 그쪽으로 가니 그게 정답이라 생각하는 것이다.

삶의 방향 선택지

나는 주어진 시간을 의미 없이 힘겹게 보내지 않고, 의미 있게 행복하게 보내는 사람들을 관찰했다. 성공한 사람들과 실패한 사람들, 끊임없이 성장하는 사람과 정체되어 있는 사람들, 여러 사람들의 삶을 비교, 연구해보았다. 그리고 그들이 삶의 갈림길에서 내린 서로 다른 선택들에 대해 분석했다. 그들과 보통 사람들의 차이점은 무엇일까? 어떤 선택이 서로를 달라지게 만들었을까? 그러자 293쪽과 같은 4가지 선택지가 나왔다.

사람들은 진로를 정할 때 잘하는 것과 못하는 것, 하고 싶은 것과 하고 싶지 않은 것 사이에서 갈등한다. 지금처럼 모두가 획일화되어 열심히 살아가는 세상에서는 진짜 자신이 누구고 하고 싶은 일이 무엇인지 발견하는 것조차 불가능할 지경이다. 그래서 진짜 인생은 '나를 아는 것'부터 시작된다. 삶 속에서 1차 선택은 하고 싶은 것과 하고 싶지 않은 것을 구분하는 데에서 일어난다.

만약 우리가 진로를 결정할 때 하고 싶은 일이 무엇인지 발견하지 못한다면, 그다음에는 잘하는 것과 못하는 것 사이에서 갈등하게 된다.

인생에 정답은 없다. 하지만 사람들의 선택과 그에 따른 결과를 볼 수는 있었다. 대다수의 사람들은 3번 선택지를 고른다. '하고 싶지 않은데 할 수 있는 일'을 하는 것이다. 점수에 맞춰 대학에 가고, 붙여주는 회사에 취직을 하고, 스펙을 쌓으며 안정적인 직업을 선택하려 노력한다.

| 삶의 방향 선택지 |

	하고 싶은 것 (want)	하고 싶지 않은 것 (not want)
잘하는 것 (Can)	❶ 하고 싶다, 할 수 있다 [고속 성장]	❸ 하고 싶지 않다, 할 수 있다 [저속 성장]
못하는 것 (Can't)	❷ 하고 싶다, 할 수 있을까? [극적으로 성장]	❹ 하고 싶지 않다, 할 수 없다 [성장 정체]

　그 첫 번째 이유는 자신이 어떤 사람인지, 무엇을 하고 싶은지 모르기 때문이다. 두 번째 이유는 설사 하고 싶은 걸 찾았더라도 마음속에 두려움이 크기 때문이다. "잘 안 되면 어떡하지?", "잘됐는데 감당할 수 없으면 어떡하지?" 등의 이유로 갈등하다 결국 용기를 내지 못하고 할 수 있는 길을 간다. '나는 할 수 없어.' 자기 자신을 과소평가하며 내면의 목소리를 외면하고 다수의 길을 따르는 것이다. 그 길이 실은 나와 맞지 않고 사람들로 미어터지는 길인데도 말이다. 결과적으로 매일 하고 싶지 않은 일을 해야 하는 일상에 맞닥뜨리게 된다. 그래서 많은 이들이 힘겹게 끌려가듯 매일 그 일을 하며 살아가는 것이다.

　반면 소수의 사람들은 자기 목소리에 귀를 기울인다. 마음속에 '하고 싶다, 할 수 있을까?'라는 생각이 들 때 자신에게 기회를 준다. 실패에 대한 두려움이 있지만 그것보다는 나답게 사는 것에 가치를 둔다. 다른 사람들이 일자리를 잡고, 배우자를 잡고, 돈을 잡고, 술과 모임을 잡을 때, 그들은 '꿈'과 손을 잡는다. 당연히 실패에 대한 두려움이 없는 것은 아니다. 하지만 가장 중요한 판단 기준은 '나다운 일'을 하는가다.

때로 사람들은 남다른 선택을 하는 것이 두려워서가 아니라, 부모나 주변 사람들의 반응이 두려워 거기서 벗어나질 못한다. 자기다움을 포기하고 남이 원하는 모습으로 살아가는 것이다. 모든 사람들은 특별하고 저마다 개성이 있다. 그런데도 꾸깃꾸깃 사회가 원하는 틀에 몸을 구겨 넣어 자신의 무한한 가능성을 박제해버린다. 반면 주위 이목은 신경 쓰지 않고 남과 다른 선택을 하며 자신이 하고 싶은 일을 하는 사람을 보면 "미쳤다."라고 손가락질한다. 말리기도 하고 욕하기도 하고 핍박하기도 한다.

오랫동안 사람들을 관찰하고 연구해보니, 확실히 '미친' 사람들이 더 행복하게 살았다. 무엇에 미쳐 있는 사람, 살짝 미쳐서 바보 같은 결정을 해도 영화 같은 경험이라 생각하고 더 성장하는 사람, 좋아하는 것을 일로 만들기 위해 남다른 발상을 하고, '생각'의 위대한 힘을 창조적으로 사용하는 사람들 말이다. 그들은 온몸으로 '내가 살아 있다'는 것을 느낀다. 그들이 행복할 수 있는 비결은 자기다운 '스토리 인생'을 사는 것에 있었다. '스펙 세상'이 아니라 '스토리 세상'에서는 실패가 많을수록 인생의 주인공이 된다. 창조의 시대에서 평범함은 주목받을 수 없기 때문이다. 인간은 어떤 일을 선택할 때 성공이냐 실패냐 하는 결과를 중시하지만, 이제 그 사람이 어떻게 얼마나 극적으로 성장하는 인생을 살았는지 과정을 보는 시대가 온 것이다. 세상은 스토리 인생에 주목하고 그가 얻은 교훈과 노하우를 얻고자 한다.

틀에 박혀 살아가면 이러한 인생은 나올 수가 없다. 내가 본 '미친' 사람들은 인생에서 성공과 실패가 크게 중요하지 않음을 이미 알고 있었다. 스펙을 쌓는 것이 아니라 나다운 스토리를 쌓아갔다. 사회가 만들어준 안전망, 부모가 만들어준 보호막에서 벗어나 마구 실패를 하고 거침없이 시행착오를 거치며 자신의 세계를 창조해갔다. 인생은 모험으로 가득 찼고, 풍랑을 거치며 겪은 것도, 얻은 교훈도 많아 보통 사람들은 꿈도 못 꿀 정도로 굉장히 빠른 속도로 성장했다.

실패가 나의 영웅담이 된다면

세상에서 주목받고 위대한 성공을 일궈내고, 인생을 풍요롭고 행복하게 살아가는 이들은 대부분 자기다운 인생을 위해 과감한 선택을 하고, 핍박받아도 포기하지 않으리라 단단히 결심한 자들이다. 당장은 뒤처져 보일지언정, 시간은 끝내 그들의 편이 된다.

어떤 일을 선택할 때 사람이 가장 성장하는 선택지는, 하고 싶은 일과 할 수 있을까 사이의 일이다. 나는 사람들을 교육하면서 '하고 싶다'와 '할 수 있을까' 사이의 일을 할 때 가장 극적으로 성장하는 것을 보았다. 하고 싶은데 해낼 수 있을지 고민되는 일에 목숨 걸고 뛰어들면, 언젠가 반드시 잘하는 일이 된다. 실패를 겪으면 겪을수록 그들은 강해졌고, 나중에는 모든 것을 잃어도 다시 일어설 수 있는 힘이 그들 안에 생긴 듯했다. 위기를 자신을 성장시키는 기회로 삼을 때 평범해 보이는 사람 속에 잠들어 있던 엄청난 거인이 깨어나는 모습을 본다. 불과 몇 달 만에 완전히 다른 모습으로 성장하기도 한다. 이 작은 선택의 차이가 인생을 가른다.

누구에게나 엄청난 잠재력이 있다. 드문 것은 잠재력을 표출해내는 용기다. 원석이 담금질을 거듭해 다이아몬드로 거듭나듯이, 세상과 함께 부딪혀가며 시행착오를 해봐야 자신이 생각하는 진짜 인생을 살 수 있다. 이제 사회가, 그리고 부모가 만들어준 세상에서 벗어나 내가 세상의 중심이 될 때다.

인생은 하얀 도화지 같다. 거기에 어떤 그림을 그릴지는 알 수 없다. 모두가 판에 박힌 그림을 그려낼지 각자 개성과 스토리를 살릴 그림을 그려낼지는 그리는 자의 몫이다. 똑같은 순서대로 같은 그림을 그릴 필요는 없다. 흰 도화지를 내 뜻대로 가득 채울 용기가 필요하다.

인생 혹은
세상이라는
이름의 학교

브랜든 버처드는 《두려움이 인생을 결정하게 하지 마라》에서 다음과 같이 말했다. "자기답게 살고 꿈을 추구하는 갈망만큼 영혼을 맹렬하게 타오르게 하는 것도 없다. 인생에서 가장 큰 기쁨은 마음이 가는 활동을 펼치면서 자발성과 진정성으로 하루하루를 살아가는 것이다. 반면 인생에서 가장 큰 비극은 열정 없는 일을 하면서 안일과 가식의 날을 쌓아가는 것이다. 인간 본성은 자주와 자유를 향해 우리를 이끈다. 자유와 위대함은 하루하루를 정복해가는 자의 것이다."

지금 당장 자기 삶의 혁명가가 돼라. 실패를 하나의 영웅담처럼 여겨라. 시행착오가 위대한 역사를 만든다. 넘어졌다면, 나락으로 떨어졌다면, 어떻게 해야 눈부시게 다시 올라갈 수 있을지를 즐겁게 고민하라. 인생이 드라마라면 바로 지금이 가장 흥미진진한 순간이다. 먼 훗날, 사람들은 당신의 이 순간에 대해 가슴 설레며 들을 것이다. 두려워할 필요 없다. 실패는 당신이 특별해질 수 있는 기회이며, 독창적인 방법으로 도전할 수 있는 때다.

목표를 위해 실패를 불사할 때 실패는 오히려 축복이 된다. 시행착오는 나의 한계를 깨뜨리고, 평온히 잠들어 있는 나의 잠재력을 깨운다. 실패를 위대한 스승으로 삼는다면 더없이 강인해질 것이다. 인생을 바꿀 수만 있다면 하지 못할 일이란 없을 테니까.

교실 밖에서
배울 수 있었던 것들

하고 싶은 일을 선택하고 전심전력을 다하면 어떤 일이 일어날까? 정말 극적으로 성장하게 될까? 나는 학창 시절 하고 싶지 않은 일에 매달려 있었다. 그중 하나가 '입시'였다. 그때는 다른 선택지가 있는지 미처 알지 못했다. 수험 생활을 참고 대학에만 가면, 하고 싶은 일을 할 수 있으리라 기대했다.

문제는 이상하리만치 수능 시험장에만 가면 시험을 못 본다는 사실이었다. 무엇이 문제인 걸까, 왜 잘 되지 않는 걸까? 끙끙 속병을 앓았다. 계속되는 실패에 나는 겨울마다 누워 지내야 했다. 바닥에 눌어붙어 삶의 의지를 잃은 사람처럼 하루하루를 보냈다. 아직도 그때 여동생이 했던 이야기가 기억난다.

"언니는 내가 학교 갈 때도 누워 있었는데, 갔다 왔는데도 누워 있네."

나는 자괴감에 힘들었다. 무엇이 문제인 걸까, 왜 잘되지 않는 걸까? 끙끙 속병을 앓았다. 마지막 불합격증을 받았을 때 다시는 못 일어설 것만 같았다. 모든 희망을 잃었고, 내 인생은 더 이상 회생 불가할 듯했다.

'나는 할 수 있는 게 뭘까. 열심히 일하는 성실함도 없고, 과감히 무언가에 도전할 배포도, 밖으로 나가 고된 일을 할 용기도 없는데. 머리만 쓸 줄 알지 실제로는 내 몸 하나 먹여 살리지 못하네. 아무 능력도 없이 밥만 축내고 있는 소비적 인간인데 이렇게 되려고 어릴 적부터 부모님께 좋은 교육을 받고 아낌없이 받으며 자라 왔던가?'

이런 회의감이 드니, 험난한 사회에서도 열심히 하루하루 살아가는 모든 사람들에게 존경심이 들었다. 그에 비해 나약하고 의존적인 스스로를 자책했다. 그렇게 방구석에서 속절없이 시간만 보냈다.

하지만 자연은 참 신비하다. 만물이 소생하는 봄. 새 학기가 시작되는 계절이면 내 방 창문으로 따스한 햇살이 스며들었다. 꽁꽁 얼어붙었던 마음이 스르르 녹았다. 갑자기 이런 생각이 머리를 스치고 지나갔다.

'그동안의 세월은 모두 하나의 선택지가 정답이라고만 생각하며 살아왔어. 하지만 더 이상 앞으로 나아갈 수 없고 무엇을 어떻게 해야 할지 미래마저 희미해진 지금이야말로, 모든 것에서 벗어나 진짜 나는 어떤 사람인지 확인해봐야 하지 않을까? 언제까지 힘없이 주저앉아 있을 거니?'

사람은 벼랑 끝, 낭떠러지 아래로 떨어져봐야 자신에게 눈부신 날개가 있다는 것을 깨닫는다. 그해 봄, 나는 드디어 다른 선택지를 볼 수 있게 되었다. 마음에 굳은 결심이 솟았다. 성적표에 절망해 방구석에 잔뜩 웅크려 있던 모습은 버리고, 열등감과 자책감에 스스로를 가둬둔 보호막을 깨고, 방문을 열고 나섰다. 과감히 세상으로 나와, 내가 누군지 얼마만큼의 능력을 가진 사람인지 어떤 일을 할 수 있는지 해보자, 마음먹었다.

가장 '나'다운 일을 하는 시간

처음에 내가 한 일은 광고 전단 아르바이트였다. 직접 발로 뛰어 전단지를 돌릴 수도 있겠지만, 그래도 그동안 공부를 했으니 써먹어야겠다는 생각에 머리를 굴렸다. 어떻게 해야 광고 문구를 효과적으로 작성할 것인가, 디자인은 어떻게 하고 판매자에게는 어떤 식으로 어필할 것인가, 그런 것들이었다. 처음 하는 '일'에 나는 굉장히 신이 났다. 컴퓨터 디자인도 할 줄 모르고 글을 잘 쓰는 재주가 있는 것도 아닌데, 너무 재밌어서 밤새 한글 파일로 광고 시안을 만들고 어수룩하게나마 전문가 흉내를 냈다. 맡은 일에 전심전력으로 최선을 다하자 생각보다 좋은 결과를 얻었고, 조금씩 실력을 인정받게 되었다.

현장에서 마케팅 전략 및 기획 일을 하면서 점차 나는 실무 능력을 쌓아갔다. 이와 함께 주변 사람들에게 경영 자문과 컨설팅 서비스를 시작했다. 물론 처음에는 마케팅 및 기획만 할 줄 알았지, 사업체 운영에 대한 전반적인 개념이 없었다. 하지만 맨몸으로 창업에 참여하면서 현장에서 모든 것을 직접 체험하며 생생하게 '사업 공부'를 할 수 있었다. 어떤 때는 창구 직원으로, 어떤 때는 청소부가 되어 바닥을 쓸고 닦고, 어떤 때는 또 CEO처럼 경영 전략을 짰다. 그러자 점차 역량이 쌓였다. 나만의 사업 경영 노하우가 생긴 것이다.

밑바닥부터 시작한 덕분에 창업부터 회사 다지기까지의 전 과정을 오롯이 배우고 내 것으로 만들 수 있었다. 시스템을 설계하고 운영하는 전반적인 과정 역시 마스터할 수 있었다. 주말 없이 밤낮일에 매진했고, 결국 사업을 시작한 지 3년 만에 회사 수익이 억대를 넘어서게 되었다. 점차 내가 하고 싶은 일을 선택할 힘도 커졌다. 그제야 깨달음이 왔다. 누가 내 인생을 정해주는 게 아니라 선택권은 바로 내게 있었다는 사실을. 내 인생은 내가 스스로 만들어갈 수 있음을 알게 된 것이다.

우리는 종종 눈앞에 놓인 선택지가 지금 가고 있는 길 하나뿐이라 생각한다. 하지만 사실 우리 앞에 놓인 선택지는 무한하다. 우리는 그 선택지를 하나하나 발굴해나가야 한다. 그중에서 가장 '나'다울 수 있으며, 삶의 목적(Why)과 부합하는 길(How)을 찾아나가는 것이다.

우리는 그동안 우리에게 선택권이 없다고 생각했다. 시험이나 성적으로 미래가 결정된다고, 공부가 인생의 전부라고, 직장이 목숨줄이라고 생각했다. 하지만 모두 틀렸다. 하나만 정답이라는 생각을 버린다면, 내가 할 수 있는 다른 선택지가 있음을 알게 될 것이다. 인생의 길은 다양하며, 선택권을 하나만 가진 사람은 없다. 우리는 언제든 가장 '나'다운 방향으로, 최고의 자기 자신이 될 수 있는 길을 택할 수 있다. '학교를 졸업하면 당연히 대학을 가야 한다, 대학을 졸업하면 바로 취직을 해야 한다, 다른 선택권은 없다.'라는 고정 관념을 버리는 순간 선택지는 무한해질 것이다.

판에 박힌 좁은 길을 벗어나자 세상은 무한한 기회의 장이었다. 내가 꿈꾸는 모든 것이 바로 선택지였다. 그리고 내가 택한 것을 이루기 위해 포기하지 않고, 온 영혼을 불태워 전력을 다해 돌진한다면 그 길이 곧 정답이 된다는 것, 그것이 힘든 현실에서 벗어나 하고 싶은 일을 하며 살아갈 수 있는 해방의 열쇠라는 것이 내가 발견한 '진실'이었다.

우리가 만나는
모든 사람이 선생님이다

"세상을 얻으려면 '사람'을 공부하라!"는 말이 있다. 교과서 공부만 잘하던 엘리트들이 학교 안 울타리에 갇혔다가 세상에 나가면 크게 깨지는 경우가 많다. 세상은 그리 호락호락하지 않다. 학교 공부로 인생 전부를 커버할 수는 없기 때문이다. 세상에는 머리로 되지 않는 것이 훨씬 많다. 학교에서 배운 지식들은 현실에서 좀처럼 통용되지 않는다. 열린 마음과 낮은 자세로 사람들을 존중하기는커녕, 눈과 귀를 가린 채 그들이 주는 가르침과 지혜에서 아무런 배움도 얻으려 하지 않는다면 결국 시행착오를 겪을 수밖에 없다.

인생 혹은
세상이라는
이름의 학교

21세기에 살아남는 공부법은 지금까지와는 다르다! 그 핵심은 '사람'에 있다. 우리는 살아가며 수많은 문제에 부딪힌다. 그것들을 해결하기 위해서는 돈과 시간도 필요하지만 결국 사람에게서 답을 찾아야 하는 경우가 많다. 우리는 태어나서 매순간 '처음'을 맞이한다. 처음 스무 살이 되어보고, 처음 마흔 살이 되어본다. 인생은 뭐든 처음 경험하는 것투성이다. 꿈을 좇을 때도 마찬가지다. 때로는 어찌할지 몰라 헤매다 포기하기도 한다.

다행인 것은 우리보다 먼저 살다 간 이들이 있다는 것이다. 그들은 우리보다 앞서 같은 경험을 해보고, 많은 지혜를 책으로써 세상에 남겨놓았다. 그들이 가르쳐주는 인생에 대해 충실히 배우다 보면 좀 더 빨리 꿈꾸는 인생에 다가갈 수 있다. 세상살이 자체가 사람을 배우는 일이지만, 사람 공부야말로 인생에서 가장 중요한 공부일지도 모른다. 사람을 알면 인생을 알 수 있게 된다.

책, 그 위대한 배움에 대하여

나에게는 책이 사람이었다. 사람을 만나는 일이었다. 외톨이인 내가 다른 사람의 삶을 들여다볼 수 있는 일. 나는 수많은 책을 누비며, 그 책 속의 누군가에게 당신도 나처럼 힘든 일을 겪었느냐고, 그걸 어떻게 이겨냈고 어떤 해결법을 찾았느냐고 질문했다. 절망 속에서 희망을 보려는 몸부림이었다.

나는 위대한 인물들을 만났다. 또 같은 시대에 나와 똑같이 힘겹게 삶을 살아가는 이들도 만났다. 비슷한 환경에 처해 있다가 성공한 사람도 만났다. 책에는 나와 비슷한 환경에서 인생을 바꾼 사람들의 이야기가 도처에 널려 있었다. 그들은 내게 답을 주었다. 때로는 에둘러 힌트를 주기도 했고, 때로는 직설적인 처방을 내려주기도 했다. 주어진 삶을 스스로의 힘으로 바꿔낸 사람들에겐 남다른 지혜와 노하우가 있었다.

하루하루 힘들어서 모든 것을 포기하고 싶을 때, 이 상황을 어떻게 감당해야 할지 앞이 막막할 때, 치료제가 간절히 필요한데 누구의 도움도 얻지 못할 때, 나는 도서관을 찾았다.

책 속에는 사람이 있었다. 그 사람이 전하는 배움이 있었다. 현대 경영학을 창시한 피터 드러커는 취업과 동시에 대학에 진학했지만 학교에는 한 번도 나가지 않고, 오로지 도서관에서 책을 읽으면서 공부했다. "나는 도서관에서 진짜 대학 교육을 받았다고 생각한다."라고 말할 정도다. 성공한 백만장자인 폴 마이어는 대학을 그만두고 자신이 알고 싶은 것을 스스로 공부하겠다며 곧장 도서관으로 향했다고 한다. 그는 자신의 취약한 부분을 진단하고 처방하여 혼자 힘으로 공부해나갔다. 워렌 버핏, 빌 게이츠, 엘론 머스크 등 시대를 이끄는 리더 모두, 자신을 '도서관 출신'이라고 말한다.

나 또한 인생을 바꾼 위대한 사람들을 스승으로 삼아 그들의 가르침을 실생활에 적용하려 노력했다. 나를 구해주지 못하는 주변 사람들에게 기대기보다는, 이미 같은 상황을 겪어보고 자신들이 깨달은 것을 세상을 위해 남긴 그들의 가르침을 따랐다. 나는 점차 스스로 나아갈 길을 조금씩 개척할 수 있게 되었다.

책을 읽는 사람은 강하다. 그것은 저자들의 생각과 지식, 삶에서 받은 영감을 내 안에 차곡차곡 쌓게 해, 어떤 삶의 위기에도 굴복하거나 좌절하지 않고 넘어지지 않도록 붙잡아 주었다. 또, 위기를 기회로 바꾸는 지혜를 주어 무슨 일이든 헤쳐나갈 수 있도록 도와주었다. 책은 삶의 어떤 순간에도 원하는 방향으로 자신 있게 인생을 꾸려나갈 수 있는 힘을 주었다.

처절한 독서는 삶의 위기에서 나를 구원했고, 내 인생을 살렸다. 나는 책을 독서가 아니라, 사람을 만나는 일이라 말하고 싶다. 지금도 내 방엔 그때 힘겨운 시간을 함께 이겨내준 책들이 가득히 자리하고 있다. 인생의 희로애락의 순간들을 함께하며 나는 그들과 절친한 친구가 되었다. 나폴레온 힐, 리처드 브랜슨, 스티브 잡스, 조셉 머피 등 서재 안 수많은 위대한 인물들이 모두 나의 멘토이다. 혼자 서재에 있을 때면 나는 언제고 그들과 만나러 간다. 그들은 책을 통해 생생한 육성으로 나에게 말을 건넨다. 꿈은 어떻게 찾을 수 있는지, 부는 어떻게 만들어지는지, 창조적인 생각을 하는 방법은 무엇인지, 모든 답이 책 속에 있다. 독서는 나를 성장시킨다. 위대한 책에는 위대한 배움이 있다. 위대한 배움은 인생을 바꾼다.

사람, 공부의 시작과 끝

책 속 인물을 통해서가 아니라 실제로 '사람'을 만나 배움을 얻는 방법도 있다. 이미 세상에는 내가 가고자 하는 길을 가본 사람들이 존재하고, 그들은 값진 노하우를 갖고 있다.

나의 20대는 세상을 돌아다니며 인생의 지혜를 배우고자 노력하는 것으로 채워졌다. 나는 많은 사람들을 직접 찾아갔다. 의사를 꿈꿀 때는 의사를 찾아갔고, 배우의 꿈을 꿀 때는 영화감독을 찾아갔고, 작가를 꿈꿀 때는 작가를 찾아갔다. 시간 관리에 대해서 알고 싶을 땐 소문난 시간 관리의 대가가 주최하는 특강에 강연료를 내고 찾아갔고, 부에 대해서 배우고자 할 때는 부동산 부자를 찾아가 수업을 들었다. 직접 멘토를 찾아가 삶의 지혜와 생생한 노하우에 대한 가르침을 듣는다면 배움은 배가 된다.

성공한 사람들일수록 이 사실을 잘 알고 있으며 시간을 함부로 쓰지 않는다. 시간 그 자체가 그 사람의 가치에 따라 돈으로 환산된다. 워렌 버핏과 함께하는 점심 식사는 무려 1억 원이라고 한다. 그런데도 1시간 점심 식사를 하기 위해 사람들이 줄을 선다. 그 이유는 워렌 버핏의 성공 노하우를 맞춤으로 전수받아 '시간을 벌 수 있는 배의 가치'를 얻을 수 있기 때문이다. 최근 중국의 게임 업체 '다리안 제우스'는 무려 26억 1000만 원에 버핏과의 점심 식사를 낙찰받아 그 홍보 효과를 톡톡히 누렸다. 성공한 사람들에게는 인생을 바꾸는 노하우가 있다. 그리고 그 노하우는 쉽게 얻어지지 않는다. 무림의 고수로부터 무술을 전수받기 위해 노력하는 제자처럼 열과 성을 다하고, 배움을 얻었다면 그에 상응하는 가치를 세상에 내놓기 위해 애써야 한다.

겸손한 마음과 열린 생각을 갖고 사람들이 말하는 소리에 귀를 기울인다면 그 안에서 배움을 얻을 수 있다. 하물며 나보다 한참 어린아이에게도 배울 점은 있다. 세상을 바라보는 아이들의 순수한 눈, 경이로운 표현력과 상상력은 아무리 배워도 부족하기만 하다.

나는 사람들의 메시지를 귀 기울여 듣는다. 그들의 눈을 바라보고 그들의 생각과 말과 행동에 담긴 의미를 해독한다. 낮은 자세로 배움을 요청하면 사람들은 얼마든지 자신의 귀한 지혜를 나누어준다. 일상을 살아감에 있어서 모든 사람에게 귀를 열어라. 마음의 성장판을 닫지 말고 활짝 열어두어라.

공부의 시작과 끝은 사람이다. 사람 안에 모든 것이 있다. 책을 통해, 인터넷을 통해, 직접 만나는 것을 통해 우리는 사람들로부터 배운다. 사람에게 배워라. 사람을 알아야 기회가 있고 살아가는 데 필요한 모든 열쇠를 찾게 된다. 인생의 지혜를 갈구하라. 배움을 얻는 데 주저함이 없어야 성공한다. 사람들이 넌지시 들려주는 이야기에서 지혜를 캐내고 그들의 경험을 온몸으로 흡수하며 성장하라.

'진짜 나'를 만나는 시간

인생의 정답을 찾지 마시길, 정답을 만들어가시길

내일을 꿈꾸지 마시길, 충실한 오늘이 곧 내일이니

남을 부러워 마시길, 그 많은 단점에도 불구하고 나는 나

시류에 휩쓸리지 마시길, 당대는 흐르고 본질은 남는 것

멘토를 맹신하지 마시길, 모든 멘토는 참고 사항일 뿐이니

책의 모든 내용을 단지 하나의 의견으로 받아들이시길

그리고 당신 마음속의 올바른 재판관과 상의하며

당신만의 인생을 또박또박 걸어가시길

당신이란 유기체에 존중을 절대 잃지 마시길

― 박웅현,《여덟 단어》중에서

세상은 배움의 연속이다. 어떻게 의미 있는 삶을 살 것인가? 어떻게 나를 성장시키고 명작이 되는 인생을 그려낼 것인가? 그 누구도 노예처럼 살기를 원하는 사람은 없다. 우리 모두는 인생의 주인공이 되고자 하며, 명작 같은 인생을 꿈꾼다. 하지만 모두가 망각하는 게 있다. 내 인생의 주인이 되려면 주인 될 힘이 있어야 한다는 것이다. 주체성, 자기 주도력이 있어야 한다. 누가 시키는 대로 도화지에 그림을 그리는 게 아니라, 명확히 자신의 생각을 갖고 어떤 그림을 그릴지 스스로 결정하는 힘 말이다.

인생의 도화지에 그릴 그림

의존하는 삶은 사람을 나약하고 불행하게 만든다. 자신이 행복해질 수 있는 결정권을 남에게 줘버렸기 때문이다. 우리가 스스로 생각하고 자기 힘을 길러 주어진 현실을 바꿔버리겠다고 마음먹기 전까지, 현실은 우리를 좌지우지한다. 스스로 깨어나지 않으면, 현실은 더욱 힘을 갖고 우리의 미래를 결정짓는다. 주어진 환경에 휘둘리지 말고, 무언가에 의존하지 않고 제대로 서기 위해서는, 우리 스스로 주체성을 키워야 한다. 스스로 성장하는 힘을 길러야 한다. 스스로 성장하는 사람은 시간이 갈수록 강해진다. 길이 없어도 길을 만들고, 하나를 가르쳐도 열을 안다. 어떤 환경이라도 자신에게 긍정적인 영향으로 승화시키고, 강인하게 자기다운 인생을 살아간다.

　모두가 부러워할 만한 일을 하고 있는 사람들은 대개 혼자서 그림을 잘 그려나간다. 지금 무엇을 해야 하는지 알고 있다. 스스로 생각하고, 행동하고, 책임질 줄 안다. 인생이라는 하얀 도화지를 바라보며, 강인한 마음의 힘, 독립심, 불굴의 의지 등 주체성을 지니고 어떤 그림을 그릴지 고민한 다음 힘차게 붓을 든다. 지금 어떤 작품을 그려가고 있는가?

마음만 먹으면 무엇이든 될 수 있다

　더 늦기 전에 내 손에 붓을 쥐여줘야 한다. 내 인생이 그려가는 그림에 눈길을 줘야 한다. 어릴 적에는 부모가 나를 키웠고, 학교가 나를 가르쳤다. 하지만 어느 순간부터는 부모가 나를 책임지지 못하며, 학교가 나를 책임져주지 않으며, 회사가 나를 키워주지 않는다는 사실을 깨닫게 된다. 그러한 깨달음이 올 때 사람은 비로소 한 뼘 더 성장한다. 학교, 부모, 회사를 믿기보다는 나 자신에게 믿음을 줘야 하는 상황이 된 것이다. 이제는 내 손에 붓이 들려 있음을 알아차려야 한다.

인생 학교의 최고의 선생님은 바로 자신이다. 인생에서 자신을 제대로 가르칠 수 있는 사람은 오직 자신뿐이며, 가르침을 얻기 위해서는 주변 환경을 적극적으로 활용할 줄 알아야 한다. 조지 버나드 쇼는 환경에 대해 다음과 같이 역설했다. "사람들은 항상 그들이 처한 환경을 탓한다. 나는 환경을 믿지 않는다. 세상을 이끌어가는 자들은 자신이 원하는 환경을 찾아다니고 찾을 수 없으면 그 환경을 만드는 사람들이다."

'나는 이래서 안 돼', '지금 환경으론 어려워'라고 생각하기 전에 적극적으로 나서보자. 누군가가 내 인생을 바꿔주기를 기다리는 것이 아니라, 내가 직접 만들어가는 것이다. 똑같은 환경이라도 내가 주도적으로 나서면 지금 처한 환경을 활용하고 '무기'로 만들 수 있다. 머리를 쓰고 생각이라는 걸 하기 시작하면 얼마든지 가능한 일이다.

만약 학교에서 원하는 삶을 살고 있지 않다면, 학교를 적극적으로 이용할 방법을 찾아야 한다. 진로 상담실에 선생님이 괜히 있는 것이 아니다. 학교라는 환경을 도구로 활용하는 것이다. 원하지 않는 직장에 다닌다면, 내가 원하는 일을 하기 위해 현재 직장을 어떻게든 활용하고 도움을 받을 수 있는 방법을 찾아낼 수 있다.

지금 처해 있는 환경에서 최대한 배움을 이끌어내고, 배움이 다

차고 환경을 바꿔야 할 때는 적당한 환경으로 이동하고 도전하며 끊임없이 성장을 모색할 수 있다. 인생의 목적지, 꿈을 향해서 말이다. 끊임없는 성공과 실패의 반복 속에서 자신의 현재 그릇을 깨뜨리고 큰 그릇으로 옮겨 가는 과정을 반복할 때 인생에서 많은 것을 얻을 수 있다. 환경을 도구로 적절히 사용하는 법을 알게 될 쯤, 어느 순간 스스로가 스스로를 키우고 있다는 사실을 눈치 챌 것이다. 이러한 과정을 거치며 스스로 삶을 경영하고, 입력을 출력으로 바꿀 힘, 가치를 창출할 힘이 생겨난다. 이 깨달음을 얻는 순간, 다음 단계에 비로소 올라가게 된다. 내 인생의 운전대를 내가 잡는 것이다.

환경의 주인이 되어 세상을 마음껏 휘젓고 다닐 때, 사람은 무한히 성장한다. 잠재력이 100% 발현된 진짜 내 모습이 궁금하지 않은가? 5%밖에 쓰지 않고 있는 내 힘이 전부 발휘됐을 때 나의 인생이 달라지고, 다른 이의 삶과 세상도 함께 변화하는 바로 그 순간을 꿈꾸고 싶지 않은가.

우리 안에는 무궁무진한 가능성이 있다. 그리고 그 가능성을 발현시킬 수 있는 것은 오직 자기 자신뿐이다. 어디에서든 스스로 성장하는 삶을 살아라. 스스로 성장하는 사람만큼 위대해지기 쉬운 사람은 없다. 내 길은 내가 개척한다. 길이 없으면 만들면 된다. 꿈은 이루는 것이 아니라 만들어가는 것이다. 삶의 주도권을 갖고 주체적으로 살아가라. 인생이라는 하얀 캔버스 위에 거침없이 붓을 들고 나만의 명작을 창조하자.

그 과정에서 나 자신이 될 수 있는 최고의 버전인 진정한 '나'를 만날 수 있다. 우리가 김연아의 춤사위를 보며 감동하는 것은, 그녀가 그녀 자신이 될 수 있는 최고의 버전이 되었기 때문이다. 우리 안에 신이 잠자고 있다. 무한한 가능성과 다양성이 잠재되어 있다. 당신은 당신이 생각하는 무엇이든 될 수 있다.

나는 '진짜 당신'을 만나고 싶다. 다른 사람이 규정한 당신이 아니라, 당신이 생각하는 진짜 당신 말이다. 당신이 스스로를 키워나가며 성장해가는 모습이 궁금하다. 환경에 갇힌 모습이 아니라, 환경을 창조해가는 모습을 보고 싶다. 잠재력이 무한히 펼쳐질 때, 절정에 오른 그 모습이 보고 싶다. 당신이 삶에서 만들어내는 창조적인 표현들을 보고 싶다. 최고의 버전이 된 당신 말이다.

스스로 성장하는 인생을 사는 사람은 보는 것만으로도 설레고 기대된다. 지금의 그 사람이 1년 전의 사람과 다르고, 1년 후엔 또 어떻게 변화할지 더욱 기대될 때, 그 사람은 제대로 된 삶을 살고 있다고 할 수 있다. 인간은 죽을 때까지 진화한다.

모든 학생들이
자기 삶의 주인공이 되는 날을 꿈꾸며

초등학교 4학년 동준이는 "죽지 않고 영원히 살면 어떨까?"라는 질문에 이렇게 답했습니다.

"안 좋은 것입니다. 왜냐하면 사람은 살면서 안 좋은 일을 많이 경험합니다. 죽지 않고 영원히 살면 안 좋은 일을 다른 사람보다 많이 경험합니다. 사회생활 같은 것은 하기가 어렵습니다. 어려운 일도 많이 경험합니다. 죽지는 않아도 병은 걸릴 수 있습니다. 오래 살면 병도 남들보다 많이 걸리겠지요. 늙으면 오랫동안 혼자 살아야 합니다. 결국 죽지 않고 오래 산다는 것은 안 좋은 일입니다."

인터넷에서 화제가 된 동준이의 이야기는 우리에게 많은 것을 시사합니다. 순수한 아이들마저도 인생은 힘들고 괴로운 것이라 생각하는 것입니다.

그간 우리는 열심히 공부하고 일하며 치열한 경쟁 속에서 애태우며 살아왔습니다. 사회에 만연한 비교 의식과 열등감은 사람들을 보이는 것에만 급급하게 만들었고, 좁은 시야에 갇히게 만들었습니다. 쳇바퀴처럼 돌아가는 사회 시스템과 사람들의 비교 속에서 우리는 좀처럼 '자신'을 잃어갔습니다. 성공을 하겠다며 현재의 귀중한 시간을 모두 상납하고, 노는 것도 눈치 보며 재미없게 살아야 했던 우리. 우리는 무엇과도 바꿀 수 없는 소중한 인생을 음미할 시간과 나답게 재미있게 잘 놀다 갈 자유를 빼앗겼습니다.

여전히 전 세계에서 열심히 공부한 수많은 학생들이 취업을 못하고 있습니다. 그 사실도 모르고 명문대에 가겠다며 어릴 때부터 공부에 대한 압박을 받는 아이들은, 살아가는 걸 불행이라 생각하고 있습니다. 그들 앞에 그 어떤 가능성이라도 성공으로 바꿀 수 있는 '시간'이라는 엄청난 귀중한 자산이 있는데도 말입니다. 인생은 축복인데도 나이 드신 부모님들은 요즘 청년들에게 "태어나게 해서 미안해."라는 말까지 하십니다. 교육에 열을 올렸던 명문대생 부모님들은 자식 농사는 열심히 했지만 부모와 자식 간의 관계는 불행했다고 고백합니다.

"이렇게 키우는 게 아니었어요. 그 많은 교육비를 들여 죽자 살자 명문대를 보냈는데, 얼굴 볼 틈도 없고 여전히 자기 앞가림은 못하고 민생고 해결하기만 바쁘니…. 아이는 오히려 저희 탓을 합니다. 부모의 뜻에 따라 살았을 뿐 자기 인생은 없었다고요. 자식의 인생이 부모 뜻대로 되는 것이 아니고, 자기 스스로 헤쳐나가야 된다는 걸 일찍 깨달았다면, '공부, 공부' 하기보다 더 많은 시간을 함께 쌓았을 거예요. 어릴 때부터 산으로 들로 다니며 자연도 보고 추억도 쌓고 정을 나누며 그렇게 키울 걸…. 이미 애는 서른입니다."

이런 이야기를 듣는 와중에도 밖을 나가면 카페에서 9살도 안되어 보이는 아이에게 열성적으로 문제집을 풀게 하는 어머니들을 봅니다. 아이는 착실히 문제를 풀다가도 창밖으로 고개를 돌리곤 합니다. 그 모습을 바라보자면 어릴 적 제 모습이 겹쳐 보이곤 합니다. 자식의 미래를 위해 자신의 시간을 희생하며 열성적으로 가르치는 엄마, 그리고 힘들지만 착실하게 따르는 아이. 20년 전에도 저런 모습이었는데, 왜 아직도 다들 힘들게 사는 걸까? 저 아이가 과연 부모의 희생을 감당할 만큼 크게 성공할 수 있을까? 성공한다 해도 그것이 정말 저 아이의 재능을 살리는 행복한 길일까? 머릿속에 수많은 질문이 떠오르곤 했습니다.

아직도 연일 뉴스 기사에서는 명품 유치원에서부터 사립 초등학교, 특목고, 명문대까지 아이의 학벌 포트폴리오를 짜주고 있다는 강남 엄마들의 이야기가 들려옵니다. 좋은 교육법이 아닌데, 어느새 나머지 부모님들 사이에서도 비교와 경쟁이 생기고, 다들 내 자식만 제대로 된 교육을 못해주는 못난 부모가 될까 봐 전전긍긍합니다. 덕분에 우리 주변에는 아주 어릴 때부터 아이를 잘 키워보겠다고 자신의 인생은 뒤로한 채 헌신하는 부모님들이 많습니다. 어쩌면 저와 저의 친구들, 선후배들은 모두 그러한 '치맛바람' 교육의 결과물일지도 모릅니다. 그러나 부모님이 아이에게 손을 댈수록, 결과는 그리 좋지 않습니다. 피카소는 말했습니다. "세상 모든 아이들이 천재로 태어난다. 하지만 자라나면서 그들의 재능은 잘못된 교육으로 사장된다."

명문대 출신의 친구들은 자식을 낳고 싶지 않다고 합니다. 낳더라도 외국에서 키우고 싶다고 합니다. 교육의 현실을 누구보다 생생히 잘 알고 몸소 겪었기에, 자기 아이에게는 이런 현실을 물려주고 싶지 않은 것입니다. 친구는 제게 물었습니다.

"너는 아이를 낳고 싶어? 아이가 공부 못해도 좋아? 난 사회에서 무시받는 꼴은 못 볼 것 같아."

"나는 상관없어. 내가 겪어봤잖아. 공부 못해도 돼. 나는 아이가 행복했으면 좋겠어."

"그건 네 생각이지. 너도 어릴 때 공부 잘했잖아. 공부를 못한다는 건 사실 네가 모르는 세상일 수도 있어. 너는 괜찮을지라도 사회는 공부 못하는 아이한테 상처를 줄 수 있어."

에필로그

그 말을 듣자 저조차 멈칫하게 되었습니다. '나는 내 아이를 어떻게 키워야 할까? 굳이 미래의 내 아이가 아니어도, 과거 우리와 똑같이 잘못된 교육에 희생되고 있는 지금 시대의 아이들을 나는 어떻게 도와야 할까?' 그 답이 되기를 간절하게 바라고 또 바라는 마음으로 이 책을 썼습니다. 이 책이 단 하나의 절대적인 정답은 아닙니다. 더 많은 답을 찾아 함께 나아갔으면 합니다. 또다시 옳고 그름을 가르며 하나의 답에 갇히는 것이 아니라 열린 선택지를 두고, 앞으로 사회적, 교육적으로 더 많은 논의를 하며 다양한 답을 함께 만들어가면 좋겠습니다.

이제는 우리가 '모든 학생들이 자기 삶의 주인공이 되는 사회'를 만들어나가야 할 때입니다. 열심히 공부하는 것만이 생존을 위한 길이라 철석같이 믿었던 산업화 시대의 교육 방식에서 벗어나 새로운 시대의 흐름을 따라가야 할 때가 왔습니다. 세습적 자본주의의 틈으로 협력적 공유 사회가 열리고 있으며, 인류와 사회를 배려하는 가치를 지닌 기업이 크게 되는 시대, 틀을 벗어난 창의성이 부를 일으키고 기계와 인간이 공존하는 새로운 시대가 오고 있습니다.

영화 '매트릭스'는 현대 사회를 정확히 비유하며 현대인은 자본주의 시스템 속에서 거대한 기계의 배터리에 불과한 삶을 살아간다고 전합니다. '깨우는 자'인 모피어스가 주인공에게 말합니다.

"네가 여기 온 이유를 알려주지. 뭔가를 알기 위해 온 거야. 그게 뭔지 설명은 못 해. 하지만 느껴져. 평생을 느껴왔어. 뭔지는 모르지만 세상이 잘못됐다는 걸 말이다. 머리가 깨질 것처럼 자넬 미치게 만들지. 그 느낌에 이끌려 온 거야. 무슨 말인지 알겠니? 매트릭스는 만들어진 세계야. 우릴 통제하기 위한 거지. 매트릭스가 존재하는 한 인간은 자유롭지 못해. 진실을 못 보도록 눈을 가리는 세계란 말이지."

여기서 '매트릭스'는 시스템을 말합니다. 그리고 사람들은 시스템에 너무나 잘 길들여져 그것이 잘못된 것임에도 시스템을 보호하려고 합니다. 모피어스는 주인공에게 선택권을 줍니다. 빨간약을 먹으면 현재의 삶에서 깨어나 현실을 개척하며 진짜 나다운 삶을 살게 되고, 파란 약을 선택하면 삶의 진실을 보지 못한 채 반복되는 일상을 받아들이며 살게 됩니다.

어쩌면 우리도 주인공과 같은 2가지의 선택지를 받았을지 모릅니다. 한계를 느끼게 하는 현실 속에서 깨어나 진정한 자신을 찾으러 나설 것인지, 아니면 삶의 진실을 외면하고 현실에 순응하며 살지 말입니다. 세상은 새로운 국면으로 접어들고 있습니다. 현실에서 깨어나 꿈을 향해 가느냐, 현실에 머물러 있느냐.

언제든 빠른 때는 지금 이 순간입니다. 더 늦기 전에 이제라도 진실을 알게 된 것이 다행입니다. 우리는 이유도 모른 채 삶은 원래 고통이라며 오랜 시간을 돌아 왔습니다. 머리가 희끗해진 후에야, 소중한 시간을 다 떠나보내고 몸에 힘이 없어진 후에야 깨달음을 얻고 한탄할지도 모릅니다.

하지만 이 순간 진실을 알았다면 지금부터라도 스스로에게, 타인에게 다르게 대하기 시작해야 합니다. 우리가 나답게, 인생의 목적에 따라 올바르게 삶을 이끌어가고 있는지 상기하면서 말입니다. 이제는 우리가 깨어날 때입니다. 우리 자신을 위해, 미래를 만들 우리 아이들을 위해서 말입니다. 누군가의 무한한 가능성을 사장시키고 좁고 네모난 사무실에 가둬두기만 하는 현재의 낡은 교육에서 벗어나, 보지 못했던 세계에 눈을 떠야 합니다. 나뿐만 아니라 나의 가족, 주변 사람들의 눈도 틔워주어야 합니다. 드넓은 세상에서 마음껏 자신의 재능을 펼치며 매트릭스가 아닌 진짜 지구를 한껏 경험하며 살아가야 합니다..

"행복한 세상을 만드는 아주 간단한 방법이 있다. 이제 우리는 아주 쉽게 이 세상의 행복 수치를 증가시킬 수 있다. 어떻게 그렇게 말할 수 있느냐고? 외롭거나 용기를 잃은 누군가에게 진심으로 존중하는 몇 마디의 말을 건네는 것, 그것으로 충분하다. 오늘 누군가에게 무심코 건넨 친절한 말을, 당신은 내일이면 잊어버릴지도 모른다. 하지만 그 말을 들은 사람은 일생 동안 그것을 소중하게 기억할 것이다."

데일 카네기의 말처럼, 이 세상을 간단히 변화시키는 방법이 있습니다. 서로에게 따뜻한 격려의 말 한마디를 보내고 그다울 수 있는 삶을 살도록 응원해주는 것입니다. 서로가 서로를 마음의 감옥에서 풀어주고, 무한한 가능성을 알아봐주며, 용기를 북돋아주는 것입니다. 지금 당장 옆 사람에게 "뭘 하고 있니?"라고 보이는 것에 대해 묻기보다, "요즘 행복하게 지내?", "좋은 하루 보냈니?"라고 보이지 않는 것들에 대해 질문했으면 합니다. 아이에게 "잘했어?"를 묻기보다 "기분은 어떠니? 행복하니?"라는 질문을 하면 좋겠습니다. 요즘 아이들은 힘든 것조차 무감해져 자신의 내면을 망가뜨리고 있는 경우가 많습니다. 인생의 소중한 시간들을 행복으로 바꿀 수 있는 힘을 지닌, 무한한 가능성을 품은 마음의 건강 상태에 주목해야 합니다.

우리는 공존하며 끝없이 성장해나갈 수 있습니다. 생각하는 힘을 이용하고, 경쟁하기보다 창조하고자 한다면 우리는 똑똑한 두뇌로 충분히 모두가 행복해질 수 있는 세상을 만들 수 있습니다. 지금보다 풍요롭고 행복하고 따뜻한 세상을 우리 스스로 세울 수 있는 것입니다. 우리는 이 세상의 공동 창조자입니다.

그 첫걸음은 진정한 자기 자신이 되는 것입니다. 다른 이들 또한 잠재력을 무한하게 발휘하며 자기다울 수 있는 삶을 살 수 있도록 도와주는 것입니다. 누구나 행복하게 나다운 삶을 살아야 할 의무를 지킨다면, 세상은 더 나은 곳이 될 것입니다. 인생이라는 시간을 통해 최고의 '자기 자신'을 발견해나가시길 기도합니다. 큰 꿈을 향해 나아가며 나만의 빛으로 세상을 밝히는 사람이 많아지기를 바랍니다. 세상은 여러분을 위해 이미 빛나는 여행을 준비해놓았습니다.

이 세상에서 앓고 있는 직장인들을 위해, 자녀 교육에 열을 올리느라 자신의 인생을 잃어버린 고생 많은 부모님들을 위해, 그리고 세상을 바꿔 부디 행복한 삶을 누렸으면 하는 자라나는 아이들을 위해, 기도하는 마음으로 이 책을 썼습니다. 부디 표현이 다소 서투르고 미숙하더라도, 이 안에 담긴 세상의 행복을 바라는 진심과 당신의 행복을 누구보다 바라는 진정 어린 마음만은 꼭 전달되기를 바랍니다.

제게 다방면으로 훌륭한 교육을 해주려 노력하신 존경하는 아버지, 어머니. 두 분이 아니었다면 이 책이 세상에 나오지 못했으리라 믿습니다. 제게 해주신 모든 것에 감사드립니다. 그리고 인생에서 실패를 겪을 때마다 늘 할 수 있다며 한결같은 믿음을 준 소원, 종환 두 동생들에게도 사랑한다는 말을 전합니다. 아낌없는 조언과 도움을 준 장승윤 대표님께도 감사의 말을 전합니다. 이 책이 세상에 나오기까지 마음을 다해주신 쌤앤파커스 출판사에도 깊은 감사를 드립니다. 책을 집필하는 동안 도움을 주신 분들이 너무나 많습니다. 모든 분들께 하나하나 머리 숙여 진심으로 감사드립니다.

　마지막으로 이 땅에서 고군분투하며 살아가는 모든 영혼들에게 전하고 싶습니다. "당신은 있는 그대로 신이 빚어낸 최고의 작품입니다!"

출처와 참고 자료

PART 1 학교에 배움이 있습니까?

- 로버트 기요사키,《부자들의 음모》, 흐름출판, 2010.
- 로버트 기요사키, 샤론 레흐트,《부자 아빠 가난한 아빠》, 민음인, 2000.
- 로버트 라이시,《부유한 노예》, 김영사, 2001.
- 박영숙,《메이커의 시대》, 한국경제신문, 2015.
- 살만 칸,《나는 공짜로 공부한다》, RHK, 2013.
- 엠제이 드마코,《부의 추월차선》, 토트, 2013.
- 엠제이 드마코,《부의 추월차선》, 토트, 2013.
- 윌리엄 데레저위츠,《공부의 배신》, 다른, 2015.
- 요한 고틀리프 피히테, 에드먼드 버크,《프랑스혁명 성찰/독일 국민에게 고함》, 동서문화사, 2009.
- 이민주,《지금까지 없던 세상》, 쌤앤파커스, 2015.
- 존 테일러 개토,《바보 만들기》, 민들레, 2005.
- 존 테일러 개토,《학교의 배신》, 민들레, 2015.
- 크리스 앤더슨,《메이커스》, RHK, 2013.
- 토마 피케티,《21세기 자본》, 글항아리, 2015.
- 톰 피터스,《미래를 경영하라》, 21세기북스, 2004.
- 헨리 포드,《헨리 포드: 고객을 발명한 사람》, 21세기북스, 2005.
- G. Edward Griffin, The Creature from Jekyll Island, Amer Media, 1998.
- KBS 〈명견만리〉 '일자리가 사라진다' 2부작.
- KBS 〈오늘 미래를 만나다〉 '미래학자 토마스 프레이의 미래 직업'.

- 〈대한민국 교육은 철저히 붕괴되도록 설계되었다〉(http://ch.yes24.com/article/View/19775).
- 〈메가스터디 만든 손주은, "차라리 깽판을 쳐라"〉(http://www.mt.co.kr/view/mtview.php?type=1&no=2011110416553915832&outlink=1).
- 〈의사 · 약사 줄파산… 일반회생 10명 중 4명 고소득 전문직〉(http://www.hankyung.com/news/app/newsview.php?aid=2014070784031).

PART 2 내 생각의 주인은 바로 나

- 김자겸,《부모학교》, 서영, 2014.
- 로버트 기요사키,《부자들의 음모》, 흐름출판, 2010.
- 로버트 기요사키,《왜 A학생은 C학생 밑에서 일하게 되는가 그리고 왜 B학생은 공무원이 되는가》, 민음인, 2014.
- 마거릿 헤퍼넌,《경쟁의 배신》, RHK, 2014.
- 맹찬형,《따뜻한 경쟁》, 서해문집, 2012.
- 박현욱,《동정 없는 세상》, 문학동네, 2001.
- 샤론 레흐트, 나폴레온 힐,《결국 당신은 이길 것이다》, 흐름출판, 2013.
- 소피아 아모루소,《#걸보스》, 이봄, 2015.
- 윌리엄 데레저위츠,《공부의 배신》, 다른, 2015.
- 이지훈,《혼창통》, 쌤앤파커스, 2010.
- 제러미 벤담,《파놉티콘》, 책세상, 2007.
- 존 테일러 개토,《수상한 학교》, 민들레, 2015.
- 채사장,《시민의 교양》, 웨일북, 2015.
- 최연희, 〈'파놉티콘'에서 본 학교의 모습 비판〉,《초등교육학연구》제19권 제2호, 초등교육학회, 2012.
- 폴 마이어,《폴 마이어의 아름다운 도전》, 책이있는마을, 2010.
- 스티브 잡스 인터뷰, 〈인생의 비밀(Secrets of Life)〉(유튜브 영상).
- 짐 캐리, 〈마하리쉬 대학 졸업 축사〉(유튜브 영상).
- 켄 로빈슨, 〈학교가 창의력을 죽인다〉(TED 영상).

- 〈가정 파탄까지 이르게 하는 '비뚤어진 교육열'〉(http://news.chosun.com/site/data/html_dir/2016/02/16/2016021601460.html).
- 〈세계적 미래학자 3인이 보는 '메가 트렌드'〉(http://news.chosun.com/site/data/html_dir/2009/04/03/2009040302232_2.html).

PART 3 모범생과 모험생 사이에서

- 다니엘 핑크, 《프리에이전트 시대》, 에코리브르, 2004.
- 미겔 데 세르반테스, 《돈키호테》, 시공사, 2004.
- 엠제이 드마코, 《부의 추월차선》, 토트, 2013.
- 월터 아이작슨. 《스티브 잡스》, 민음사, 2015.
- 제레미 리프킨, 《3차 산업혁명》, 민음사, 2012.
- 제레미 리프킨, 《한계비용 제로 사회》, 민음사, 2014.
- 켄 콜먼, 《원 퀘스천 One Question》, 홍익출판사, 2013.
- 크리스 길아보, 《100달러로 세상에 뛰어들어라》, 더퀘스트, 2015.
- 토머스 프레이, 《미래와의 대화》, 북스토리, 2016.
- 〈사람은 필요없습니다(Humans need not apply)〉(유튜브 영상).
- 〈20대의 절망… "계층상승 어렵다" 80.9%〉(http://www.naeil.com/news_view/?id_art=163770).
- 〈이민자처럼 생각하고, 장인처럼 일하며, 웨이터처럼 행동하라〉(http://mediaspider.joins.com/?art_id=A13101236449).
- 〈취업대란에 신음하는 청춘, 이대론 미래 없다〉(http://www.mt.co.kr/view/mtview.php?type=1&no=2013101517014463410&outlink=1).

PART 4 자신의 주인으로 살기 위하여

- 김위찬, 르네 마보안, 《블루 오션 전략》, 교보문고, 2005.
- 트리나 폴러스, 《꽃들에게 희망을》, 시공주니어, 2005.
- 롤프 옌센, 《드림 소사이어티》, 리드출판, 2014.

- 월러스 워틀스,《부자가 되는 과학적 방법》, 이담북스, 2013.
- 윌리엄 데레저위츠,《공부의 배신》, 다른, 2015.
- 제러미 리프킨,《한계비용 제로 사회》, 민음사, 2014.
- 진형준,《상상력 혁명》, 살림, 2010.
- 클레이튼 크리스텐슨,《당신의 인생을 어떻게 평가할 것인가》, RHK. 2012.
- 티거Jang,《초일류 사원, 삼성을 떠나다》, 렛츠북, 2015.
- 파멜라 메츠,《배움의 도》, 민들레, 2003.
- 스티브 잡스,〈2005 스탠퍼드 대학 졸업 축사〉(유튜브 영상).
- 오프라 윈프리,〈2008 스탠퍼드 대학 졸업 축사〉(유튜브 영상).
- 코난 오브라이언,〈2011 다트머스 대학 졸업 축사〉(유튜브 영상).
- 알랭 드 보통 인터뷰(http://navercast.naver.com/magazine_contents.nhn?rid=2267&contents_id=22147).
- 〈Career Lessons From Conan O'Brien〉(http://money.usnews.com/money/blogs/flowchart/2011/06/23/career-lessons-from-conan-obrien).

PART 5 인생 혹은 세상이라는 이름의 학교

- 금나나, 최지현,《나나의 네버엔딩 스토리》, 김영사, 2008.
- 로버트 스티븐 캐플런,《나와 마주서는 용기》, 비즈니스북스, 2015.
- 명로진,《20부자가 20청춘에게》, 아이엠북, 2013.
- 박웅현,《여덟 단어》, 북하우스, 2013.
- 이혜정,《서울대에서는 누가 A+를 받는가》, 다산에듀, 2014.
- 정선주,《학력파괴자들》, 프롬북스, 2015.
- 사이먼 사이넥,〈나는 왜 이 일을 하는가〉(TED 영상).

에필로그

- 초등학교 4학년 동준이의 사례(http://blog.daum.net/_blog/BlogTypeView.do?blogid=04Z7D&articleno=15946971).

그 밖의 참고 자료

- 리처드 거버, 《오늘 만드는 내일의 학교》, 열린책들, 2013.
- 마틴 메이어, 레네 메이어 하일, 《최고의 교육은 어떻게 만들어지는가》, 북하우스, 2015.
- 박성숙, 《꼴찌도 행복한 교실》, 21세기북스, 2010
- 박재원, 임병희, 《핀란드 공부혁명》, 비아북, 2010.
- 송경호, 《쫄지 마, 학교 밖으로!》, 세창출판사, 2014.
- 스티븐 J. 맥나미, 로버트 K. 밀러 주니어, 《능력주의는 허구다》, 사이, 2015.
- 신상진, 《직업의 이동》, 한즈미디어, 2015.
- 엄기호, 하지현, 《공부 중독》, 위고, 2015
- 유순하, 《부모가 바뀌면 자식이 산다》, 문이당, 2015.
- 이토 모토시게, 《도쿄대 교수가 제자들에게 주는 쓴소리》, 갤리온, 2015.
- 존 테일러 개토, 《학교의 배신》, 민들레, 2015.
- 천세영 외 4명, 《스마트 교육 혁명》, 21세기북스, 2012.
- 켄 로빈슨, 루 애로니카, 《아이의 미래를 바꾸는 학교 혁명》, 21세기북스, 2015.
- 파리드 자카리아, 《하버드 학생들은 더 이상 인문학을 공부하지 않는다》, 사회평론, 2015.
- 한국경제신문 특별취재팀, 《다양한 인재가 세상을 바꾼다》, 한국경제신문, 2015.
- EBS 제작팀, 《왜 우리는 대학에 가는가》, 해냄, 2015.
- EBS 제작팀, 《학교의 고백》, 북하우스, 2013.
- EBS 기획취재 '창의인재 실종 보고서' 10부작.
- EBS 〈다큐프라임〉 '시험' 6부작.